KB199600

저녁의
구애

편혜영은 1972년 서울에서 태어나 서울예대 문예창작과와 한양대 국문과 대학원을 졸업했다. 2000년『서울신문』 신춘문예에 단편「이슬털기」가 당선되어 등단했으며, 소설집『아오이가든』『사육장 쪽으로』, 장편소설『재와 빨강』『홀』등을 펴냈다. 한국일보문학상(2007), 이효석문학상(2009), 오늘의 젊은 예술가상(2010) 등을 수상했다.

편혜영 소설집
저녁의 구애

초판 1쇄 발행 2011년 3월 11일
초판 12쇄 발행 2024년 8월 13일

지은이 편혜영
펴낸이 이광호
펴낸곳 ㈜**문학과지성사**
등록번호 제1993-000098호
주소 04034 서울 마포구 잔다리로7길 18(서교동 377-20)
전화 02)338-7224
팩스 02)323-4180(편집) 02)338-7221(영업)
전자우편 moonji@moonji.com
홈페이지 www.moonji.com

ISBN 978-89-320-2185-0 03810

지은이는 서울문화재단 2008 문학창작활성화지원사업기금을 수혜했습니다.

저녁의
구애

편 혜 영 소 설 집

문학과지성사
2011

차례

토끼의
묘

*

　토끼였다. 바스락거리는 소리에 힐끔 풀숲 쪽을 돌아보니 흰 털뭉치 같은 것이 눈에 띄었다. 털이 흰 개라고 생각한 그 것은 빨간 눈을 빤히 뜨고 그를 바라보고 있었다. 눈이 아니 었다면 토끼인 줄 몰랐을 거였다. 그는 토끼 앞에 무릎을 구 부리고 앉았다. 빨간 눈이 그를 사로잡았다. 그 눈을 바라보 고 있자니 자신 말고도, 원래 눈이 붉은 품종의 토끼가 있다 는 것은 생각하지도 않고, 저리 눈이 붉어지도록 피곤하고 지 친 존재가 세상에 또 있다는 안도감이 밀려왔고 그런 존재가 흰 털이 쓰레기처럼 더러워지도록 어두운 공원에 버려져 있 다는 게 씁쓸하게 느껴졌다.

　공원에서 자생했을 리 없는 토끼는 버려진 것이었다. 도시의 아이들에게 토끼 사육이 선풍적인 인기를 끌던 시기가 있었다면, 지금은 아이의 부모들이 토끼 유기를 비밀리에 자행하는 시기였다. 토끼 사육 열풍이 어디서 비롯되었는지는 모든 일이 그렇듯 정확히 따지기 쉽지 않지만 평소 건강하고 활력 있는 모습을 보여준 초로의 의학박사 말이 계기가 된 것은 분명했다. 그는 성장해도 몸집이 그다지 커지지 않는 품종의 토끼를 키우고 있는데, 자신의 채식 습관은 아무래도 토끼에게 영향을 받은 것 같다고 말했다. 애니메이션 속에서 눈을 가늘게 뜬 엉뚱한 성격의 토끼는 영민하고 사랑스러워 보였다. 자살하는 토끼에 관한 그림책은 시종일관 재치가 있었다. 그림책 속의 토끼는 힘들고 지쳤다기보다 지루하고 따분해서 놀이의 방식으로 자살을 시도하는 것처럼 보였다.

개나 고양이는 말할 것도 없고 아이들은 잘 죽는 병아리나 무서울 정도로 번식력이 강한 햄스터에게도 질려 있었다. 학교 앞 노점상들은 예전에 기계로 부화한 병아리를 팔았듯이 실제로는 젖도 안 뗀 아기 토끼들을 미니 토끼라 부르며 종이 상자에 담아 팔았다. 부모의 우려와 달리 애완동물로서의 토끼는 사료만 주면 알아서 크는 게 특징이라서 키우기에 까다롭지 않다고 했다. 게다가 저명한 교수에 의하면 토끼에게조차 배울 것이 있다지 않은가. 부모들은 우려를 씻고 토끼 키우는 것을 허락했다. 한두 집이 키우기 시작하자 아이들은 맘 놓고 토끼를 사달라고 졸랐고 부모들은 달리 거절할 핑계를 찾지 못했다. 토끼 사료용 알팔파 건초를 판매하는 한 업체의 조사에 따르면 토끼를 애완동물로 키우는 가구 수가 예년에 비해 여덟 배 가까이 증가했다고 한다.

막상 키워보니, 다른 동물의 사육도 그렇겠지만, 쉽지도 재미있지도 간편하지도 않았다. 토끼에게서 채식주의자로서의 모범적인 모습은 찾아볼 수 없었다. 토끼는 여느 애완동물과 마찬가지로 딱딱한 정량의 사료나 건초만 먹었다. 고체형의 음식만 먹는다는 점에서 간편했지만 당근을 갉아먹는 등의 모습을 보는 잔재미는 없었다. 도대체 사료나 건초만 먹는 토끼에게 뭘 보고 채식 습관을 배웠다는 건지 어리둥절했다. 좀 자라면 채소나 과일을 먹여도 좋다고 했지만 물기가 묻어 있는 채로 먹이면 죽을 수도 있다니 함부로 주기가 겁이 났다.

토끼는 그저 식성이 까다롭고 비싼 사료를 축내고 양육에 잔비용이 많이 드는 군식구에 불과했다. 개나 고양이처럼 친근하게 애정 표현을 하는 경우가 없어 애완동물이나 반려동물이라고 부르기 망설여졌다. 사료와 양육에 드는 비용을 생각하면 차라리 소나 돼지 취급을 하는 게 적당했지만 아무래도 고기를 삶아 먹기 꺼려진다는 점에서 소나 돼지보다 못했다. 까다롭게 골라 먹여야 하고 잘못 먹이면 금세 탈이 나고 탈이 나면 지독한 냄새를 풍기는 배설물을 싸고 재채기를 유발하는 털을 날리고 빤히 응시해서 무섭게 하고 새끼를 낳게 할 생각은 없지만 새끼를 낳았을 때 누군가 들여다보면 물어

뜯어 죽인다는 소리까지 들려왔다. 어쩌자고 이 토끼들은 그림책의 토끼마냥 자살도 하지 않는단 말인가.

아이들은 무엇이든 금세 싫증을 냈고 부모들도 수명이 6년에서 8년 정도라는 토끼를 식구의 일부로 감당하고 싶어 하지 않았다. 기네스북에 기록된 최장수 토끼의 수명은 18년이었다. 짧게는 6년, 길게는 18년의 기간이면 토끼를 사달라고 조르던 아이가 고등교육을 마치고 대학에 가거나 결혼해 살림을 낼 나이가 될 거였다. 경기는 늘 불안해서 언제 어느 때 식구들조차 내다 버리고 싶어지는 불경기가 닥칠지 몰랐다. 유일한 노동이라는 듯 사료나 건초를 긴 이빨로 씹어대는 토끼를 6년이나 혹은 그 이상 지켜볼 수는 없었다.

그렇다고 해서 토끼를 키우는 일이 아예 무용한 것은 아니었다. 그렇게 무표정하게 누군가를 오랫동안 응시하다가는 결국 미움을 사고 만다는 걸 토끼가 알려줬다. 부모 중 하나가, 주로 아버지가 그 역을 맡았는데, 산책을 가듯이 어두운 밤에 토끼를 안고 나갔다가 공원 풀숲에 풀어놓고는 토끼가 어디론가 가버리면 혹은 가버리기도 전에 냉큼 집으로 돌아왔다. 한 번쯤 뒤를 돌아봄으로써 토끼를 내다 버린 게 아니라 잃어버린 거라 생각하며 양심의 가책을 면하고자 했으나 그 순간에도 걸음을 늦추지는 않았다. 버려졌다고 해서 나쁠리 없었다. 공원은 도시에서 유일한 야생의 공간이었다. 토끼들은 알아서 풀을 골라 먹을 것이고 푹신한 곳을 찾아 잠을 잘 것이다. 알아서 병에 걸릴 것이고 그러다 서서히 죽어갈 것이다. 비둘기나 까마귀, 쥐나 개미, 각다귀같이 공원 주변에 자생하는 것들처럼 혹은 버려진 다른 동물들처럼. 돌아가는 길이 잠시 허전했으나 집으로 돌아와 케이지가 텅 빈 것을 확인하면 마치 토끼가 돌아와 있을까 봐 겁냈던 것처럼 안도의 숨을 내쉬며 방금까지 토끼를 안고 있느라 털이 묻은 손으로 가슴을 쓸어내렸다.

그는 털이 하얀 토끼를 쓰다듬었다. 부드러운 털이 만져졌고 맥박이 뛰듯이 고요히 움직이는 등이 만져졌다. 토끼는 그런 손길이 익숙한 듯 잠자코 있었다. 그는 토끼에게, 정확히 말하면 등의 얇은 피부 밑에서 느껴지는 모세혈관의 움직임과 호흡의 느린 리듬감에 홀렸다. 집으로 돌아와 서둘러 케이지를 주문하고 나서야 공원에 버려진 토끼를 품고 오는 짓은 하지 말았어야 한다는 생각이 들었다. 결국에는 토끼를 버리게 될 테니까. 그는 고작 6개월만 도시에 머물 예정이었고 그중 일부 시간이 이미 흘러갔다. 예정된 파견 근무가 끝나면 살던 도시로 돌아가야 했다. 그때에는 그 역시 도시의 다른 사람들이 그렇게 했던 것처럼 한밤중에 몰래 토끼를 내다 버릴 것이었다.

*

　일은 간단했다. 그가 있던 도시에서 온 문서를 정리하고 그 도시와 관련된 정보를 검색하여 간결한 형태의 서식으로 만들어 담당자에게 넘겨주면 되었다. 서식을 작성할 때면 그는 자신이 교무실에 남아 반성문을 쓰는 학생 같다는 생각을 했다. 매일 반복하는, 자료를 검색하는 일이나 서식을 작성하는 일은 진심이 담기지 않은 똑같은 말을 종이 가득 적으면서 사과를 하는 기분이었다.

　그가 반성문 쓰듯 작성한 서류를 담당자는 늘 웃음 띤 얼굴로 감사하다고 말하면서 받아들었다. 그는 담당자가 기분이나 서류 상태에 상관없이 매번 똑같이 웃고 말하는 것을 보면서 그것조차 정해진 업무 매뉴얼의 일부가 아닐까 생각했다. 담당자는 그가 돌아서기만 하면 책상 오른쪽에 높게 쌓인 서류 더미 위에 방금 그에게서 받은 서류를 툭 올려놓았다. 그 때문에 그는 담당자가 자신의 업무 내용을 별로 탐탁지 않게 여긴다고 생각했다. 자신이 제출한 자료의 오류로 두 도시 간의 경제적, 외교적, 문화적 계약 관계에 심각한 문제가 생길 것을 걱정한 나머지 밤잠을 설치기도 했다. 잘못 인용한 통계치 때문에 협약이 깨져서 두 도시 대표가 일그러진 얼굴로 그를 노려보는 꿈을 꾸기도 했다. 그러나 아무 일도 일어나지 않았다. 많은 날들이 태평하게 지나갔다. 여전히 그는 인터넷이나 팩스로 자료를 모았고 서식을 작성하여 담당자에게 제출했다. 언제인가 일부러 통계치의 합계가 엉망인 서식을 작성하여 담당자에게 건네준 적이 있었다. 담당자는 언제나와 마찬가지로 더미 위에 서류를 툭 올려두었다. 그는 조마조마한 마음으로 자리로 돌아와 담당자가 잘못을 알아챈다면 바로 건네줄 생각으로 제대로 된 서식을 결재판 사이에 끼워두었다. 담당자는 끝내 그의 오류를 지적하지 않았고 시간이 지나는 동안 두 도시 간의 협상이나 계약에 치명적인 문제가 생기지도 않았다. 그는 그제야 마음이 홀가분해져서 나쁜 꿈을 꾸지 않게 되었다. 이제는 서류가 내던져지는 소리를 곧 퇴근을 해도 좋다는 뜻으로 여겼고 자리로 돌아와 퇴근 시간이 될 때까지 번잡스럽게 자료를 뒤적이거나 책상을 정리하며 시간을 때웠다.

만약 누군가 당신은 어떤 일을 하느냐고 묻는다면, 결국에는 파견 근무가 끝날 때까지 아무도 그런 질문을 하지 않았지만, 그는 '거창하게 말하면 자네가 두 도시를 잇는 가교 역할을 하는 셈이야'라고 한 선배의 말을 잊지 않고 있다가 오랜 반목관계에 있는 두 도시의 협력과 통합을 위한 일을 하고 있다고 말할 작정이었다. 선배는 전화 통화에서 그가 여러 가지 목적에 사용될 정보를 수집하는 일을 하게 될 거라고만 했다. 도대체 어떤 정보를 모아야 하는 겁니까? 그가 선배에게 물었다. 묻고 나서 생각해보니 선배는 이런 식의 질문 방식을 그다지 좋아하지 않았다. 어떠한 정보를 모아봤습니다. 정보들은 어떤 면에서는 유용하지만 전혀 무용하기도 합니다. 이런 방식으로 일을 해도 좋습니까? 선배에게는 그렇게 물었어야 했다. 그것이 입사 초기부터 선배가 그에게 가르쳤던 방식이었다. 하지도 않고 어떻게 하는지 묻는 것은, 그 말을 할 때의 선배 표정이 눈에 선했다. 꼭 세 살 먹은 어린아이 같은 짓이야. 밥을 떠먹여달라고 조르는 일이지. 그는 곧 후회했다. 어떤 정보라도 괜찮아. 뜻밖에도 선배는 온화한 말투로 대답했다. 정보를 선택하고 유용성을 결정하는 것은 자네가 아니라 다른 담당자 몫이니까. 자네는 단지 수집만 하면 돼. 말하자면, 선배가 덧붙였다. 일종의 사냥개라고 생각하면 돼. 어떻게 자신을 개라고 생각하라는 건지 알 수 없었으나 그는 입을 다물고 있었다. 지시하는 사냥감을 단지 잡아오기만 하면 되거든. 무엇을 잡을지, 잡은 후에 구울지 삶을지 버릴지 박제를 할지 결정하는 것은 숲을 달리는 사냥개가 아니라 지시를 내리고 서서 구경하는 주인이지. 그러니까 개는 잡을 때까지 죽도록 초원을 달리기만 하면 되는 거야. 뭐, 듣기 좋은 비유는 아니군요. 그가 선배에게 대꾸했다. 하하하, 그렇겠군. 미안하네, 사실 자네가 아니라 내가 그런 심정이라서 말이야. 선배가 쑥스러운 듯 사과했다. 그는 이해했다. 그 비유를 따르자면 어차피 선배도 사냥개의 주인이 아니기는 마찬가지였으니까.

기간이 길었다면 주저했을 테지만 단 6개월이었다. 그는 선배에게 파견 근무를 하겠다고 했다. 선배가 뭔가 내키지 않는다는 목소리로 천천히, 그렇게 결정해주어 고맙다고 말했다. 나중에서야 안 일이지만 그가 결정을 내리기 전에 이미 인사 발령이 나 있었다. 인사에 있어서 사전 협의가 전혀 없었다는 점은 조직 내에서 그의 위치를 말해주는 것이기도 했다. 말하자면 그는 통보만으로 충분한 존재였다. 그가 이번 발령을 통해 깨달은 게 있다면 바로 그것이었다.

도시에 대해 얻을 수 있는 정보는 제한적이었으며 먼저 연락이 오는 일도 드물었으므로 그는 거의 대부분 책상에 앉아 몇 장의 서류를 꼼지락거리면서 내용을 검토하는 일로 시간을 보냈다. 시간은 얼마든지 있었지만 일은 별로 없었기 때문에 가급적 천천히 했고, 업무량이 적다는 걸 들키지 않기 위해 사무실이나 복도를 오갈 때면 걸음을 서둘렀다. 일부러 잘못한 게 아니라면, 그럴 만한 업무도 아니었지만, 실수를 하는 일은 없었고 그러다 보니 잘못된 내용을 수정하느라 시간을 허비할 일도 없었다. 담당자가 제출한 서류의 오류를 지적하거나 내용을 보완해달라고 하면 오히려 일이 늘어난 것을 기뻐하며 흔쾌히 그렇게 하겠다고 말할 작정이었으나, 그런 일은 한 번도 일어나지 않았다. 그가 제출한 서류에 대해 담당자는 특히 이 점이 잘되었다거나 뭔가 보완해야 할 점이 있다거나 오자가 많다거나 내용상 오류가 있다거나 하는 지적을 단 한 번도 하지 않았다. 그렇다고 해서 그가 담당자에게 불만을 가지고 있는 것은 아니었다. 오히려 담당자를 좋아하는 편이었다. 사무실에서 말을 나누는 유일한 상대가 담당자였기 때문이었다. 비록 서류를 건네주며 나누는 형식적인 인사가 전부일지언정.

그는 하루 종일 거의 말을 하지 않았다. 어쩌다 마주치는 건물 관리인에게 인사를 하는 것 이외에 담당자에게 서류를 건네주면서 오늘은 이 정도입니다,라고 말하는 것이 전부였다. 그가 생각하기에 자신을 제외한 사무실 동료들은 모두 몹시 바빠서 점심시간이 아니면 잘 움직이지도 않았다. 그들은 잘 정돈된 책상 앞에 앉아 재미있는 영화를 보듯이 모니터를 빤히 들여다보거나 잠을 자듯 고개를 숙이고 책상 위에 놓인 서류를 들여다보았다. 점심시간이라고 해도 우르르 몰려나가 그날의 메뉴에 따라 패를 나누느라 소란을 떨 필요 없이 건물 앞에 죽 늘어서 있는 도시락 트럭에서 각자 취향에 맞는 도시락을 사다가 조용히 자기 자리에서 먹었다. 그는 종종 담당자에게 서류를 건네주기 위해 일어섰다가 일부러 다른 용무가 있는 듯 광장같이 넓은 사무실을 횡단했다. 사무실은 거대한 벌집처럼 칸칸이 나누어져 있었다. 지역과 도시별로 구분되어 있고 모든 자리에는 구역 표시 기호와 좌석번호가 쉽게 눈에 띄도록 붙어 있었으며 출입문 입구에는 안내문이 붙어 있었다. 마치 공연장의 좌석안내도처럼 커다랗게.

토끼를 데리고 온 다음 날 그는 담당자에게 서류를 건네주려고 내밀었다가 담당자가 받으려고 하자 얼른 뒤로 감추었다. 담당자는 웃음을 거두고 그를 빤히 보았다. 이런 식의 장난을 좋아하지 않는 것 같았다. 그는 당황하여 주저하다가 말을 꺼냈다. 직원 분 중에 혹시 토끼를 키우는 분이 계실까요? 담당자가 되물었다. 토끼 말씀입니까? 누군가 키워본 사람이 있다면, 그가 뒤로 감췄던 서류를 담당자에게 내밀며 말했다. 도움을 좀 받고 싶어서요. 토끼가 한 마리 생겼거든요. 파견 근무를 나온 지 얼마 안 되어 그런지 사람들과 쉽게 친해질 수가 없네요. 담당자가 그에게서 자료를 받아 책상 오른쪽의 서류 더미 위에 툭 올려두며 말했다. 토끼는 누구나 쉽게 키울 수 있는 동물이지요. 특별히 도움을 받을 필요가 있을까요? 그리고 여기 있는 사람 대부분이 파견 근무 중이에요. 파견 근무를 한다는 게 별로 특별한 일은 아니죠. 그래요? 누가요? 누가 또 그런가요? 그가 서둘러 물었다. 담당자가 대꾸하고 싶지 않다는 듯 고개를 수그리려는 게 역력했기 때문이었다. 담당자가 고개를 수그리기 전에 뭔가 대답을 듣고 싶었다. 뭐가 그렇냐는 거죠? 토끼를 키우는 게 누구냐는 거요, 아니면 파견 근무 중인 게 누구냐는 거요? 그는 기뻤다. 담당자가 자기 마음을 헤아려준 것 같았다. 둘 다요. 제가 알고 싶은 게 딱 그거예요. 누가 토끼를 키우는지, 파견 나온 사원이 누구인지 하는 거요. 누구인지는 알 수 없죠. 말했다시피 토끼는 누구나 키우는 동물이고 또 시기만 다를 뿐 우리는 모두 파견 근무 중이라고 할 수 있으니까요. 그 말을 끝으로 담당자는 입을 다물고 더 이상 그를 상대하고 싶지 않다는 듯고개를 푹 수그렸다. 그는 가마가 오른쪽으로 치우친 담당자의 검은 머리통을 하릴없이 쳐다보다가 자리로 돌아왔다. 그러나 담당자의 말을 듣고서 사무실 동료 중에 토끼를 키우는 사람이 많을 것이라는 생각을 했다. 어쩌면 같은 사무실 동료 중 토끼를 내다 버린 사람이 있을지 모른다는 생각도 했다. 담당자 말대로 모두가 파견 근무 중인 거라면 사무실에 있는 혹은 있었던 누구든 토끼를 버릴 수 있었다. 그가 파견 근무를 끝내고 돌아가면서 가차 없이 토끼를 버릴 것이듯.

*

똑똑. 그가 문을 두드렸다. 계십니까? 아무 대답이 없었다. 이번에는 문을 쿵쿵 두드린 후에 계세요, 라고 물었지만 역시 대답이 없었다. 그는 문앞에 주저앉았다. 바닥이 차고 등이 딱딱해서 곧 일어섰다. 아무리 앉아 있어봐야 문 안에서 어떤 기척을 느낄 수가 없고 선배가 나타나지도 않는다는 것을 잘알고 있었다. 그런데도 그는 날마다 선배의 집에 갔고 선배의 집 현관문을 두드렸으며 아무런 대답이 없는 것을 확인하고뒤돌아 나왔다. 어떤 날은 선배의 집 현관을 발로 뻥 찼고 손

집에 돌아오면 우선 토끼에게 사료를 주었다. 사료를 주는 것 이외에 토끼를 위해 해주는 것, 이를테면 케이지에서 꺼내 집 안을 맘껏 돌아다니게 한다거나 털 손질을 해준다거나 케이지를 깨끗이 청소해준다거나 가슴에 안고 쓰다듬어준다거나 하는 일이 결코 없는데도, 그는 토끼가 귀찮아졌다. 한꺼번에 되는대로 사료를 쏟아주어 양껏 먹도록 내버려두었고, 그러다가 사료 주는 것을 잊어버려 며칠씩 배를 곯게도 했다. 사실 그가 토끼를 데려온 것은 순전히 파견 근무 중이어서였다. 만약 이 도시에서 언제까지나 지내야 한다면 그는 결코 버려진 토끼를 데리고 오지 않았을 것이다. 길어봤자 몇 개월만 토끼를 책임지면 되는 것이었다. 영영 돌볼 필요가 없고 그렇기 때문에 토끼의 정서와 건강을 염려할 필요도 없었다. 토끼는 어차피 버려질 거였으니까.

일단 집에 돌아오면 바깥에 나가지 않았다. 도시에서 그의 생활은 사무실에 출근했다가, 퇴근길에 무단결근 중인 선배의 집에 들러 습관처럼 문을 두드려보고, 집에서 아무런 기척이 느껴지지 않으며 다행히 괴상한 냄새도 풍겨오지 않는다는 것을 확인하고, 돌아오는 길에 슈퍼에 들러 간단한 먹을거리를 사오는 게 전부였다. 저녁을 먹은 후 집 근처의 공원으로, 그러니까 토끼를 주워온 공원으로 간혹 산책을 나가곤 했지만 그것도 어느 날 저녁 보도된 뉴스를 본 후로 그만두었다.

그가 파견 근무를 나온 직후 도시에서는 한 사내가 한가로운 휴일 오후를 즐기고 있던 시민들에게 무차별적으로 칼을 휘둘러 사상자를 낸 사건이 벌어졌다. 조기 축구회 이름이 크게 쓰인 트레이닝복을 입은 사내였다. 세 명이 죽었고 아홉 명이 부상을 당했다. 여러 지역의 조기 축구회 사람들이 괜한 욕을 먹었다. 잠정적으로 매일 아침 하던 축구 모임을 중단하고 유니폼에 새겨진 글자를 떼어냈으나 이내 이름을 바꿔 아침이든 낮이든 저녁이든 할 수 있을 때면 언제든 다시 축구를 하기 시작했다. 왜 그런 일이 벌어졌는지 개탄하고 분석하고 대처하기도 전에 또 다른 무차별 살해를 예고하는 동영상 테이프가 방송사에 도착했다. 뉴스에서는 하루 종일 동영상을 보여주었다. 인터넷을 통해 동영상이 급속도로 퍼졌다. 그도 거의 하루 종일 그것을 보았다. 누구도 말을 하지 않았지만 사무실 내 많은 사원들도 보고 있으리라고 생각했다. 한 사내가 복면으로 얼굴을 가리고 눈과 입만 내놓은 채 웃통을 벗고 칼을 들고 찍은 동영상이었다. 언성을 높인 사내가 숨을 쉬듯 자주 휘둘러대는 칼은 날이 보이지 않게 흐릿하게 처리되어 있었다. 전문가들은 음성 분석을 통해 3, 40대의 독신 남성일 거라는 추측을 내놓았다. 사내에 대해 밝혀진 것은 누구나 짐작할 수 있는 그 정도의 정보뿐이었다. 한 곳에 고정해놓고 찍은 동영상은 흔들림 없이 잘 보였는데, 간혹 웃통을 벗고 식칼을 휘두르던 사내가 담배를 피우기 위해서나 화장실에 가기 위해 일어서면 텅 빈 방이 그대로 드러났다. 그는 그 방을 보며 왠지 낯익다는 느낌을 받았다. 가구의 생김새와 색깔, 배치 방식 그리고 특징 없이 희기만 한 벽지까지. 그것은 그가 살고 있는 숙소의 가구나 벽지와 완전히 같았다. 심장이 열렬히 박동하기 시작했다. 그가 머물고 있는 숙소는 28층 건물이었다. 각 층에는 스물다섯 가구가 살고 있었다. 이웃에 누가 사는지 알 수 없었다. 선배가 소개한 집이었고, 어쩌면 사무실에서 이곳에 사는 사람이 더 있을지도 몰랐다.

동영상이 뉴스를 타고 전국으로 방송되었지만 여러 날이 지나도록 아무 일도 일어나지 않았다. 텔레비전에 나온 전문가가 자기 과시적 성향이 짙은 사람의 소행일 거라고 분석하며 반복해서 이런 일이 벌어지는 상황을 개탄했지만 누구나 할 수 있는 정도의 분석과 탄식이었다. 동영상 속 사내가 아직 범죄를 저지르지는 않았으므로 경찰은 잠정적 범인을 붙잡기 위해 별다른 노력을 기울이지 않았다. 다만 예고 없이 어디서든 그런 일이 벌어질 수 있으므로 시민들에게 조심하라는 당부를 전했다.

그는 숙소의 이웃이 두려워졌다. 그들 중 누군가가 웃통을 벗은 채 식칼을 들고 동영상을 찍었을지도 몰랐다. 그는 이웃과 만나지 않기 위해 문소리가 들리면 문을 열지 않았고 어안렌즈로 자주 바깥을 살폈다. 간혹 엘리베이터 서는 소리가 들렸는데도 복도를 지나가는 사람이 보이지 않을 때가 있었다. 그럴 때면 겁이 났다. 3, 40대로 추정되는 사내가 식칼을 들고 복도에 숨어 있다가 누군가 문을 열고 나오기를 기다리는 것인지도 몰랐다. 숙소 정문에 들어설 때 누군가 가까이 다가오면 깜짝 놀라 방향을 틀었다. 그가 갑자기 발걸음을 돌리면 뒤따르던 사람이 더욱 놀라 몸을 움츠렸다. 낯선 사람과 단둘이 있지 않기 위해 엘리베이터에 타고 있을 때 누군가 현관에 들어서면 얼른 닫힘 버튼을 눌렀다. 어느 날 그가 현관에 들어설 때 엘리베이터에 타고 있던 누군가가 서두는 기색으로 버튼을 눌러 문을 닫고 가버리는 걸 보고는 이웃에 대한 경계심을 풀었다. 그 역시 이웃들에게는 낯선 이웃일 뿐이었다. 그의 두려움은 다른 사람의 두려움과 다르지 않았다. 그는 전적으로 이 도시가 낯설기 때문이라고 생각했다. 시간이 지나면 괜찮을 테지만 익숙해질 무렵이면 파견 근무 기간이 끝날 것이었다.

그는 처음으로 누군가와 간절히 얘기하고 싶어졌다. 동영상 속 사내에 대해서, 그의 숙소와 똑 닮은 사내의 방에 대해서. 그런 마음이 드는 것은 오랜만이었다. 어느 틈에 말없이 홀로 지내는 데에 익숙해져 있었다. 도시로 온 후 그가 나눈 가장 긴 말은, 담당자와의 대화를 제외하면, 상점 주인에게 가격표가 붙어 있지 않은 정미된 쌀의 가격을 물은 게 다였다. 그는 사실 자신이 오랫동안 누군가와 얘기를 나누지 않았다는 것도 별로 의식하지 못했다. 그러다가 문득 동영상 속 남자에 대한 두려움에 사로잡혀 무차별적으로 휘두르는 칼의 피해자가 자신이 될지도 모른다는 생각과 누구에게도 발견되지 못한 채 좁은 방 안에서 썩어가게 될지도 모른다는 생각이 들자 자신이 이 도시에서 아무와도 친교를 나누지 않았다는 것을 깨달았다. 누군가에게 이 얘기를 하고 싶어졌으나 얘기를 할 사람이라고는 사라진 선배밖에 없었다. 난감한 일이었다. 참다 못해 어느 날인가 담당자에게 동영상을 보았느냐고 물었으나 담당자는 대수롭지 않다는 듯 이 도시에서는 그런 일이 너무 빈번하다고만 대꾸했다. 그는 목소리를 낮춰 말했다. 동영상에 나오는 집 말이죠, 제가 사는 곳과 완전히 똑같아요. 그의 말에 고개를 숙인 채 일에 몰두하고 있던 담당자가 천천히 고개를 들었다. 이렇게 말씀드리면 위안이 되실지 모르겠지만 제가 사는 곳과도 같아 보였어요. 그건 이 도시에서 1인 거주자들이 사는 곳은 대개 비슷하게 생겼다는 말이에요. 그는 확실히 담당자의 말에 위안을 받았다. 그럼에도 기분이 나아지지는 않았다.

그의 신경증적인 두려움이 무색하게 동영상 파문이 휩쓸고 간 후 도시는 이전보다 고요해지고 인적이 드물어졌을 뿐 다른 일은 벌어지지 않았다. 밤이면 간혹 응급차가 요란한 소리를 내며 지나갔지만 사건 때문이라기보다는 응급 환자를 위한 것이었다. 사이렌 소리가 요란할 때도 있었지만 역시 사건 때문이라기보다는 의례적인 순찰 때문이었다.

*

퇴근할 무렵에야 담당자가 바뀐 것을 알았다. 그는 그날도 도시에서 오는 그다지 많지 않은 소식을 뜸 들여 정리했고, 정리된 것을 문서로 작성하여 담당자에게 제출하러 갔다. 담당자 자리에는 늘 보던 사람 대신 다른 사람이 앉아 있었다. 담당자는 어디로 가셨나요? 담당자 자리에 앉아 있는 사람에게 물었다. 이제부터 그 업무는 제가 합니다. 담당자 자리에 앉은 사내가 대답했다. 사무적이고 경제적인 말투였지만 얼굴은 미소를 짓고 있었다. 이전 담당자와 음색은 달랐지만 음조는 비슷했다. 그는 그제야 이전 담당자 역시 일종의 파견 근무자였다는 사실을 깨달았다. 담당자가 바뀌었다고 해서 달라지는 것이 없다는 사실도 알게 되었다. 이전 담당자와 일할 때와 마찬가지로 오후가 되면 정보를 정리한 서류를 넘겼고, 담당자는 웃으며 서류를 받아서는 검토도 하지 않고 책상 한쪽에 쌓인 더미 위에 던져놓은 채 하던 일을 했고, 그 반복된 행동을 퇴근 시간이 임박했음을 알리는 신호로 생각한 그가 자리로 돌아와 퇴근 준비를 하는 것까지, 모두 같았다.

달라진 것이 있다면 이전보다 사무실을 둘러보는 횟수가 늘었다는 거였다. 직원들은 기본적으로 검정색 재킷에 흰 와이셔츠 차림이었다. 재킷을 입고 있거나 벗고 있었기 때문에 멀리서 보면 흑백의 바둑알처럼 보였다. 그는 자리에서 일어나 고개를 들고 흰 와이셔츠와 검정색 재킷을 입은 사람들의 수를 세다가, 오목 놀이에서처럼 어떤 방향으로든 연속된 다섯 명이 같은 색의 복장을 하고 있는 걸 발견하면 씩 웃으며 승자가 된 기분으로 자리에 앉았다. 그런 일을 하루에 꼭 다섯 번씩 했다. 아침에 출근해서 한 번, 점심을 먹기 전에 한 번, 점심을 먹고 돌아와서 한 번, 오후 서너 시경에 한 번, 퇴근 직전에 한 번. 다섯 번을 하는 동안 대부분 다섯 칸을 완성할 수 있었고, 심지어 최대 열두 칸까지 완성할 때도 있었다.

사무실 사람들은 어지간해서는 자리를 비우지 않았다. 자기 자리와 화장실, 지역별 담당자 자리를 오가는 게 전부였다. 도대체 무슨 일을 하느라 꼭 붙어 앉아 있는 건지 알 수 없었다. 사라진 선배의 말로는 사무실 사람들은 그와 마찬가지로 각 지역의 정보를 수집하는 업무를 하고 있다고 했다. 어떤 방식으로 어떠한 정보를 얼마나 수집하는지는 선배 역시 몰랐다. 그들은 전문가야. 자네처럼 말이야. 담당한 도시에 대해서라면 누구보다도 정통한 사람들이지. 선배가 덧붙였다. 하지만 단지 그것만 알아. 그게 유일한 흠이지. 그는 선배도 업무에 대해 알고 있는 게 많지 않다는 것을 알았고 더 이상 묻지 않았다. 뭔가 묻고 싶은 것이 생겼을 때에는 물을 수가 없었다. 선배는 무단결근 중이었다.

누군가 파티션을 톡톡 두드렸다. 고개를 들어보니 담당자였다. 근무를 시작한 후 담당자가 그의 자리로 찾아오는 일은 한 번도 없었기 때문에 그는 다소 의아한 눈빛으로, 그럼에도 이렇게 직접 찾아와주어 반갑다는 뜻으로, 마침 그때 서류를 작성하고 있어 집중하며 일하는 모습을 보여주게 되어 다행이라 생각하고 씩 웃었다. 담당자는 배려하는 말투로 그의 업무량이 과중하니 업무를 도울 후배 사원을 물색해달라면서 명단을 내밀었다. 곧 예정된 파견 근무 기간이 끝날 거였기 때문에 그렇지 않아도 자기 업무를, 만약 특별히 그런 게 있다면, 인수 받을 사람이 있어야 하지 않을까 생각해오던 차였다.

신입 사원 시절 그에게 업무를 배웠던 후배는 전화 통화에서 뭔가 석연치 않다는 말투로 어떤 정보를 모아야 하느냐고 물었다. 그는 어떤 자료라도 상관없다고 답해주었다. 후배는 생각해보고 결정하겠다고 했고, 그는 후배에게 이미 결정되고 통보된 사안이므로 참작될 여지가 없다는 말을 굳이 꺼내지 않은 채, 다만 좀 내키지 않는다는 말투로 그런 반응에 대해 뭔가 마땅치 않다는 뜻을 내비치면서, 그렇게 하라고 말했다. 다음 날 전화를 걸어온 후배는 다소 긴 여행으로 생각해도 좋을 듯하니 파견 근무를 하겠다고 했다. 그는 그렇게 결정해주어 고맙다고 기껍게 말하며 숙소와 업무에 관한 후배의 질문에 답을 해주었고 그 밖에 필요한 조언을 해주었다. 그러다가 문득 파견 근무를 통보받았을 당시 선배가 자신에게 한 것과 비슷하게 말하고 있다는 것을 깨달았다. 그것을 깨닫자마자 불현듯 떠오른 사냥개에 대한 비유를 후배에게 애기해주고는 민망한 듯 웃음을 터뜨렸다.

그는 후배가 처음 출근하는 날 출근하지 않았다. 그가 도와주지 않아도 후배는 사무실 입구에 붙어 있는 좌석배치도를 참고하여 손쉽게 자리를 찾아 업무를 시작할 수 있을 것이었다. 굳이 출근하지 않은 이유를 들어야 한다면 토끼 탓을 할 수 있었다. 전날 그가 양껏 쏟아준 사료를 맘대로 먹어치운 토끼가 밤사이 닫혀 있던 케이지에서 뛰쳐나와 냄새나는 배설물을 집 안 여기저기에 쏟아놓았다. 집이 토끼 배설물 냄새로 가득 찼고 그는 구역질을 하며 일어나 토끼털이 들어간 콧구멍을 후벼 파며 창문을 열었다. 자기 몸에서도 토끼 똥 냄새가 나는 것 같았기 때문에 그는 냄새가 가실 때까지 창가에 우뚝 서 있었다. 그러다 보니 출근 시간이 지나버렸고 이왕 늦은 거 하루쯤 결근하자는 생각을 처음으로 했다.

다음 날 토끼 똥 냄새는 전날보다 옅어진 듯했으나 그는 역시 출근하지 않았다. 어제 출근하지 않았는데 아무 일도 일어나지 않았다는 것을 알았고 그러다 보니 오늘은 출근해야 할 필요가 있나 하는 생각이 들었다. 누군가 결근 사유를 묻는다면 토끼 똥 때문이라고 대답하기는 민망한 노릇이므로 자료를 검색하고 서류를 작성하고 작성된 것을 제출하고 제출한 서류가 무용하게 파기되는 것을 지켜보는 일련의 과정에 물려서라고 대답할 작정이었다. 그런 일을 몇 번쯤 안 한다고

해서 인생이 크게 틀어집니까? 오히려 질문을 던져도 좋을
것 같았다. 아무도 그에게 묻지 않을 게 분명하지만.

출근을 하지 않았지만 평일 대낮에 집에 있는 것이 처음이
었기 때문에 그는 뭘 해야 할지 몰랐다. 집에서 할 일이라고
는 토끼를 쳐다보는 것밖에 없었으나 토끼의 빨간 눈이 그를
불쾌하게 만들었기 때문에 그는 토끼 케이지에 검은 천을 덮
어두고 책상에 앉아 회사에서 하는 것과 똑같은 방식으로 일
을 하기 시작했다. 인터넷으로 도시에 관한 정보를 찾았고 검
색한 정보를 정리하여 서식으로 만들었다. 업무 내용은 달라
지지 않았지만 다만 흰 와이셔츠를 입지 않아도 된다는 게 좋
았다. 그는 자다 일어난 차림 그대로, 무릎이 튀어나온 파자
마와 목이 늘어난 티셔츠 차림으로 마음껏 담배를 피우며 자
료를 검색했다. 사무실에 있던 습관을 버리지 못하고 하루에
다섯 번씩 벌떡 일어났다. 처음 일어섰을 때는 큰 소리로 웃
으며 괜히 화장실에 갔고 두번째 일어섰을 때는 멋쩍은 듯 살
짝 웃으며 물을 마시러 갔다. 세번째 벌떡 일어섰을 때는 자
기 머리통을 때렸다. 네번째 일어섰을 때는 울고 싶어졌고 다
섯번째 일어섰을 때는 조금 울었다. 퇴근 시간이 되면 컴퓨터
전원을 끄고 자율적으로 진행하던 업무를 종료했다. 그래야
마땅했다. 파견 근무 중에는 잔업 수당이 없으니까.

토끼 케이지에 덮어둔 검은 천을 벗길까 말까 고민하고 있
을 때 누군가 노크하듯 문을 똑똑 두드렸다. 그는 대답하지

않았다. 계세요? 현관문을 넘어오는 목소리만 들어서는 누구인지 알 수 없었다. 그는 발소리를 내지 않도록 조심하면서 어안렌즈에 눈을 갖다 댔다. 문을 두드렸던 사람은 이미 뒤돌아서 가고 있었다. 검은 재킷을 입은 사내였다. 목 부분에 흰 와이셔츠가 조금 보였지만 그런 차림만으로는 누구인지 알 수 없었다. 이 도시에는 그의 사무실에서 근무하는 사람들 말고도 그런 복장을 하는 사무원이 많았고 방문판매원이 많았고 종교 전도사가 많았다.

출근은 하지 않았지만 계속 같은 방식으로 업무를 진행했다. 급여 날에 비로소 조금 불안한 생각이 들었으나 통장을 확인해보니 정액의 급여가 이체되어 있었다. 어쨌거나 집에서도 사무실에 출근했을 때와 마찬가지로 업무를 진행하고 있었기 때문에 그는 급여를 받아야 마땅하다고 생각했고 급여의 일부를 인출하여 토끼 사료를 사고 슈퍼에 가서 먹을거리를 샀다.

그의 집 현관을 두드리는 사람은 날마다 일정한 시간에 나타났다. 퇴근 시간이 지난 몇십 분쯤 후에는 누군가 문을 두드리기 시작했다. 그는 어떠한 소리에도 잠자코 있었다. 그 사람은 어떤 날은 화장실 문을 두드리는 것처럼 살짝, 어떤 날은 화가 난 듯이 쿵쿵 문을 두드렸고 어떤 날은 문 앞에 주저앉아 중얼중얼 호소하듯 길게 무슨 말인가를 털어놓기도 했다. 현관문 너머로 들리는 것이어서 정확히 알아들을 수 없었고 그 때문인지 그를 애타게 찾는다기보다는 뭔가 푸념을 늘어놓고 있다는 느낌을 받았다.

예정된 파견 근무 종료 기한이 다가왔다. 그는 천천히 짐을 꾸렸다. 단 몇 개월에 불과한데도 짐이 제법 늘었지만 이 도시에서 생긴 짐은 죄다 버렸다. 처음 올 때와 마찬가지로 그의 짐은 단출한 트렁크 하나에 모두 담겼다. 자정이 되어 정확하게 파견 근무 종료 시점이 되었을 때 그는 건물 관리인에게 관리비를 계산해준 후 토끼를 안고 트렁크를 끌고 나왔다. 토끼는 그가 불규칙하게 준 사료 덕분에 어떤 때는 살이 찐 것처럼 보였고 어떤 때는 마른 것처럼 보였으나 안아보니 처음에 데리고 올 때와 별반 다르지 않았다.

가슴에 품고 있던 토끼를 집 앞 공원 풀숲에 내려놓았다. 토끼는 그에게 풀썩 뛰어오르거나 그의 바지춤을 물고늘어지거나 그의 뒤를 줄레줄레 쫓아오거나 하지 않고, 그것이 자기의 할 일이라는 걸 알고 있다는 듯이 공원 풀숲으로 사라졌다. 애처롭게 우는 소리를 해도 돌아보지 않을 작정이었으나 그런 소리는 애당초 들려오지 않았다. 그는 토끼털이 묻은 손을 탁탁 턴 후 덜덜거리는 트렁크를 끌고 공원을 빠져나가면서 생각했다. 세상에 널린 게 버려진 애완동물이라고.

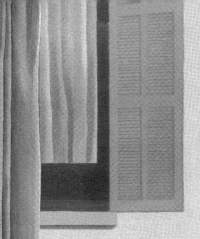

저녁의
구애

*

  화환을 주문한 사람은 김의 친구였다. 김이 그를 마지막으
로 본 것은 벌써 10년도 더 전의 일이었다. 친구는 목소리만
으로 김인 것을 알아차리고는, 그런 것을 확인하지 않을 만큼
부주의한 성격인지도 모르지만, 다짜고짜 병상에 누운 사람
의 용태를 설명했다. 안부를 묻거나 의례적인 인사를 건네지
도 않았다. 김은 한참 듣고 나서야 전화를 건 사람이 오래전
친구라는 것을, 병상에 누운 사람이 그와 친교가 유지되던 시
절 자주 찾아뵙던 어른이라는 것을 알았다. 김은 친구가 얼마
전 인수한 화원의 전화번호를 어떻게 알아냈는지 의아해하느
라, 사경을 헤맨다는 어른의 나이를 생각하느라 — 결국 생각
해내지 못했다 — 쉴 새 없이 떠드는 친구의 말을 귀담아 듣

지 않았다. 이미 돌아가셨다고 해도 놀랐을 테지만 아직 살아 계시다고 해서 더 놀랐는데 친구에게는 말하지 않았다. 오랜만에 통화가 된 친구에게서 인정머리 없는 놈이라는 핀잔을 듣고 싶지는 않았다. 정확히 기억할 수 없지만 돌아가셨다고 해도 그다지 놀랍지 않은 연세일 게 분명했다. 어른은 혼수상태에 빠진 이가 으레 그렇듯 인공 장치의 힘을 빌려 숨을 끌어올린 후 천천히 내뱉는 식으로 숨을 이어가고 있다 했다. 어른이 숨을 뱉어낼 때면, 친구가 말했다. 응원하듯 고개를 끄덕이면서도 시계를 보게 돼. 한탄인지 실망인지 짐작할 수 없는 목소리였다. 의사가 오늘 오후를 넘기기 어렵다고 했어. 친구가 조금 뜸을 들였다. 김이 무슨 말인가 해주기를 기다리는 것 같았다. 문병이나 문상을 위해 병원의 위치를 묻거나 슬픔에 복받친 위로나 회한 어린 공감의 말을 건네주기를. 김이 끝내 아무런 대꾸도 하지 않자 친구가 낮게 한숨을 쉬었다. 네게 화환을 부탁해. 김은 내키지 않지만 어쩔 수 없다는 듯 고개를 끄덕였다. 부탁한다면 역시 비용을 치르지 않겠다는 말일까 생각하면서. 아무리 남이나 다름없어진 사이라고 해도 죽어가는 이와 관련된 비용을 흥정하는 것이 박정하게 여겨졌다.

친구는 대금 결제 방식에 대해서는 입을 다물었지만 김의 휴대전화 번호를 묻고 장례식장 이름을 말하는 것은 잊지 않았다. 장례식장은 김이 한 번도 가보지 않은 도시에 있었다.

순전히 대화를 이어가기 위해 빈소가 왜 그 도시에 있는지 물어보려다가 관두었다. 10년도 더 지나 이루어진 통화에서 김이 진심으로 궁금했던 것은 친구가 전화번호를 어떻게 알았을까 하는 것뿐이었다. 그와는 얼마간 같은 회사를 다닌 적이 있지만 그게 다였다. 재직하는 동안 단체 사진을 찍었다면 멀찍이 떨어져 찍었을 것이고 인화된 사진에서 서로의 얼굴을 찾는 데도 조금 시간이 걸릴 만한 사이였다. 네가 올 거지? 친구가 물었다. 김이 주저하며 대답을 고르는 사이 그나저나 누구한테 연락하지? 친구가 덧붙여 물었다. 딱히 상의하는 것도 아니고 혼잣말도 아닌 소리였다. 그 시절의 지인들과는 이미 모두 연락이 끊겼다고 대답을 하려는데, 친구는 김의 대꾸를 기다리지도 않고 대답에 뜸을 들이는 게 못마땅하다는 듯 갑자기 역정 난 목소리로 내가 알아서 할게, 하고 말했다. 그러고는 화환 발신자의 이름을 불러주었다. 한 번도 들어본 적 없는 단체의 이름이었다. 김은 아무것도 묻지 않는 것이 예의에 어긋나는 것 같아 마지못해 무엇을 하는 단체인지 물으려고 마른입을 떼었으나 친구는 다시 병실로 돌아가봐야 한다며 전화를 끊었다. 처음과 마찬가지로 어떠한 인사도 없었다.

김은 친구의 무례와 냉대가 성격 탓인지 자신의 잘못에서 비롯된 것인지 생각했다. 시간을 들여 오래전 일을 곱씹은 끝에 친구가 보낸 서신이 떠올랐다. 김은 재직 중이던 회사가 무리한 사업 확장으로 자금 압박에 시달리다 법정 관리에 들어섰을 때 사직서를 냈다. 직원들이 자발적으로 급여 삭감을 감행하며 회사의 정상화를 다짐하던 때였다. 김은 다른 도시의 사업체에 일자리를 추천받았다. 김을 추천한 이가 병상에 누운 어른이었다. 그 일로 친구는 김을 비난했다. 동료애라고는 눈곱만큼도 없으며 이기적이고 타산적이라는 것이었다. 다른 사람에게 들은 얘기였으나 소문을 전한 이와도 이미 연락이 끊긴 지 오래였다. 김은 누구나 이기적이므로 누구에게든 이기적이라고 비난하는 것은 어떤 경우에도 타당하지 못하다고 생각했다. 만약 어른이 친구를 추천했다면 그 역시 망설이지 않고 이직을 택했을 것이었다. 친구는 김의 아랑곳 않는 태도에 상처를 받았다. 최후의 수단으로 이전 회사에서의 김의 몇몇 과오를 공개하는 서신을 이직할 회사에 보냈다. 그 일은 김이 한동안 구설수에 시달리는 것으로 흐지부지 마무리되었다. 김은 그 일로 우정이라는 것은 애정의 정도와는 아무 관계가 없으며 자신에게 헌신적이거나 유익할 때에만 유효한 감정이라는 것을 깨달았다. 그러나 모든 지나간 일을 되새기는 과정이 그렇듯 과거의 어떤 일이 미친 결과나 상처는 아무런 파동 없이 떠올랐고 그러는 과정에서 어느새 시간이 훌쩍 지나버린 것에 대한 서글픔과 뻔한 회한만 남았다.

장례식장 이름을 적어둔 메모지 위쪽으로 주문 상품과 배달지가 드문드문 적혀 있었다. 딱히 그것을 보고 있어서는 아니었지만 해야 할 여러 가지 일들이 두서없이 떠올랐다. 모든 것을 제쳐두고 당장 해야 할 일은 아니었다. 꼭 해야 할 일임은 분명했다. 게다가 언제든 시급한 일이 생길 수 있었다. 오늘이 아니면 내일, 어쩌면 5분 후에라도 당장. 자영업자의 일이란 게 그렇기 마련이었다. 김은 자신을 대신해 화환을 배달하고 부조금을 전해줄 사람을 떠올려보았다. 정확히는 모르겠으나 어른은 당장 상을 치른다 해도 호상이라 여길 만한 연세임이 분명했다. 게다가 친구의 말에 따르면 오랜 혼수상태로 사람을 알아보지 못한다고 했다. 서둘러 출발한다고 해도 병원에 도착할 때쯤에는 이미 돌아가셨을지도 몰랐다. 그 생각을 하자 애틋하고 애잔한 마음이 일었지만 죽어가는 이를 대할 때 누구나 느끼는 정도 이상은 아니었다. 김은 이직 후 사례를 표하고자 실례가 되지 않을 정도의 선물을 사서 어른에게 인사를 드리곤 했다. 어느 해 추석의 사과 한 상자와 설의 말린 표고버섯 한 바구니, 다음 해 설의 특상품 배 한 상자와 추석의 한라봉 한 상자 같은 것으로. 그리고 비용을 못받을 게 분명한 근조 화환으로. 무엇보다 아무리 크게 신세를 졌다 해도 이미 잊어도 좋을 만큼 충분히 시간이 지났다.

*

장례식장은 남쪽으로 380킬로미터 떨어진 도시에 있었다.

나 같으면 10년도 더 연락이 끊긴 사람에게는 부고를 전하지 않을 거예요. 김이 치통을 앓는 것처럼 눈썹을 찌푸리며 말했다. 김이 어렵게 떠올린 사람들은 모두 바쁜 일과가 있었다. 중요한 약속이 있었고 미루지 못할 업무가 있었다. 부고는 원래 크게 알려야 해. 죽은 줄도 모르고 안부를 묻는 짓을 못 하도록 말이야. 그것처럼 바보 같은 게 없거든. 옆집 화원 사내가 말했다. 작년에 30년 지기였던 고등학교 동창이 죽었어. 우리 중에 제일 건강한 친구였는데. 부고를 못 들은 녀석들은 아직도 그 친구 안부를 묻지. 죽었다고 대답할 때마다 그 녀석이 죽은 게 실감 나. 사내가 죽은 친구를 회상하듯 말을 삼켰다. 그때 입었던 옷이야. 김이 검은 상의를 받아들며 고개를 끄덕였다. 김이 이해한 것은 사내의 슬픔이 아니라 고등학교 동창과 30년 지기라는 것으로 짐작한 사내의 나이였다. 사내의 머리는 하얗게 세 있었다. 생각보다 나이가 적은 편이었다. 그나저나 옷이 너무 크군. 낡기도 했고 말이야. 사내가 말했다. 괜찮아요. 이런 옷이 다 거기서 거기지요. 길게 내려온 소매가 손등을 완전히 덮었다. 하긴 면접 보러 가는 것도 아닌데. 사내가 고개를 끄덕이며 상의 소매를 두 번 접으라고 일러주었다.

김은 성인 남성 평균 신장보다 15센티미터 정도가 작았다. 김이 기억하기로는 열네 살 이후 키가 자라지 않았다. 그때 아버지가 죽었다. 키가 크지 않은 건 그때의 충격 때문이라고 줄곧 생각해왔지만 나중에서야 그게 아니라는 걸 알았다. 성인이 된 후 어깨 통증을 견디지 못해 한의원에 갔다가 벽에 걸린 '성장 가능 최대 신장 예측법'을 본 적이 있었다. 아버지와 어머니의 신장을 기준으로 몇 단계의 간단한 계산을 거치는 수식이었다. 아버지의 신장은 어머니가 기억하는 추정치를 사용했다. 어머니는 어슴푸레한 눈으로 아버지가 자기보다 한 뼘쯤 더 컸다고 회상했다. 정확한 것은 아니었으나 계산해보니 김의 신장 최대치는 지금보다 고작 4센티미터가 큰 정도였다. 김은 허탈한 웃음을 터뜨렸다. 그는 소년 시절 갑작스레 아버지가 죽은 것과 그로 인해 어머니가 인근 공장의 3교대 근로자가 될 수밖에 없었던 일, 부모로부터 방치된 소년이 작은 키 때문에 친구들의 놀림을 받으며 남아도는 시간을 어쩌지 못해 저질렀던 여러 가지 일을 떠올리며 아버지의 죽음이 삶의 연쇄된 고리들을 마음대로 바꿔놓았다고 생각해왔다. 그 때문에 유일한 유산으로 작은 키를 물려준 데다 죽음으로 가족을 방기한 아버지에게 가책 없이 비난을 퍼부어왔는데, 그 모두가 오해라는 걸 깨달아서였다.

출발을 위해 막 시동을 걸고 나서 김은 여자와의 저녁 약속을 떠올렸다. 약속 시간을 한두 시간 뒤로 미룬다고 해도 지킬 수 없을 것 같았다. 이미 두 번이나 여자와의 약속을 지키지 못했다. 김은 자신의 부주의를 사과했지만 여자는 매번 그럴 만한 사정이 있었으니 괜찮다고 했다. 김은 애써 서운함을 감춘 여자의 말투가 오히려 못마땅했다. 여자는 화를 내는 대신 김이 점심으로 뭘 먹었는지 휴일에는 무슨 일을 하며 지냈는지 궁금해했고 자기에게 있었던 일을 얘기하고 싶어 했으며 선택이 필요한 일을 상의하고 싶어 했으나, 그럴 때마다 김에게 급한 손님이 찾아와 전화를 끊어야 했다. 며칠 뒤 여자는 여러 번 망설였음이 분명한 말투로 전화를 걸어서는 평범하기 짝이 없는 안부를 물었고 김의 무뚝뚝한 응대에 당황하여 할 말을 찾지 못하고 싱겁고 일상적인 말만 내뱉었다. 손님이 왔으니 이만 끊자고 하면 말실수를 더 이상 하지 않아도 된다는 안도감과 매번 김이 먼저 전화를 끊는 데서 오는 서운함이 뒤섞인 말투로 서둘러 인사를 하곤 했다. 그렇게 전화를 끊고 나면 바쁘거나 한가한 와중에 불쑥 여자의 얼굴이 떠올랐다. 여러 사람이 어울린 자리에서 줄곧 입을 다물고 앉아 있는 무표정한 얼굴이었다. 여자는 그렇게 말없이 앉아 있다가 뜬금없이 진지한 말을 내뱉어 비웃음을 사곤 했다. 이미 지나간 말에 대해 아무도 웃지 않는 농담을 했고 사람들이 어리둥절해하면 애당초 농담할 생각 같은 건 없었다는 듯 정색하며 굳은 표정을 지었다. 그런 여자를 볼 때면 김은 처음에는 조마조마해하다가 이내 불쾌한 기분에 사로잡히고는 했다. 그것은 그가 작은 키를 의식하여 어색해지거나 자신이 없어질 때 자주 하는 행동이었다.

여자는 김에게 사소하고 값싼 것이어서 부담스럽지는 않지만 시간을 들여 골랐음이 분명한 작은 선물들을 곧잘 주었다. 김이 지나가는 말로 읽고 싶다고 한 책이거나 화원에 두고 쓰면 좋을 사무용품, 소지하고 다니기에 적당한 크기의 지갑 같은 것이었다. 여자의 마음 씀씀이와 달리 상자를 열거나 포장지를 푸는 김의 손은 떨리지 않았다. 김은 점점 여자에게서 풍기는 냄새가 못마땅해졌다. 사용하는 화장품이나 향수, 샴푸나 린스 냄새일 테지만, 여자에게는 화원에서와 같은 뒤엉킨 꽃 냄새가 풍겼다. 김이 좋아하는 냄새는, 딱히 냄새라고 할 수는 없지만, 무취였다. 김은 화원을 인수하고 나서야 아무리 좋은 향기라도 몇 가지 종류가 한데 뒤섞이면 금세 악취가 된다는 걸 실감했다.

*

출발은 순조로웠으나 남쪽으로 120킬로미터 정도 내려왔을 때 정체 구간을 만났다. 마라톤 대회로 일정 시간 차량 출입이 통제되고 있다고 했다. 차에서 내려 담배를 피우고 있던 앞차 운전자가 일러주었다. 김은 차량 운전자들이 즐겨 듣는 라디오 교통정보 프로그램을 싫어해서 도로 사정에 어두웠고 그 때문에 자주 이런 경우를 만났다. 통제 구간은 완벽하게 텅 비어 있었다. 도로를 달리고 있는 사람은 하나도 없었다. 선수들은 이미 구간을 통과했거나 아주 먼 곳으로 낙오된 모양이었다. 김은 누군가는 이미 지나갔고 누군가는 좀 늦게 지나가게 될 도로를 멍하니 바라보다가 언젠가 마라톤 중계방송에서 들었던 아나운서의 말을 떠올렸다. 마라토너들은 보통 한 번에 두 번씩 숨을 들이마시고 두 번씩 내쉰다고 했다. 김은 그 말을 떠올리며 의식적으로 숨을 들이마시고 내쉬어보았다. 공기는 그의 몸속을 타고 흐르다가 다시 공기 중으로 힘없이 사라졌다. 그것은 전적으로 자신에게 일어나는 일이었지만 너무도 일상적이고 순조로워서 자신과는 무관한 것으로 여겨졌다.

통제가 풀려 다시 남쪽으로 얼마간 내려갔을 때 주머니에 넣어둔 휴대전화가 울렸다. 낯선 번호였다. 화환을 주문한 친구의 번호인지도 몰랐다. 어른이 이미 돌아가셨는데도 화환이 도착하지 않아 텅 빈 영안실이 못마땅해진 친구가 독촉 전화를 거는 것일 수도 있었다. 김은 전화를 받지 않았다. 상품 독촉은 흔한 일이었다. 고객들은 늘 받아야 할 것이 너무 늦게 도착한다고 투덜거렸다. 의뢰인이 언제쯤 도착하느냐고 물으면 김은 10분이면 충분하다고 대답했다. 단 10분이라도 교통 사정과 도로 사정은 계속 바뀌는 법이었다. 다시 전화가 걸려오면 근처라고 말하며 번지수가 다른 주소를 댔다. 그러면 의뢰인은 허둥지둥 주소를 불러주었다. 송장에 주소가 잘못 기재되는 것은 실제로 자주 발생하는 실수였다. 간혹 배달 지연이 문제되지 않는 행운을 만나기도 했다. 독촉하던 의뢰인이나 수신인에게 뜻밖의 일이 생기는 경우였다. 꽃다발이 도착하기 전에 프러포즈하려던 애인에게 이별을 통보받거나 난데없이 폭력배가 나타나 개업식을 난장판으로 만들어놓는 일, 아이를 사산하는 바람에 산모가 혼절하는 일들이었다. 꽃을 늦게 배달해도 좋은 행운이란 그런 것들이었다.

톨게이트를 지나자 허공 중에 불쑥 장례식장이라고 쓰인 커다란 간판이 나타났다. 간판 아래로 장례식장 개업을 알리는 현수막이 건물 한 벽에 내걸린 채 바람이 부는 대로 몸을 뒤척이고 있었다. 부근은 전부 농지였는데, 수확을 끝낸 황량한 농토 속에 네모 반듯한 장례식장 건물이 우두커니 서 있었다. 약속 시간에 늦기는 했으나 다른 도시에서 출발한 것을 감안하면 이해할 만한 시간이었다. 문상객은 밤이 다 되어서야 몰려올 것이고 화환은 도착 순서보다 발송인이 중요한 법이었다.

장례식장 쪽으로 가는 곡선 도로에 막 접어들 무렵 다시 전화가 걸려왔다. 전화를 받으려다 미처 속력을 줄이지 못해 자칫 가드레일을 들이박을 뻔했다. 요란한 소리로 타이어를 끌다가 간신히 갓길에 차를 멈출 수 있었다. 김의 놀란 마음을 부추기듯 전화가 계속 울어댔다. 화환을 주문한 친구였다.

"어디야?"

"다 왔어."

"장례식장이야? 그럼 우선 병원 쪽으로 와."

"왜?"

"아직 안 돌아가셨어."

"……?"

"아직 살아 계셔."

"아직 죽지 않았다고?"

되묻고 나서야 김은 실수했음을 깨달았다. 살아 계셔서 다행이라고 대답했어야 한다는 생각이 들었지만 그 말도 실수가 될 게 분명했다. 죽음에 대해서는 경박하게 입을 놀리느니 그저 입을 다무는 게 상책이었다.

"참내, 아직 죽지 않았냐고?"

친구는 한숨을 쉬는 것도 같고 뭔가 대꾸해야 할 말을 찾는 것도 같았다. 진심을 털어놓자니 몰인정해 보여서 말을 삼가고 있는지도 몰랐다. 김의 당혹감과는 상관없이 자신의 물음에 답이라도 된다는 듯 친구가 말을 이었다.

"오래 못 버티실 거야. 병원에서 나랑 같이 임종을 기다리지 뭐."

김은 병원으로 가는 대신 시가지 쪽으로 차를 몰았다. 시장기는 없었지만 시간을 보낼 생각으로 제일 먼저 보이는 우동집으로 갔다. 병원으로는 가지 않을 작정이었다. 누군가 죽어가는 순간을 목격하는 일이 내키지 않았다. 피와 뒤엉킨 출생의 순간을 목격하고 싶지 않은 것과 마찬가지 이유였다. 그에게 탄생은 지나간 일이었고 소멸은 먼 미래의 일이었다. 장례식이 시작되면 배달원처럼 빈소에 화환만 내려두고 다시 도시로 돌아갈 생각이었다. 도시로 돌아가면 체면과 의무감 때문에 잃어버린 시간을 벌충해야만 했다.

식사 시간이 아니어서 식당이 한가했으나 주문을 받으러 오는 것도 주방에 주문을 전달하는 것도 물을 내오는 것도 음식이 나오는 것도 늦었다. 주인을 채근하지는 않았다. 친구에게 전화를 받은 지 겨우 40여 분이 지나 있었다. 시간은 드문드문 이어지는 어른의 숨처럼 더디게 흘렀다. 김은 난생처음으로 누군가 죽기만을 기다린 40여 분에 대해 생각했다. 40여 분간 생이 더 이어지는 게 무슨 의미가 있을까 생각하고 죽음이 지연될수록 희박해지는 슬픔에 대해서도 생각했지만 대부분은 그저 멍하니 식당의 유리문 밖을 보았다. 다른 때처럼 여러 곳을 경유해야 했다면 장례식이 시작되기를 기다리며 다른 곳을 먼저 들러 시간을 보낼 수 있었을 것이다. 장례식 전에 어느 개업식에 들러 꽃이 줄줄이 달린 서양난을 내려놓고 팥떡을 얻어먹을 수도 있었다. 산부인과에 들러 눈도 못 뜬 갓난아기를 안고 있는 산모에게 남편의 직장 동료들이 보낸 꽃바구니를 가져다 주거나, 프러포즈를 할 생각인 남자에게 상자에 포장된 붉은 장미 다발을 갖다 줄 수도 있었다. 먼저 죽은 누군가의 빈소로 화환을 배달할 수도 있었다. 그런데 이 도시에서는 죽음을 기다리는 것 말고는 어떤 일도 할 게 없었다. 천천히 우동을 먹고 밖으로 나왔을 때는 겨우 58분이

지나 있었다. 김은 앞으로도 얼마간을 누군가 죽기만을 기다리며 시간을 보내야 할 거였다.

한눈에 다 볼 수 있을 것 같은 작은 시가지를 통과하다 말고 한 슈퍼마켓 앞에 차를 세웠다. 어묵 통조림이 생각나서였다. 언젠가 이 도시를 다녀온 사람에게 어묵 통조림을 선물받은 적이 있었다. 우동과 어묵 통조림이 도시의 특산품 중 하나라고 했다. 선물을 준 이는 재미로 사 왔을 게 분명하지만, 통조림은 사실 재난에 대비하기 위한 것이었다.

도시는 두 개의 지질학적 판이 만나는 근처에 있었고 오래전에는 기록에 남을 만한 강진이 있었다. 김이 태어난 직후의 일이었지만 위험을 경고할 때면 항상 언급되는 지진이었다. 보강되지 않은 전력선이나 수도관, 가스관이 끊어졌다. 곳곳에서 화재가 발생했다. 오래된 목조 건물이 송두리째 흔들리다 한순간 무너졌다. 땅이 흔들릴 때면 벽이 단단한 건물일수록 버티지 못하는 법이었다. 무너진 벽돌 더미에 차와 사람이 깔렸다. 굴뚝과 지붕이 날아가 하늘로 솟아오른 세간이 사람들을 덮쳤다. 도로와 교량이 파손되었다. 지진 이후 엄격한 건축 기준이 적용되었다. 모든 종류의 건축물이 일정 수준의 진동을 견디도록 건설되었다. 내진 설계된 터널은 도시를 관통하는 각종 관(管)을 보호할 거였다. 지진 발생 후에 전기나 수돗물 공급을 신속하게 재개하고자 고안한 것이었다. 지진 후 학생들은 정기적으로 대피 훈련을 하고 있고, 지진 발

50

생시에 안전한 도로를 표시한 지도가 아직까지도 불티나게 팔리고 있었다. 한 텔레비전 프로그램에 나온 지진 전문가가 말했다. 그런 피해가 있었지만 앞으로 일어날 지진에 비하면 아무것도 아닙니다. 정말 무서운 건 말이죠. 아무도 언제 어느 도시에서 지진이 일어날지 예측할 수 없다는 겁니다. 다소 비관적인 성향의 전문가였다. 대부분의 학자들이 땅의 움직임이 보이는 특정한 양상으로 지진을 예측할 수 있는 것으로 믿고 있는 것과는 다른 생각이었다. 전문가는 화면을 똑바로 쳐다보며 말했다. 이 말은 지금이라도 당장 여러분이 서 있는 땅 밑이 갈라질 수도 있다는 얘깁니다. 전문가의 위협과 달리 김은 조금도 두렵지 않았다. 김에게 지진은 먼 땅 어딘가에서 쉴 새 없이 벌어지는 전쟁 얘기나 다름없었다. 거대한 피해를 안긴 다른 나라의 쓰나미나 온난화로 빙하가 녹고 있다는 얘기와도 같았다. 김에게는 화원의 꽃이 팔리기도 전에 시들어 죽거나, 누군가 돌을 던져 화원의 유리를 깨뜨리고 도망가는 게 전쟁이나 지진보다 더 불운이었다. 지진이나 쓰나미 같은 것은 어쩌지 못하는 사이 모두에게 닥치는 일이었다. 그러니 두려울 게 없었다. 모두 무사한데 자신에게만 불운이 닥치는 것, 김이 생각하는 불행은 그런 것이었다.

선물 받은 어묵 통조림은 보존 기한이 8년이나 되었다. 재미 삼아 먹어보니 국물은 짰고 어묵은 테니스 공처럼 퉁퉁 불어 비상시가 아니고는 먹을 수 없는 맛이었다. 요즘은 어떤 고립 상황에서도 이틀이면 식량 공급이 가능하다고 했다. 겨우 이틀을 부지하기 위해 식감이 가죽 같은 어묵을 씹어야 한다는 얘기였다.

김은 슈퍼마켓 주인에게 어묵이나 우동 통조림 같은 게 있는지 물었다. 주인은 보고 있던 텔레비전 프로그램에서 눈도 떼지 않고 그런 물건은 없다고 잘라 말했다. 언젠가 이 도시를 다녀간 사람이 사다 주었다고 하자 주인은 16년째 같은 자리에서 슈퍼마켓을 운영하고 있지만 그런 통조림은 본 적이 없다고 단호하게 말했다. 김이 못미더운 표정을 짓자 맨 안쪽 진열대에 몇 가지 종류의 통조림이 있으니 살펴보라고 했다. 김은 어떤 통조림을 팔고 있는지 알아보려고 가게 안으로 들어갔다. 몇 개의 진열대를 지나 통조림 진열대가 나왔다. 종류는 많았으나 이 도시만의 것은 아니었다. 흔히 볼 수 있는 골뱅이 통조림과 참치와 꽁치, 고등어나 번데기 통조림과 몇 종류의 과일 통조림이었다. 진열대까지 따라온 주인이 어묵이나 우동은 통조림으로는 나오지 않지만 즉석 조리 식품으로 나온 게 많으니 그것을 사라고 권했다. 김은 대꾸하지 않고 차로 돌아왔다. 장례식장으로 가는 동안 몇 군데 슈퍼마켓에 더 들렀으나 어디에도 재난에 대비하는 통조림은 없었다.

*

　김은 장례식장의 어두컴컴한 지하 주차장으로 들어갔다. 입관하듯 선에 맞추어 차를 댔다. 운전석에 앉은 채 눈을 붙이려다 짐칸이 텅 비어 있다는 데 생각이 미쳤다. 어두컴컴한 짐칸 안에서 화환이 옅은 국화 냄새를 풍기며 낮달처럼 희미하게 빛나고 있었다. 김은 짐칸으로 들어가 조화 옆에 누웠다. 등을 타고 찬 기운이 전해졌다. 어두운 곳에서 차고 딱딱한 곳에 누워 있자니 염을 기다리는 시신이 된 기분이었다.

　이대로 어른의 삶이 계속된다면 오늘 밤 약속은 아예 지킬 수 없을 거였다. 김에게 어른의 죽음은 비통하고 엄숙한 세계를 떠나 정체되고 지연되는 시간의 문제로 남았다. 김은 망설이다 여자에게 전화를 걸었다. 여자는 무슨 일이냐고 묻기도 전에 알았다고 했다. 그는 서운한 듯 입을 다문 여자에게 자신은 지금 여자가 있는 곳에서 400킬로미터쯤 떨어진 곳에 있는데 이곳에서의 일이 아직 끝나지 않았다고 얘기했다. 여자가 주저하는 목소리로 언제 일이 끝나느냐고 물었다. 내 맘대로 끝낼 수 있으면 좋겠지만 그런 일이 아니에요. 김이 대답했다. 여자는 아무 대꾸도 하지 않았다. 퉁명스러운 대답에 마음이 상했을지도 몰랐다. 김은 매번 그런 사소하고 무의식적인 대답에 주의해야 하는 것에 잠시 짜증이 났으나 일이 아직 끝나지 않았고 언제 끝날지 모른다고 다시 한 번 말했다.

여자가 짐짓 아무렇지도 않은 목소리로 뭔가 얘기하기 시작
했다. 김은 여자와 통화하는 사이에 어른이 돌아가셔서 친구
가 전화를 걸어오지 않을지 초조해졌다. 듣고 있어요? 여자
의 물음에 건성으로 그렇다고 대답했다. 여자가 다시 말을 이
었다. 김이 듣기 시작한 부분은 백화점 고객상담실로 찾아온
한 고객의 단정치 않은 차림새에 대한 것이었다. 아마도 계속
그 얘기를 하고 있었던 것 같았다. 여자는 고객이 몇 번이나
입은 속옷을 가져와 환불을 요구한다고 자주 한숨을 섞어 털
어놨다. 지치고 피곤해 보였다. 김은 여자의 낮은 한숨 소리
를 들으며 여자가 있어서 많은 순간을 견뎌왔지만 문득 앞으
로는 여자가 있는 순간을 견딜 수 없을 거라는 생각이 들었
다. 물론 김은 지금도 자주 여자에게 위안과 온기를 얻었다.
그러나 어떤 것도 오래 지속되지 않았고 언제나 곧 사라져버
렸다. 김은 갑자기 마음속에 내려진 결단을 미루는 게 어리석
게 느껴졌다. 이미 충분히 여자와 거리를 두고 있었지만 여자
의 한탄을 듣는 동안 더 멀어지고 싶어 조바심이 났다. 여자
가 말을 멈췄다. 어쩌면 김이 다른 생각에 빠져 있는 동안 줄
곧 입을 다물고 있었는지도 몰랐다. 이번에도 여자는 들었어
요? 하고 물었다. 김은 못 들었다고 솔직하게 얘기했다. 여자
가 다시 낮게 숨을 내쉬었다. 김은 순전히 통화를 끝내고 싶
은 마음에 도시로 돌아가면 여자의 집을 방문하겠다고 약속
했다. 김의 약속은 매번 서운해하는 여자를 달래기 위한 것이

었다. 이대로 전화를 끊어버리면 여자는 한참 망설이고 갈등하다가 그에게 전화를 걸어올 것이었다. 여자가 반색하는 목소리로 그게 몇 시쯤이냐고 물었다. 그는 누군가 죽고 나서 네 시간 후라고 대답했다. 여자는 김과의 통화에서 처음으로 웃음을 터뜨렸다. 그의 대답을 농담이라고 생각한 게 틀림없었다.

전화를 끊고 김은 장례식장으로 올라갔다. 1층에 있는 빈소의 대리석 제단에 영정 사진이 덩그러니 놓여 있을 뿐, 네 개 층에 있는 열세 곳의 빈소는 모두 텅 비어 있었다. 상주도 조문객도 없고 과일이나 꽃, 향이 없이 제단 위에 놓여 있는 영정 사진은 난데없었다. 돌아가시기도 전에 성질 급한 유족들이 빈소에 영정 사진을 내려놓은 모양이었다. 사진의 주인은 백발이 섞인 머리를 가지런히 뒤로 넘긴 노인이었다. 시간이 많이 지난 것을 감안하더라도 김이 예전에 알던 어른은 아니었다. 사진 주인은 유쾌하고 장난기 많은 눈매로 슬쩍 웃고 있었다. 죽지 않은 채로 자신의 죽음을 애도하는 자리에 먼저 내려와 있는 것이 재미있다는 표정이었다. 김은 텅 빈 영안실에서 그 사진을 보며 자신은 살아 있다는 걸 실감했다. 이미 죽었거나 곧 죽게 될 것은 영정의 주인이었지 그가 아니었다. 김은 한 번도 죽음을 진지하게 생각해보지 않았음을 깨달았지만 그것이 다였다. 그는 살아 있었고 죽음에 대해서라면 그것이 목전으로 다가올 때까지 — 그것은 멀고도 먼 훗날의 일이 될 거였다 — 생각하고 싶지 않았다.

어둠이 어른의 숨처럼 천천히 내려앉고 있었다. 김은 장례식장 입구에 서서 어둠의 음영 속으로 황량함을 감추고 있는 농토를 바라보았다. 누군가 그에게 다가와 불을 빌려달라고 했다. 검은 양복을 입은 사내였다. 장례식장이 텅 비어 있었으므로 김은 그 사내 역시 순전히 의무감만으로 누군가 죽기만을 기다리며 시간을 보내고 있는 사람이 아닐까 하고 생각했다. 역시 그런 눈빛으로 김을 바라보는 사내의 양복은 잔뜩 구겨져 있었다. 검은 넥타이를 맨 와이셔츠에는 몇 군데 붉은 국물 자국이 남아 있었다. 이거 원, 유니폼이 또 더러워졌네요. 낮에도 일을 하고 오느라고요. 싫다는데도 억지로 줘서 육개장을 먹었거든요. 육개장 먹는 것도 하루 이틀이지 말이에요. 김이 셔츠에 묻은 얼룩을 빤히 쳐다보는 걸 의식했는지 사내가 말했다. 유니폼이라는 말에 김이 살짝 웃었다. 그러고 보니 주차장에 세워진 상조회사 차량을 본 것 같았다. 어디서 오셨어요? 사내가 물었다. 화원에서 왔다고 하자 이번에는 아직 안 돌아가셨어요? 하고 물었다. 김이 난감한 표정으로 고개를 끄덕였다. 사내가 김의 곤경을 이해한다는 듯 슬쩍 웃으며 말했다. 저도 그런데, 혹시 같은 분일까요?

장례식장에서 한참 떨어진 국도변에 닿을 때까지도 친구에게 전화가 걸려오지 않았다. 상조회사 직원과 함께 누군가 죽지 않는 상황을 계속 투덜거리게 될까 봐 산책 삼아 나선 게 길어졌다. 김은 국도변에 서서 장례식장이 있는 쪽을 바라보았다. 불을 밝힌 커다란 간판을 넋 놓고 바라보다가 아직도 안 죽은 모양이네, 하고 중얼거렸고 부정한 생각을 발설한 데 놀라 입을 다물었다.

그때 전화벨이 울렸다. 친구의 전화였다면 김은 자신이 죽음을 재촉한 것 때문에 죄책감을 느꼈을지도 몰랐다. 아직 안 끝나셨어요? 여자였다. 안도감이 느껴지는 동시에 초조해졌다. 그 초조함 때문에 김은 자신이 여자로부터 떠나왔음을 다시금 깨달았다. 앞으로 여자와의 통화는 더 드물어질 것이고 간혹 이어지는 만남은 지루할 것이고 말투는 무뚝뚝해질 것이며 웃을 일이 점점 줄어들 것이다. 그럴수록 여자는 더 자주 전화를 걸어 자신에게 소홀하고 무관심한 김을 이해하려고 하다가 어느 날 문득 서운함과 허전함을 견디지 못해 울컥하여 화를 내고 얼마 후에는 화낸 것을 사과할 것이다. 그런 일이 얼마간 반복되다가 나중에는 오로지 마음을 되받지 못한 것을 억울해하며 김을 원망하고 미워하는 데 시간을 쓸 것이다. 그러다가 문득 이 모든 일을 되풀이할 정도로 김을 사랑하지 않으며 어쩌면 처음부터 사랑이 아니었음을 깨닫고 마음이 편안해지는 동시에 허탈해질 것이다. 김으로서는 그 순간을 기다리는 것밖에 할 수 있는 게 없었다. 어쩌면 그때 비로소 여자에게 애틋함을 느끼게 될지도 몰랐다.

김은 냉담했던 말투를 풀었다. 당신이 재촉하면 나는 어른이 빨리 돌아가시길 기도해야만 돼요. 여자가 웃음을 터뜨렸다. 여자가 웃자 김은 다시 조급해졌다. 여자가 언제까지고 그의 진심을 몰라서는 안 되기 때문이었다. 그는 아직도 웃고 있는 여자에게 불쑥 여기까지, 라고 말했다. 여자가 못 알아듣고 되물었다. 뭐가요? 그는 얼른, 농담은 여기까지라고 대답할까 생각했다. 어두운 벌판에 유일한 빛이라고는 장례식장 간판뿐인 곳에서 이별하고 싶지 않았다. 그리고 그가 내내 생각해오던 것과 달리 이 생각은 어쩌면 즉흥적인 것일 수도 있었다. 남쪽으로 400여 킬로미터를 달려오고 기다리느라 피곤해서 그런 마음이 드는 것인지도 몰랐다. 여자가 되물었다. 뭐가 여기까지예요? 재촉하는 여자에게 그가 대답했다. 우리요. 우리가 함께 있는 거요. 여자가 잠시 멈췄다가 말했다. 팀장이 찾아서 가봐야겠어요. 조심해서 오세요. 그분이 빨리 돌아가시길 빌게요. 전화는 끊어졌다. 홀가분해지리라고 생각했던 것과 달리 그의 마음은 무겁게 내려앉았다.

국도는 이미 어둠에 용해되어 끝을 감추고 있었다. 김은 그 자리에 쭈그리고 앉아 담배를 꺼내 물었다. 덩치 큰 차가 한 대 지나가면서 지표가 흔들렸고 요란한 바람이 불고 시커먼 매연이 쏟아진 후로 도로는 내내 잠잠했다. 세 대의 담배를 잇달아 피우고 자리에서 일어서려는데 그가 앉아 있는 쪽으로 뭔가가 천천히 다가왔다. 작고 흰 점이었다. 점은 계속 움직였고 점차 커졌다. 가까이 다가오면서 불분명한 형체 속에 모습을 드러낸 것은 흰색 운동복이었다. 가슴과 등에 숫자가 적힌 번호판을 단 마라토너였다. 그가 곁을 지나갈 때 후후 하하 하고 코와 입을 통해 일정한 간격으로 들이마시고 내쉬는 안정적인 숨소리가 고스란히 들렸다. 김은 어둠에 모습을 감춘 국도 속으로 마라토너가 서서히 사라지는 걸 지켜보았다. 그는 흔들리는 흰 점이 되어 차츰 작아져가다가 끝내 숨듯이 모습을 감췄다. 그 완전한 소멸은 오히려 어둠 너머 보이지 않는 곳에도 길이 계속 이어지고 있다는 생각을 일깨웠다. 김은 홀린 듯 흰 점을 삼킨 어둠 쪽으로 걸음을 옮겼다.

얼마쯤 걸어갔을 때 등 뒤에서 나지막한 휘파람 소리가 들려왔다. 김이 자리에 멈춰 섰다. 어둠 속에서 모습을 드러낸 것은 김이 모는 것과 같은 종류의 트럭이었다. 바람 소리나 바퀴 소리, 짐칸에 넣어둔 물건이 덜컹거리는 소리 같은 것은 없었다. 잘못 들었지 싶었으나 트럭이 곁을 스쳐갈 때 다시 한 번 선명한 휘파람 소리가 들렸다. 어둠에 모습을 감춘 운전자가 부는 모양이었다. 김은 휘파람 소리만 내며 전속력으로 달리는 트럭을 공연한 호기심에 물끄러미 바라보았다. 속력을 줄이지 않고 곡선 도로를 무리하게 돌던 트럭이 김의 시선에 놀란 듯 갑자기 사선으로 기울어지더니 노면을 타고 미끄러지기 시작했다. 트럭은 순식간에 가드레일에 부딪혀 옆으로 기울어졌고, 놀란 김이 짧은 감탄사를 내뱉기도 전에 불길이 치솟더니 이내 뜨거운 열기에 휩싸였다. 운전자는 보이지 않았다. 불길이 이미 그를 삼킨 것인지 그 전에 용케 빠져나온 것인지 알 수 없었다. 트럭을 삼킨 불꽃이 순식간에 밤의 국도를 밝혔다.

김은 그 불빛을 바라보다가 휴대전화를 꺼냈다. 경찰이나 구급대원, 병원의 응급센터에 거는 대신 여자에게 전화를 걸었다. 여자는 전화를 받지 않았다. 고객의 불만을 듣고 있는 중이거나 단단히 화가 난 모양이었다. 김은 타오르는 불꽃을 바라보며 계속 수화기를 들고 있었다. 한참만에야 전화를 받은 여자는 아무 말도 하지 않았다. 수화기를 통해 여자의 가느다란 숨소리가 들려왔다. 차분하면서 규칙적인 소리였다. 그 소리가 묘하게도 김의 마음을 가라앉혔다. 김은 여자의 숨소리에 맞춰 숨을 내쉬고 들이마셨다. 여자와 호흡을 맞추려면 조금 서둘러 숨을 뱉어야 했다. 몇 번의 시도에도 숨의 간격을 맞추기 어려워지자 김은 불쑥 여자에게 사랑을 고백했다. 여자는 잠자코 있었다. 여자가 아무 말도 하지 않는 것이 두려웠지만 어떤 대꾸를 하는 것도 두려워서 오로지 여자에게 틈을 주지 않기 위해 생각나는 대로 말을 이었다. 오랫동안 유심히 여자를 바라보는 기쁨을, 여자와 처음으로 우연히 팔꿈치가 스쳤을 때 박동한 심장을, 처음 여자의 손을 잡았을 때 거짓말같이 여겨지던 낯선 감각을, 그를 차분하게 하는 부드러운 숨소리를 얘기했다. 여자에게 사랑받지 못하지나 않을까 하는 불안감을, 여자를 사랑하고 있음을 깨달았던 순간의 설렘을 얘기했다. 얘기를 하는 동안 김은 여자에게 말한 것들이 이제껏 한 번도 생각해보지 않았던 것임을 깨달았다. 자신의 말은 모두 어디서 읽거나 누구에게 들은 얘기 같았다. 너무 상투적이고 진부해서 진심으로 여겨지지 않는 말이었다. 반면에 그래서 진심처럼 들리기도 했다.

스스로도 알 수 없는 말을 계속하는 것은 순전히 김이 검은 밤의 국도변에 홀로 서 있으며 근처에 빛을 내는 것이라고는 장례식장의 간판과 불타는 트럭뿐이기 때문인지도 몰랐다. 간판은 멀리서도 훤히 보이도록 빛나고 있었는데, 그 때문에 건물을 가리킨다기보다는 어둠에 묻힌 도시 전체를 가리키는 것처럼 보였다. 어쩌면 모든 학생들이 정기적으로 지진에 대비한 훈련을 하고 있으며 주민들은 지진 발생 시 안전하게 집으로 돌아갈 수 있는 지도를 부적처럼 품고 다니는 도시에 있기 때문인지도 몰랐다. 재난에 대비한 우동과 어묵 통조림이 이 도시에서 오래 장사한 사람도 모르는 어떤 곳에서 팔리고 있고 불분명한 재난의 위협 속에서 누군가는 단지 노환으로 죽을 듯 죽지 않으며 계속 목숨을 부지하고 있는 도시이기 때문인지도 몰랐다. 만약 그가 사는 도시였다면, 그런 불안과 두려움이 없었다면, 그는 여자에게 여전히 무뚝뚝하게 굴었을 것이고 간혹 친절하게 굴고 나서는 여자가 오해할까 봐 전전긍긍했을 것이다.

여자가 입을 열어 무슨 일이 있느냐고 물었다. 그 평이한 질문으로는 자신의 고백이 여자를 기쁘게 했는지 들뜨게 했는지 못마땅하게 했는지 화가 나게 했는지 도무지 짐작할 수 없었다. 김은 여자에게 그 말을 하는 내내 자신이 몹시 낯설게 느껴졌는데, 그 느낌 때문에 고백의 일부가 진심일지도 모른다고 생각했다.

그러나 진심과 상관없이, 여자의 마음과 상관없이, 그는 두려움이 점지해준 고백 때문에 곧 부끄러워질 것이며 어떤 말도 돌이킬 수 없어 화가 날 것이고 그 말이 불러온 상황과 감정을 얼버무리려고 애를 쓸 것이며 그럼에도 당시 마음에 인 감정의 윤곽이 무엇인지 헤아릴 것이었다. 그 생각에 김은 갑자기 전화를 뚝 끊어버렸다. 여자가 먼저 전화를 걸어오지 않을까 생각했고 그러면 전화를 받아야 하나 말아야 하나 생각했지만 전화는 걸려오지 않았다. 트럭은 여전히 맹렬하게 불타오르고 있었다. 김은 땅에 박힌 듯 멈춰 서서 조등(弔燈)처럼 환히 빛나는 그 불빛을 바라보았다.

**동일한
점심**

점심은 늘 같은 것으로 먹었다. 인문대 구내식당의 정식 A세트였다. A세트는 날마다 반찬이 달라졌지만 밥과 국, 김치를 제외하고 세 가지 반찬이 나온다는 게 같았다. 늘 비슷했으므로 퇴근할 무렵이면 점심에 먹은 반찬이 잘 기억나지 않았다. 아침에 집에서 서둘러 먹고 나온 반찬을 기억할 수 없는 것과 마찬가지였다. 기억 속에 떠오른 반찬이 오늘 먹은 것인지 어제 먹은 것인지 헷갈렸다. 어쩌면 구내식당 게시판에 적혀 있는, 내일의 반찬인지도 몰랐다.

그는 흰쌀밥과 소고기 무국, 큼직하게 썰어 양파와 함께 무친 오이, 비계가 많이 붙은 제육볶음과 가지무침을 식판에 가득 담아 언제나 앉는 기둥 뒤쪽 자리로 갔다. 식당 입구와 등을 지는 곳으로, 아는 사람이 들어와도 어색하게 눈을 마주치지 않아도 되는 자리였다. 스테인리스 컵에 따라온 물을 한 모금 마시고 천천히 밥을 먹기 시작했다. 혼자 먹는 데에 익숙했으므로 불안하게 시선을 자주 바꾸거나 무례하게 누군가를 빤히 쳐다보지 않았다. 간혹 멀거니 허공을 볼 때도 있었지만 대개는 줄어드는 음식의 양을 관찰하듯 식판에 시선을 둔 채 묵묵히 밥을 먹었다.

같은 시간에 같은 자리에 앉아 전날과 별반 다르지 않은, 거의 같다고 할 수 있는 밥을 먹으며 그는 자신이 날마다 정시에 복사실 문을 여는 것이 어쩌면 구내식당의 점심 때문이 아닐까 생각했다. 커다란 찜통에 찐 찰기 없이 푸석한 밥, 미지근하게 식은, 싱겁거나 짜서 입에 맞지 않는 국, 비계 많은 제육볶음이나 노랗게 구워진 차가운 생선구이 같은 것을 규칙적으로 먹기 위해서라고. 그렇게 늘 똑같은 한 끼 밥을 먹는 것으로 그는 어제의 낮과 오늘의 낮이 같음을 실감하고 오늘 밤과 내일 밤이 다르지 않을 것을 확신했다. 그런 실감과 확신을 통해 자신이 지하 복사실에 있는 동안 매일 낮과 매일 밤이 각각 다르게 흘러간다는 사실을 잊었다. 말하자면 조금씩 반찬이 달라질 뿐 본질적으로 같은 식단이라고 할 수 있는 정식 A세트는 그의 일상과 꼭 닮은 식사였다. 규칙적인 기상 시간, 남색과 검은색으로 이루어진 비슷한 차림의 복장, 같은 시각에 출발하는 출근 열차, 언제나 일정한 복사실의 영업 시간이 그의 생활과 꼭 닮은 것처럼.

지난 학기에 내부 공사를 위해 며칠 영업을 중단했을 때를 제외하고 그는 줄곧 인문대 구내식당을 이용했다. 그 기간에는 할 수 없이 근처의 경영대 식당으로 갔다. 외부업체에서 위탁을 받아 운영하는 식당이었다. 메뉴가 다양하고 깔끔하며 맛이 좋다는 평판 때문에 이용하는 학생이나 교수들이 많았다. 빳빳하게 다려진 흰 천을 덮고 있는 테이블은 청결했다. 목이 긴 화병에는 장미가 한 송이씩 꽂혀 있었다. 이용자가 많았음에도 시끄럽고 어수선하기보다는 조용하고 사교적인 분위기가 흘렀다. 그는 서울역의 열차 시간표처럼 커다랗고 복잡한 메뉴판 앞에서 한참 주저하다 오므라이스나 김치볶음밥 같은 단품 메뉴를 선택했다. 경영대 구내식당에서 밥을 먹고 나면 오후에 꼭 배앓이를 했다. 할 수 없이 학교 앞 행상에서 사온 김밥을 점심으로 먹었다. 식욕이 없었고 맛도 있을 리 없었지만 은박 포장을 조금씩 벗겨가며 김밥 두 줄을 다 먹어치웠다. 문을 닫고 김밥을 먹고 있는 동안 사람들은 끊임없이 복사실을 찾아왔다. 그들은 신경질적으로 잠긴 문고리를 돌렸다. 화장실이 아닌데 똑똑 두 번 두드려 노크를 하기도 했다. 그는 무의식중에 마주 노크를 하기 위해 손을 뻗었다가 헛되이 내려놓았다. 노크 후에 계세요, 라고 외판원처럼 묻거나 안에 누군가 있는 걸 알고 있다는 듯 손으로 거칠게 두드리거나 발로 문을 걸어차는 사람도 있었다. 그는 아무리 다급한 소리에도 복사실 문을 열지 않았다. 점심시간이 끝나는 한 시 정각이 되어서야 잠긴 고리를 풀었다. 막상 문을 열면 아까의 소리들은 모두 환청인 듯 누군가 오기를 기다려도 아무도 오지 않았다.

마지막 남은 밥을 입에 떠 넣으면서 그는 대각선으로 맞은편 테이블에 앉은 사내가 자신을 보고 있다는 것을 깨달았다. 사내는 낯익은 느낌을 줬다. 오래 응시한 시선 때문에 그런 느낌이 드는 건지도 몰랐다. 누군지 알 수 없었다. 복사실을 자주 이용하는 강사일 수도 있었다. 강사야 워낙 많으니까. 그는 사내에게 가벼운 목례를 건넸다. 실수를 하느니 예의를 차리는 게 나았다. 사내도 고개를 끄덕여주었다. 밥을 다 먹은 그는 남은 반찬을 국그릇에 모았다. 자리에서 일어서며 흘깃 보니 사내 역시 식판을 뚫어져라 보며 밥을 먹고 있었다.

식판 회수대로 걸어가면서 그는 사내를 어디서 보았는지 생각했다. 책이나 자료를 들고 복사실로 들어오는 사내, 인문대 복도에서 마주친 사내, 공중 화장실의 소변기 앞에서 오줌을 누는 사내, 버스나 지하철에서 졸고 있는 사내, 졸다가 자신에게 어깨를 기대오는 사내, 교문 앞 횡단보도에 서 있는 사내, 인문대 현관 앞에서 담배를 피우고 있는 사내, 목욕탕에서 벌거벗고 목에 수건만 걸친 사내 등등. 여러 모습을 상상해보았지만 모두 생소했다. 그는 식당을 빠져나가면서 사내를 돌아보았다. 사내는 무표정하게 음식물을 씹고 있었다. 얼굴이 신문지로 가려져 있다고 상상하자 그제야 사내를 어디서 보았는지 떠올랐다.

날마다 규칙적인 생활을 하면 뜻하지 않게 낯익은 얼굴이 생기기 마련이었다. 집에서 전철역으로 걸어 나오는 길에 만나는 키가 작고 뚱뚱한 아가씨가 그랬다. 그녀는 항상 높은 굽의 구두를 신고 있었고 그 때문인지 저만치 앞서 있다가도 이내 그에게 추월당해 점점 뒤처졌다. 늘 뒷모습만 보았으므로 만약 정면에서 마주친다면 못 알아볼 것 같았다. 전철역 입구에서 무료 신문을 나눠주는 모자 쓴 아주머니도 있었다. 결코 신문을 받아가는 법이 없는데도 아주머니는 매번 그에게 신문을 내밀었다. 교문 앞 행상 아주머니는 김밥을 아령처럼 들고 지나가는 사람들을 향해 방금 집에서 싸 온 거라고 소리쳤다. 그리고 같은 시각 같은 차량의 출근 열차를 이용하는 사내가 있었다.

그는 언제나 8시 38분에 역에 도착하는 열차를 탔다. 그러면 9시 30분에 복사실 문을 열 수 있었다. 전철은 늘 2번 차량 3번 칸에서 탔다. 출입구에서 다소 멀었지만 그 때문에 그다지 붐비지 않았다. 비교적 여유 있게 역에 도착해서 책을 읽고 있으면 전광판에 열차가 전 역을 출발했다는 메시지가 들어왔다. 열차가 들어오는 쪽으로 고개를 돌리면 사내가 보였다. 사내는 그와 1미터쯤 떨어진 곳에 서서 신문을 활짝 펼

쳐 읽고 있었다. 검은 구멍을 통과해 역사에 진입한 열차의
문이 열리면 물길을 터주듯 그는 출입구의 왼쪽으로, 사내는
오른쪽으로 비켜섰다. 거리를 두고 선 그와 사내 사이로 승객
들이 쏟아져 내렸다.

오늘 아침도 그랬다. 그와 사내는 여전히 2번 차량 3번 칸
에 나란히 서 있었다. 사내는 역 입구에서 나눠준 무료 신문
을, 그는 제본 도서를 읽고 있었다. 강사들은 교재로 사용하
기 위해 여기저기에서 발췌한 편집본이나 가격이 비싸 엄두
를 낼 수 없는 원서, 시중에서 아예 구할 수 없는 책을 제본
맡겼다. 제본 도서가 다 팔리는 일은 거의 없었다. 강의 교재
용으로 학생 수만큼 제본을 해도 두서너 권은 반드시 남게 마
련이었다. 뒤늦게 수강 신청을 변경하거나 교재 없이 한 학기
를 버티는 학생은 어디에나 있었다.

학생들이 각자 복사실에 찾아와 사 가고 남은 제본 도서는
그의 몫이었다. 책장을 가득 메운 제본 도서들은 같은 색감의
표지 때문인지 내용과 분야가 각기 다름에도 불구하고 모두
비슷해 보였다. 그는 취향과 기호에 상관없이 제본 도서만 읽
었다. 어떤 것이라도 상관없었다. 그저 다른 제본 도서가 생
기기 전까지만 읽었다. 학기 초에 제본한 것들은 그 수가 워
낙 많아 첫번째 장도 미처 다 못 읽는 경우가 많았고 학기 중
에 제본한 것들은 그럭저럭 반 정도는 읽었다.

그가 막 읽기 시작한 책은 행위 예술의 장면들을 편집하여

모아놓은 책이었다. 교양 과목 강사가 맡긴 것이었는데 가격이 비싸서 그런지 수강 신청을 변경한 학생이 많아서인지 팔리지 않고 남은 것이 여섯 권이나 되었다. 이전에 읽던 책을 책장 아랫단에 꽂아두고 그 책을 읽기 시작했다. 책에서 몸은 함부로 사용되고 있었다. 예술가가 자신의 몸으로 캔버스에 얼룩을 내거나 물감을 묻혀 몸을 찍어내는 작업은 초보적인 수준이었다. 보철을 사용하여 신체를 훼손하거나 폭력적인 상황에 몸을 노출하는 일이 빈번했다. 행위에 담긴 예술적 의도와는 상관없이 그는 신체를 활용하는 예술가들의 방식이 마음에 들었다. 몸은 단지 하나의 매체나 표현 도구로 사용되고 있었다. 고귀하게 존중받아야 할 대상이 아니라 조롱받고 위협받는 대상이었으며 메시지를 전달하는 매체였다. 그는 여러 형태로 훼손된 몸을 바라보면서 자신의 몸과 마찬가지로 예술가들의 몸이 별로 아름답지 않다는 것에 위안을 받았다.

책을 보다 말고 거울에 자기 몸을 비춰 보기도 했다. 쏟아질 듯 불거져 나온 아랫배와 여자들이 닿기를 꺼릴 것이 분명한, 긴 털이 숭숭 자란 팔뚝이 보였다. 얼굴과 경계가 없을 정도로 짧고 두툼한 목과 소년 시절의 여드름 자국이 갈색 반점으로 남은 얼굴이 보였다. 살이 찌면서 예전의 얼굴 윤곽을 거의 잃었다. 복사실에 근무하면서부터 갑작스럽게 살이 올랐다. 복사실에서 재게 몸을 놀려야 할 일은 거의 없었다. 손

님이 들어온다. 의자에서 일어나 카운터로 간다. 손님이 내미
는 자료를 받아 숫자 버튼을 눌러 매수를 지정하고 초록 버튼
을 눌러 복사를 시작한다. 복사광이 번지면 사람이 없는 벽이
나 책장이나 복도 쪽으로 시선을 돌린다. 복사된 자료를 건넨
다. 대개는 지폐를 받고 통을 뒤져 잔돈을 내준다. 다시 의자
에 앉는다. 그게 다다. 그런 일들이 하루에 수십 번 복사된다.

　열차가 곧 도착한다는 신호음이 울렸을 때 그는 '허리를 서
로 묶은 채로 보낸 1년'*이라는 퍼포먼스 사진을 보고 있었
다. 정면을 보고 마주 선 두 사람이 허리에 끈을 묶고 있었다.
그들은 1년 동안 2미터 길이의 끈을 묶고 생활했다. 단지 홀
로 되지 않기 위해서였다. 둘 사이의 대화는 매일 녹화되고
모든 일상이 사진으로 찍혔다. 그는 책에 시선을 둔 채 무의
식적으로 한 발 뒤로 물러서다가 바투 서 있던 뒷사람과 부딪
쳐 고개를 숙여 사과했다.
　학교 시절 짧은 몇 번의 연애가 전부인 그는 타인과 친밀한
관계가 되는 것에 막연한 동경이 있었다. 누군가와 설레는 감
정을 나누며 오랫동안 함께 있는 것은 완전히 별개였던 두 존
재가 물처럼 한데 섞여 흐르는 것이 아닐까 하고 생각해왔었
다. 각자의 생에서 품었던 비밀이 이전 생애나 다음 생애의
것이 되면서 종내에는 두 존재가 약간의 시간차를 두고 태어
난 쌍둥이 같아지는 것이라고.

그는 언제나 학생들이나 강사 같은, 실제로는 친분이 전혀 없는 타인들 사이에 있었다. 아무런 관계가 없었기 때문에 사교의 의무도 없었다. 그것은 의견을 교환하거나 논쟁을 벌이거나 목적 없이 담소를 나눌 만한 사람이 없다는 의미였다. 복사를 맡기러 오는 학생이나 강사들과 나누는 몇 페이지, 몇 부 복사라는 말이 하루 종일 나누는 대화의 전부일 때가 많았다. 항상 지하 복사실에 있었지만 그의 얼굴을 기억하는 사람들은 많지 않을 것이었다. 그가 다른 사람들을 어디선가 본 적이 있는 사람의 눈빛으로 바라보듯이 그들도 그를 그렇게 바라보았다. 그는 의자에 앉은 채 열린 문을 통해 복도를 바라보며 종종 히죽거리며 웃었지만 웃고 나서 스스로 왜 웃었는지 이유를 생각하느라 오히려 얼굴이 굳을 때가 많았다. 여름에도 냉한 기운이 감도는 지하 복사실에서 그가 느끼는 온기라고는 초록 버튼을 누르면 나오는 복사광이 다였다. 어떤 날은 뚫어져라 그 빛을 바라보다가 눈이 시려 눈물이 맺히기도 했다. 눈물은 이내 말랐다.

끈에 묶인 두 사람은 퍼포먼스가 진행되는 1년 동안 친구들이 중재하지 않으면 손 쓸 수 없는 적대적인 사이로 전락해 버렸다. 그들이 끈에 묶여 나누는 대화라고는 끈을 끊어버리고 싶다거나 평생 서로를 저주하겠다는 악담이었다. 그는 책을 덮었다. 결국 타인과의 완벽한 친밀감이란 동경에 불과하며 인간이란 타인과 최소한 2미터 이상의 거리를 가져야만

하는 존재인지도 몰랐다. 그는 복사실의 카운터와 쉴 새 없이 학생이나 강사 들이 지나다니는 복도까지의 거리가 대략 2미터쯤 되지 않을까 생각했다. 그는 언제든 누구에게든 그 정도의 거리를 유지해왔다. 그 거리는 복사실을 찾는 사람들과 그 사이에 놓인 카운터의 가로 길이와도 같았다. 누구도 카운터 너머로는 들어오지 않았다.

열차가 들어오는 소리에 고개를 돌렸을 때 한 사내와 눈이 마주쳤다. 사내가 잠시 그를 바라보았다. 그는 이내 열차로 시선을 돌렸다. 열차가 진입하는 소리가 아득해지면서 주위가 고요해지는 느낌이 들었다. 고요를 깨뜨리며 갑자기 쿵 하는 둔탁한 소리가 들렸다. 사내가 열차를 향해 몸을 던진 것이었다. 여기저기서 비명 소리가 들렸다. 실제로 그런 소리가 들렸는지 알 수 없었다. 그가 상상한 소리인지도 몰랐다.

열차가 불안한 소리를 내며 진행하다가 이윽고 멈춰 섰다. 주변이 어수선해졌다. 플랫폼에 서 있던 사람들이 다가왔다. 열차에 타고 있는 사람들이 창을 기웃거렸다. 검은 낯빛의 기관사가 서둘러 선로 아래로 내려갔다. 제복 입은 역무원 몇이 계단을 뛰어내려왔다. 역무원의 지시로 열차 문이 열렸다. 문이 열리자 기다렸다는 듯 승객들이 우르르 쏟아져 나왔다. 승객들이 멍하니 서 있는 그를 밀치며 선로 쪽으로 다가갔다. 그들은 자신이 발을 디딘 곳에서 누군가 죽었다는 것을 믿을 수 없다는 듯 몸을 움츠리고 불안한 표정으로 선로를 바라보았다. 역무원과 막 달려온 소방대원들이 텅 빈 열차를 들어올렸다. 잘 되지 않는지 열차를 뒤로 빼야겠다는 소리가 들렸다. 다시금 열차가 투신자의 몸을 깔아뭉갤 것이 분명했다. 열차가 뒤로 물러설수록 탄식 같은 비명 소리가 높아졌다. 끼이익 하는 바퀴 소리가 불길하게 역사 안으로 퍼졌다. 그 소리에 이끌려 그는 선로 쪽으로 다가갔다. 시신은 참혹했다. 산산이 찢기고 터지고 눌려 침목 사이로 붉은 피가 되어 스미고 있었다. 피는 검게 스며들면서 이내 원래 있던 얼룩과 섞였다.

구역질을 참으며 뒤로 물러나왔다. 그는 자신이 사내의 투신을 목격하기 위해 고개를 돌린 건 아닐까 생각했다. 아니면 사내가 누군가 자신의 투신을 목격하기를 기다렸거나. 그렇다고 해도 사내가 그에게 남긴 메시지는 아무것도 없었다. 유일한 메시지라면 제대로 서 있지 못할 정도의 통증과 후들거림 같은 신체적 증상으로 전해오는 두려움뿐이었다. 그는 떨림을 이기지 못하고 의자에 털썩 주저앉았다. 습관적으로 시계를 들여다보았다. 열차를 타고 아홉 정거장쯤 갔어야 할 시각이었다. 지각이었다. 열차가 정상적으로 운행될 리 없었다. 난감한 표정으로 주위를 둘러보다가 신문을 들고 있던 사내와 눈이 마주쳤다. 그는 머쓱해하며 고개를 돌렸다. 사내가 다가와 의자에 앉았다. 그와 사내는 시소를 타는 것처럼 의자의 양끝으로 사이를 벌리고 앉았다. "방금 본 기사인데요." 사내가 떨리는 목소리로 말했다. "이 도시에서는 하루에 평균 274명이 태어나고 106명이 죽는다고 해요. 106명 중 하나가 바로 제 앞에서 죽은 건 처음이에요." 사내가 들고 있던 신문을 떨어뜨렸다. 누군가 다급히 그들 앞을 지나가면서 신문을 발로 찼다. 그는 자기 앞으로 굴러온 신문을 주워들었다. 사내에게 건네주려는데 경찰이 다가왔다. "현장에 계셨던 분이죠?" 그가 고개를 끄덕였다. "참고인 자격으로 함께 가주셔야겠습니다." 이번에는 고개를 저었다. "안 됩니다. 오전에 중요한 일이 있어서요. 늦으면 안 되는 겁니다." 경찰이 사정하는 투로 동행해달라고 말했다. 그는 약속을 깰 수 없으며 뭔가 질문이 필요하면 이 자리에서 지금 당장 하라고 말했다. 경찰은 이번에는 협박하는 어투로 말했다. "투신 사건의 경우 가까이 계셨으니 불가피한 의심을 살 수도 있습니다만." 그는 다시 한 번 오전의 일은 무척 중요한 거라고 되풀이했다. 중요한 약속이라는 게 있을 리 없었다. 유일하게 중요한 일과라면 정오에 구내식당에서 정식을 먹는 것뿐이었다. 경찰은 할 수 없다는 듯 신분증과 연락처를 확인한 후 그를 보내주었다.

시신이 수습되기를 기다리려면 시간이 걸릴 거였다. 그는 지각하면 안 된다는 생각에 마구 달려 역사를 빠져나와 택시를 탔다. 기사에게 무슨 수가 있더라도 시간에 맞춰야 한다고 사정했다. 택시를 타고 나서야 사내의 신문을 손에 쥐고 있다는 걸 깨달았다. 택시는 도로에 드리운 빌딩들의 검은 그림자를 짓밟으며 달려 나가기 시작했다. 8시 38분 열차를 타지 못한 것은 처음이었다. 처음으로 제시간에 복사실 문을 열 수 없을 것이었다. 처음으로 허겁지겁 인문대로 가는 수많은 계단을 뛰어올라갈 테고 처음으로 복사실 문 앞에 사람들을 세워두고 기다리게 할 것이었다. 들고 있던 신문으로 부채질을 했다. 신문은 잔뜩 구겨져 있었다. 땀은 잘 식지 않았다. 택시 요금은 그가 한 달간 이용하는 열차 요금만큼 나왔다. 그렇게 많은 돈을 냈지만 시간에 맞출 수는 없었다. 출근 시간이었고 언제나 심한 정체를 겪는 간선도로를 통과했다. 그는 다른 날보다 30분 늦게 복사실을 열었다. 문을 여는 동안 심장이 흔들릴 정도로 허둥거렸지만 세상은 그가 난생처음으로 복사실에 늦게 나타났다는 사실도 모른 채 고요하기만 했다. 이미 수업이 시작되어 지나다니는 사람이 거의 없었다. 그는 괜히 문 앞을 기웃거리고 복도를 어슬렁거렸다. 시간이 좀 지나자 수업이 끝났는지 누군가 복사를 하러 왔다. 급한 일은 아니었다. 이후에는 간간히 복사를 했고 A4용지를 팔았고 제본 요청을 받았으며 복사기를 손보고 제본 도서를 팔았다. 시장기는 없었으나 구내식당으로 가서 정식 A세트를 먹었다. 정오가 되었기 때문이었다.

점심을 먹고 돌아와서는 컴퓨터에 저장해둔 영화를 틀었다. 볼륨은 가급적 낮췄다. 학생들은 아무 때나 복사실에 들어왔다. 어떤 영화는 종종, 어떤 영화는 자주 정사 장면이 나왔다. 학생들 사이에 이상한 소문이 돌면 곤란했다. 그는 2년 전부터 『죽기 전에 꼭 봐야 할 1001편의 영화』라는 책에서 소개한 영화를 한 편씩 봐나가고 있었다. 누군가 제본을 맡겨두고 찾아가지 않은 책이었다. 어떤 남학생이 한 권은 제본이 안 된다고 하니 어쩔 수 없이 두 권을 부탁한 거였지만 한 권도 찾아가지 않았다. 제본을 맡긴 것이 누구인지 정확히 기억나지 않았다. 그는 슬슬 넘겨가며 책을 보았고 제목이나 수록된 사진이 마음에 들면 영화에 대한 설명을 꼼꼼히 읽었다. 그러다가 불쑥 자신은 죽기 전에 할 일을 한 번도 꼽아보지 않았다는 데에 생각이 미쳤다. 지하 복사실의 냉랭한 기운이 그를 스쳐갔다. 그는 앞으로도 오랫동안 복사실에서 지내야 할 것이다. 종이에 살갗을 베는 일이 유일하게 상처가 되는 곳에서 복사광의 온기에 위로받으면서, 10원 단위의 거스름돈을 꼬박꼬박 내어주면서.

그는 비록 시각적으로 아름다운 몸을 가지고 있지는 않지만 장기 치료를 요하는 질병을 앓아본 적이 없었다. 종이 먼지와 토너 가루 때문인 듯 자주 목감기에 걸렸으나 몇 알의 약으로 버틸 수 있는 정도였다. 아직 치유력이 있는 편이므로 건강하다고 할 수 있었다. 그는 자신이 죽기 전에 하고 싶은 일이 무엇인지 생각해보기로 했다. 욕망을 정리하다 보면 오래 살고 싶어질지도 몰랐다. 생각이 길게 이어지지는 않았다. 학생 둘이 불쑥 복사를 하러 들어왔다. 그는 학생이 내민 자료를 복사기에 세팅한 후 초록 버튼을 눌렀다. 복사광이 새어나와 그의 얼굴을 비췄다. 한 학생이 그가 보다 말고 뒤집어둔 책의 제목을 가리키며 친구에게 말했다. "1,001편이라니. 저거 다 보려면 영화 보다가 죽겠다. 죽으려고 하는 짓이지."

그는 슬쩍 웃었다. 죽을 때까지 영화를 보는 것도 나쁘지 않을 것 같다는 생각이 들어서였다. 그는 영화를 즐겨 보는 편이 아니었다. 주말에 텔레비전에서 틀어주는 영화를 보는 게 고작이었다. 이제껏 본 영화 중에서 그 책에 나온 것은 거의 없었다. 복사물을 두 학생에게 건네주면서 그는 죽기 전에 이 책에 있는 영화들을 한 편씩 보아나가리라고 마음먹었다. 영화를 보다가 죽으면 적어도 침대나 의자에 앉아 죽게 될 것 같아서였다.

그의 부모님은 썩 내키지 않는 방식으로 객사했다. 등산을 좋아하던 아버지는 잘 알지도 못하는 약초를 캐려고 무리해서 비탈을 오르다가 사고를 당했다. 같이 동행한 분에게 나중에 들은 얘기로는 아버지가 캐려던 것은 약초가 아니라 도라지라고 했다. 어머니는 고속도로에서 돌아가셨다. 이모와 함께 아버지 산소에 다녀오는 길이었다. 갑자기 도로 한복판에서 차가 멈춰 섰다. 어머니와 이모는 비상등을 켜고 가까스로

갓길로 차를 뺐다. 그 동안에도 차들은 굉음을 일으키며 무시무시한 속도로 달려갔다. 갓길에 도착한 어머니와 이모는 죽다 살아났다며 안도했다. 어머니는 보험회사 직원을 기다리는 동안 무료함을 이기지 못해 범퍼를 열어보았다. "기계가 참 복잡도 하구나." 검은 기계 뭉치를 바라보며 어머니가 말했을 것이다. "아무리 복잡해도 사람 마음처럼 복잡할까." 이모가 대꾸하지 않았을까. 두 사람이 기계를 보면서 자주 하던 말이었다. 어머니는 이모의 말을 듣지 못했다. 막 몸을 일으키려다 앞차를 추월하기 위해 갓길로 진입한 트럭에 받혔다. 부모님이 돌아가신 후 그는 두 분이 운영하던 복사실을 맡았다. 학교를 졸업한 후 하는 일 없이 놀고 있었으므로 다른 대안이 없었다. 주말이면 간혹 부모님의 산소를 찾아가는 게 유일한 외출이었다. 묘석을 뒤덮은 흙먼지를 쓰다듬어 닦고 조금씩 자라난 잡초를 뽑았다. 산소는 산 중턱에 있었다. 산소가 있는 곳에서 정상 쪽으로 조금만 올라가면 수질 좋은 약수터가 있다고 했지만 올라가지 않았다. 약초는 알지도 못했고 누군가 가르쳐준다고 해도 위험을 무릅쓰고 뽑을 생각이 없었다. 어떤 증상이든 양약으로 충분했다. 고속도로에서는 늘 규정 속도를 준수하고 갓길 운행 같은 것은 하지 않았다. 차는 정기적으로 점검을 받았고 조금만 이상하면 당장 수리를 맡겼다.

리스트에서 영화를 하나씩 지워나갈 때면 뿌듯한 기분이

들었다. 어떤 영화는 지루하고 의미를 알기 어렵다는 평과 달리 그에게 감동을 주었지만 어떤 영화는 시시하고 보다가 죽겠다 싶을 만큼 지루했다. 그래도 끝까지 다 보았다. 일하는 틈틈이 영화를 보거나 정해진 시간 동안 일을 하고 돌아와 소파에 누워 영화를 보다 잠이 드는 생활은 그럭저럭 괜찮았다. 막 보기 시작한 영화는 흑백이었고 대사가 거의 없었다. 배우들의 표정이나 배경은 알아보기 힘들 정도로 느릿느릿 변했다. 견디지 못해 꾸벅꾸벅 졸고 있는데 누군가 그를 불렀다.

카운터 위에는 수십 페이지에 달하는 복사물이 놓여 있었다. "영화를 보고 계셨네요." 사내의 말에 그가 쑥스러운 표정으로 몸을 일으켰다. 이번에는 단박에 사내를 알아보았다. 같은 출근 열차를 타는, 구내식당에서 만난 사내였다. 복사물은 글자가 빼곡히 인쇄되어 있었다. 이제 막 시작한 수업에 나눠줘야 할 자료인 것 같았다. 보통은 학생 대표에게 시키기 마련인데, 직접 온 걸 보니 좀 융통성 없는 강사인 모양이었다. 그는 초록 버튼을 누르고 복사기 앞에 서서 묵묵히 복사광을 쬐었다. 천천히 잠이 깼다. "경찰에게서" 윙윙거리며 돌아가는 복사기에도 묻히지 않을 만큼 큰 소리로 사내가 말했다. "전화가 오지 않았습니까?" 그가 사내를 돌아봤다. 사내의 앞머리는 땀에 젖어 이마에 달라붙어 있었다. 남색 양복이 후줄근하게 구겨져 있어서인지 피로해 보였다. "전화요? 안 왔는데요." 그가 대답했다. "저에게는 계속 전화가 걸려와요.

참고인 조사에 응하라는 거예요. 자꾸 전화가 오니까 조교가 이상하게 생각하는 것 같아요." "전화기를 꺼두면 될 텐데요." "그러다가 학교까지 찾아오면 제가 뭐가 됩니까? 교수님들도 이상하게 생각할 거 아니에요." "경찰이 설마 그렇게까지 할까요? 우리가 민 것도 아닌데 말입니다." "그렇지요. 우리가 민 건 아니지요." 사내가 풀죽은 목소리로 그의 말을 따라했다. 그는 잠자코 고개를 끄덕였다. 문득 사내의 구겨진 신문이 떠올랐다. 복사실까지 가져온 신문을 어디에 두었는지 도무지 생각이 나지 않았다. 신문을 찾아 몸을 돌리다가 그만 복사기의 초록 버튼을 다시 눌렀다. 멈췄던 복사기가 윙 소리를 내며 돌았다. 급히 취소 버튼을 누른다는 것이 복사 부수를 수정하는 꼴이 되었다. 좀처럼 없는 실수였다. 그는 부수가 잘 맞지 않는 마지막 부분을 꺼내어 어디까지 복사가 되었는지 확인한 후 파지를 버리고 다시 복사를 걸었다. 복사기가 묵묵히 종이를 쏟아냈다. 닫힌 뚜껑 사이로 푸른빛이 새어나와 그의 얼굴을 비췄다. 사람이 죽으면 그 사람에게 남은 빛이 바깥으로 새어나온다고 했다. 오늘 아침 역사(驛舍)에도 그가 알아채지 못한 빛이 오랫동안 허공에 머물렀을 것이다.

역사를 빠져나가려던 그는 반대편 출구를 통해 아침 8시 38분에 출근 열차를 타는 플랫폼으로 내려왔다. 다른 날과 마찬가지로 2번 차량 3번 칸 앞에 섰다. 6시 58분이었다. 그러니까 꼭 열 시간 이십 분 만에 아침에 떠났던 곳으로 돌아온 셈이었다. 열 시간 이십 분. 그는 그 시간을 잊지 않으려는 듯 몇 번이고 중얼거렸다. 그 동안 무얼 했나. 서둘러 복사실 문을 열었고 몇 권의 책을 제본했고 제본해놓은 책을 팔았고 책과 자료의 일부를 복사해줬고 자꾸 종이가 걸리는 복사기를 손봤고 정오가 되어 정식 A세트를 먹었다. 그 후에는 틈틈이 영화를 봤고, 영화를 보다 졸았고, 몇 페이지인가 복사를 했고, 종이가 걸리는 복사기를 손봤고, 제본해놓은 책을 팔았고 몇 권의 책을 추가로 제본했다. 구내식당의 정식 A세트를 기준으로 그의 하루는 데칼코마니처럼 오전과 오후가 동일하게 반복되었다. 오전과 오후뿐만이 아니었다. 자정을 기준으로 하면 어제와 오늘이, 주말을 기준으로 하면 지난주와 이번 주가, 연말을 기준으로 하면 작년과 올해가 같았다. 그러므로 모든 미래는 과거와 동일한 시간일 것이다. 현재가 과거와 같듯이 미래는 현재와 같을 것이다. 언제나 같다는 것. 그 때문에 그는 낮게 한숨을 내쉬었으나 이내 언제나 같아서 다행이라 생각하며 한숨을 거둬들였다.

띄엄띄엄 늘어선 사람들은 열차를 기다린다기보다는 해 지는 풍경을 바라보고 있는 것 같았다. 둥근 아치형의 역사 지붕 바깥으로 해가 지고 있었다. 그는 사람들과 거리를 두고 멀찍이 서서 해 지는 풍경을 바라보았다. 붉게 물든 하늘이 천천히 역사로 내려앉았다. 붉은 기운이 스민 선로 침목은 오래 묵은 나무처럼 단단해 보였고 비의에 젖은 듯 검은 기운을 띠고 있었다. 신호음이 들려오자 열차가 이내 요란한 소리로 들어섰다. 승객이 내리고 기다리던 사람들이 올라타고 내려선 사람들이 멍하니 서 있는 그를 밀치고 출구 쪽으로 봇물처럼 빠져나갔다. 열차와 승객들이 빠져나가면서 붉은 기운을 죄다 걷어가 역사에는 어스름한 기운만이 감돌고 있었다.

그는 선로 쪽으로 다가갔다. 사고가 수습된 후 사람들은 열차를 타고 누군가 깔려 죽은 레일을 지나 직장으로 갔을 것이다. 사업상의 약속 장소나 사업체 면접 장소 같은 곳으로도. 가족이 있는 집으로 돌아가거나 사랑하는 사람을 만나러 가고 토라진 사람에게 용서를 빌러 가는 길에도 레일을 지났을 것이다. 열차의 거대한 바퀴로 얼룩진 침목을 굳게 다지면서. 침목에는 군데군데 검은 얼룩이 남아 있었지만 어디에나 있을 법한 얼룩이었다. 어떤 것도 아침에 있었던 사고의 흔적으로는 보이지 않았다. 누군가의 숨이 허망하게 끊어졌고 몸이 잘게 바스러져 한낱 얼룩으로 스몄고 누구도 알아채지 못한 남은 빛이 허공을 맴돌았다. 그럼에도 아무것도 달라지지 않았다. 열 시간 이십 분 이전과 결코 같을 수 없음에도.

입구 가까이 앉아 있는 경찰이 무슨 일로 왔느냐고 물었다. 그는 주저했다. 복사기의 전원을 모두 끄고 형광등을 끄고 복

84

사실 문을 닫아 잠글 때 휴대전화가 울렸다. 낯선 번호였다. 경찰에게서 계속 전화가 걸려온다는 사내의 말이 떠올라 망설이다가 받지 않았다. 이럴 줄 알았다면 전화를 받아 경찰서 어디로 찾아가야 하는지 물을 걸 그랬다. 그는 주저하다가 아침에 일어난 사건의 목격자라고 말했다. "아침이요? 무슨 사건이요?" 경찰이 어리둥절한 표정으로 물었다. "8시 38분에 역에서……" 그의 대답이 끝나기 전에 "투신했잖아, 역에서"라고 다른 경찰이 대꾸했다. 그제야 경찰은 담당자를 알려주었다. 담당 경찰 역시 뚱한 표정으로 그에게 무슨 일이냐고 물었다. 그는 더듬거리며 경찰에게서 먼저 전화가 걸려왔다고 대꾸했다. "전화요?" 경찰이 되물었다. 그는 자신 없다는 듯 고개를 끄덕이고 말했다. "사고에 대해 진술할 게 있습니다." 경찰이 의아한 표정으로 그를 데리고 방으로 들어갔다. "시신 인수까지 끝난 마당에 누가 참고인 조사하겠다고 전화를 했는지 모르겠네." 경찰이 혼잣말처럼 중얼거리면서 사고 당시를 촬영한 CCTV 화면을 틀었다. "자, 본인이 어디 계시죠?" 경찰이 물었다. 그가 화면 속에 있는 자신을 잘 찾지 못하자 경찰이 화면과 그를 번갈아 바라보다가 화면 위쪽을 톡톡 쳤다.

화면 속에서 그는 아주 작은 사람으로 보였다. 짧은 목은 아예 보이지 않아서 사람이 아니라 몸이 단 두 부분으로 나뉜 다른 나라의 민속 인형 같았다. 사람들은 어항 속 금붕어처럼

고요하지만 쉴 새 없이 몸을 움직여대고 있었다. 화면 속의
자신도 마찬가지였다. 늘 묵묵히 책을 읽다가 열차에 타는 게
다라고 생각한 것과 달리 책을 들여다보는 건 잠시였다. 그는
선로를 보다가 책을 읽다가 열차가 다가올 쪽을 보다가 전광
판을 보다가 시계를 보다가 옆 사람을 보다가 뒤쪽으로 조금
물러서다가 뒷사람과 부딪쳐 사과를 했다가 다시 책을 읽는
등 부산하게 몸을 움직여대고 있었다. 열차가 빛을 뿜으며 역
사 안으로 들어오기 시작했고, 곧이어 한 사내가 훌쩍 뛰어내
렸다. 그 다음의 일은 그가 잘 아는 것이었다.

　열차가 들어와 모든 것이 끝나려는 순간, 경찰이 화면을 되
돌렸다. 열차는 잘못 등장한 배우처럼 재빨리 화면 밖으로 사
라졌고 사람들은 촐랑거리며 뒷걸음질쳤다. 사내는 초능력자
처럼 뒤로 가볍게, 단숨에 레일에서 플랫폼으로 뛰어올랐다.
시간을 거슬러 다시 플랫폼에 선 사내는 신문을 읽고 있다고
생각한 것과 달리, 그저 신문을 쥐고 멍하니 열차가 들어올
쪽을 보고 있었다. 불빛에 홀린 듯 열차를 빤히 보던 사내가
주위를 둘러보고는 레일 쪽으로 뛰어내렸다. 사내가 선로 아
래로 사라진 직후 사람들이 우왕좌왕 모여드는 틈에 그가 허
리를 구부렸다가 펴는 게 보였다. 화면상으로 허리를 구부리
고 있는 동안 무엇을 했는지 보이지 않았다. 그는 알았다. 사
내가 뛰어내렸고 그는 그저 자기 발밑으로 굴러온 사내의 신
문을 주웠다. 신문은 잔뜩 구겨져 있었다. 손에 힘을 주어 쥐

고 있던 것 같았다. 경찰이 화면을 키웠다. 화질이 나빠졌다. "이때 구할 수도 있었는데 말이죠." 경찰이 안타깝다는 듯 화면을 톡톡 쳤다. 이미 여러 차례 그 화면을 본 듯, 그 말이 끝나자마자 열차가 사내가 뛰어내린 자리를 통과했다. 사람들이 2번 차량 쪽으로 우르르 몰려왔다. 기관사와 역무원들이 얼빠진 표정으로 우왕좌왕하고 있었다. 사람들이 선로 아래쪽을 내려다보았다. 놀라 얼굴이 일그러진 채 고개를 돌리는 사람들이 화면에 잡혔다.

둥글게 모여 선 사람들 틈을 빠져나오는 그가 보였다. 그는 잠시 어리둥절해하며 서 있다가 의자 끝에 걸터앉았다. 멍하니 앉아 있는 것처럼 보였지만 사실 시계를 들여다보고 뭘 타고 가야 할지 생각했으며 잠깐 생각을 정리하려고 구겨진 신문을 들여다보았다. 신문에는 숫자로 보는 하루 생활이라는 제목 아래 각종 통계가 실려 있었다. 그가 사는 도시에서는 하루에 평균 274명이 태어나고 106명이 죽는다고 했다. 106명 중 누군가가 자기 앞에서 죽은 건 처음이라고 그는 생각했다. 홀로 앉아 있는 그에게 경찰이 다가왔다. 그는 몇 마디인가 하고 불쑥 일어났고 도망치듯 계단을 뛰어 올라갔다. 이어 화면은 우왕좌왕 2번 차량 앞으로 몰려드는 사람들을 비추고 있었다. 경찰이 화면 속에서 방금 빠져나온 듯 말없이 앉아 있는 그를 빤히 보았다. "하실 말씀이라는 게 뭐죠?" "그러니까 그 사람이 떨어졌을 때" 그가 바짝 마른 입술을 축였다.

"저는 그 사람이 떨어뜨린 신문을 주웠습니다." "신문이요?" 경찰이 CCTV를 끄며 말했다. 화면이 순식간에 검게 변했다. "그런 건 그냥 버리세요."

아침 8시 38분에 출발하는 열차 이외에 다른 시각에 열차를 탈 일은 거의 없었다. 어쩌다 용무가 있어 시내에 가야 할 일이 생기면 차를 가지고 나가거나 여의치 않으면 버스를 탔다. 열차를 타면 복사실로 가야 할 것 같아서였다. 열차가 천천히 움직이기 시작했다. 창에 그의 얼굴이 비쳤다. 피곤해 보였으나 여느 저녁의 피로와 별반 달라 보이지 않았다. 움직이는 열차 속도에 맞춰 심장이 뛰기 시작했다. 처음에는 천천히, 나중에는 손으로 눌러 진정시켜야 할 정도로 세차게. 무엇인가 그를 끌어당기는 느낌이었다. 얼룩과 빛과 한숨으로 남은 무엇인가. 그는 발에 단단히 힘을 주었다. 쥐가 날 정도로 발이 저리면서 심장 박동이 느려졌다. 그는 자신이 이미 사내가 스며들어간 침묵을 통과했음을 알아차렸다.

밤의 지하층은 차고 습했지만 오히려 시원하게 느껴졌다. 그는 굳게 닫힌 복사실 불을 모두 켠 후 문을 활짝 열었다. 어두운 복도로 불빛이 번져나갔다. 그는 파지를 모아놓은 상자 쪽으로 갔다. 며칠 분의 파지를 모아놓았지만 양은 얼마 되지 않았다. 복사기에 문제가 있어 용지가 걸리지 않는 한 그가 실수를 하는 일은 거의 없었다. 오후에 사내가 맡긴 복사를 하면서 그는 몇 장인가 실수로 파지를 만들었다. 한 장 한 장 들춰 보았지만 사내가 맡긴 자료를 찾을 수 없었다. 글자가 빽빽한 문서라는 게 유일한 단서였지만 거의 모든 파지가 그랬다. "우리가 민 것도 아닌데요." 그의 말을 따라하던 사내의 목소리가 귓가에 맴돌았다. 피곤한 표정의 사내 얼굴이 떠올랐다. 파지함 바닥에서 신문을 찾아냈다. 잔뜩 구겨진 신문이었다. 그는 신문을 다시 파지함에 넣고 복사실 문을 안에서 잠갔다. 닫힌 문으로 복도에서 불어온 바람이 부딪히는 소리가 들렸다. 그럴 때면 누군가 복사실 문을 쾅쾅 두드리는 것 같았다. 바람인 줄 알면서 간혹 시치미를 떼듯이 단단히 닫힌 철문을 바라보며 밖에 누가 있느냐고 물었다. 대답하는 사람은 아무도 없었다.

밤을 꼬박 새운 그는 정해진 시간에 복사실 문을 열었다. 간간이 학생들이 찾아와 몇 장인가 복사를 해주었다. 제본해 둔 책을 팔았고 제본 도서가 왜 이렇게 비싸냐는 푸념을 들었고 그럴 때면 대꾸 없이 희미하게 웃으면서 거스름돈을 건네줬다. 정비를 받은 지 오래되어서인지 복사를 할 때마다 검은 실선이 나오는 복사기를 시간을 들여 고쳤다. 어머니 말대로 기계가 참 복잡하기도 했지만 이모 말대로 사람 마음만큼 복잡하지 않다고 생각하니 고칠 수 있었다. 주문해둔 종이와 토너가 들어왔다. 종이는 크기별로 수량이 맞는지, 토너는 색상과 크기가 맞는지 확인한 후 주문서에 사인을 했다.

이윽고 정오가 되었다. 시장기는 없었지만 인문대 구내식당으로 가서 식권을 샀다. 김치 외에 세 가지 종류의 반찬, 미역무침과 삼치구이, 잡채를 식판에 가득 담았다. 문득 어제는 무엇을 먹었는지 떠올려보려 했으나 잘 기억나지 않았다. 어차피 오늘 먹은 것도 곧 잊을 것이었다. 그는 식판을 들고 언제나 앉는 기둥 뒤쪽으로 갔다. 물을 마신 후 천천히 밥을 먹기 시작했다.

* 트레이시 워, 『예술가의 몸』(심철웅 옮김, 미메시스, 2008)에 나온 작품을 인용·변형한 것임.

관광버스를
타실래요?

*

자루였다.

자루는 커다란 컨테이너 중앙에 놓여 있었다. 자루 말고는
아무것도 없었기 때문에 컨테이너는 꽤 넓어 보였다.

이건가?

케이가 컨테이너 안으로 들어가며 말했다.

그것밖에 없잖아.

에스가 케이를 따라 들어갔다. 걸을 때마다 컨테이너가 텅
텅 소리를 내며 울렸다.

그들은 자루의 양쪽 귀퉁이를 사이좋게 한쪽씩 잡았다. 가
볍지 않았다. 무거운 편이라고 할 수 있었다. 사내 둘이 들어
도 무거운 정도는 아니었다. 에스와 케이의 키가 비슷했기 때

문에 자루의 무게는 골고루 나눠졌다. 자루를 마주 잡기에 편리하도록 체형과 체격이 비슷한 두 사람을 고른 것 같았다.

무겁군.

가볍지는 않네.

그들은 하나 둘 셋을 외지는 않았지만 그걸 왼다는 기분으로 발걸음을 맞춰 컨테이너 바깥으로 나왔다. 주차장 한쪽 구석에 있는 컨테이너는 부서에서 창고로 쓰는 곳이었다.

창고가 이렇게 텅 비어 있어도 되나?

문을 닫으며 케이가 말했다.

그러니 책상이 창고가 되어버렸잖아. 창고에 넣어둘 걸 죄다 책상에 쌓아놓고 있으니까.

에스였다.

그렇긴 해도 대체로 창고에는 뭔가가 많잖아?

보통은 그렇지. 생전 가야 보지 않을 서류들을 넣어두니까. 우리야 전화와 서류로 모든 게 해결되는 일이니까 창고에 쌓아둘 게 별로 없는 건지도 모르지.

열쇠를 걸어 잠그며 에스가 말했다.

나는 오히려 창고가 텅 빈 게 마음에 들어.

무슨 소리냐는 듯 케이가 에스를 보았다.

창고 안에 두는 것은 대개 거기에 늘 있어도 상관없는 것들이야. 그런 점에서 버려도 좋을 것들이고. 창고가 비어 있으니 뭔가가 말끔하게 처리된 느낌이 들잖아.

케이는 에스의 말투가 상사와 비슷하다고 생각했다. 거북하지는 않았다. 말투란 원래 서로 닮아가는 법이었다. 케이역시 의문형으로 끝나는 자신의 말버릇에서 종종 상사의 말투를 느낄 때가 있었다.

회색 건물과 검은 자동차들 틈에 놓인 자루는 함부로 내다버린 쓰레기처럼 보였다. 디자인이 구식이었고 무엇보다 더러웠다.

쌀이나 보리를 담으면 딱 좋겠지?

네가 그런 걸 안 담아봐서 하는 소리야.

도시에 사는 사람 중에 그런 걸 직접 해본 사람이 몇이나된다고.

저런 자루에 넣으면 낟알이 다 빠져.

하지만, 케이가 자루를 손가락으로 비벼 보며 말했다, 두겹이잖아. 안에 비닐이 덧대어진 것 같아.

케이가 손가락으로 비빌 때마다 자루는 대답하듯 서걱서걱소리를 냈다.

자루 입구는 야물게 봉해져 있었다. 내용물을 보려면 가위로 윗부분을 잘라야만 했다. 그럴 수 없었다. 자루를 열어 보아서는 안 된다는 게 상사의 지시 사항이었다.

트렁크라면 좋을 텐데.

폼도 나고 바퀴로 끌 수도 있고 말이야.

왜 퀵 서비스 같은 걸 이용하지 않는 거지?

그래서 우리를 쓰는 거야.

우리가 퀵 서비스맨이라는 거야?

다를 것도 없지.

배달을 다녀오면 스티커를 받게 될까?

보통 퀵 서비스맨이 스티커를 주잖아.

그럼 우리가 상사에게?

그들은 마주 보고 고개를 저었다. 상사는 농담을 즐기지 않는 타입이었다.

그들은 창고에서 나와 터미널로 가기 위해 곧장 택시를 탔다. 자루는 트렁크에 넣었다. 곡물을 담으면 딱 좋을 자루를 배달하는 게 그들의 일이었다. 상사의 지시였다. 상사는 자루를 지정된 장소에 가져다 두면 된다고 했다. 절대 자루를 열어 보아서는 안 된다고 덧붙였다.

간단하지?

지시가 끝난 후 상사는 확인하듯 마주 앉은 케이와 에스를 바라보았다. 업무 지시 후 간단하지?라고 되묻는 건 상사의 버릇이었다. 케이와 에스는 나란히 고개를 끄덕였다.

상사는 터미널에서 일단 D시로 가는 고속버스를 타라고 했다. 그들은 그 말에도 고개를 끄덕였다. 최종 목적지는 알 수 없었다. 필요할 때마다 문자 메시지를 통해 지시를 받을 거라고 했다. 이상해 보이지는 않았다. 원래 업무 지시는 부분적으로 이루어지는 법이었다. 방을 나가려는데 상사가 다시 그들을 앉혔다.

간단한 일인데 실수를 하는 건 아니지?

상사가 정색하며 물었다. 상사는 평상시 웃기지는 않아도 그다지 강압적인 사람이 아니었다.

사실은 나도 지시를 받는 입장이라서 여간 신경 쓰이는 게 아니야.

상사가 지시를 받을 정도의 일이라면, 그들은 생각했다, 아마 사장이나 회장이 관여하는 일인지도 몰랐다.

이것 봐. 이런 걸 받았어.

케이가 가방에서 종이를 꺼냈다. 상단에 '관광버스 승차권'이라고 씌어 있었다.

언제 받았어?

네가 화장실에 갔을 때, 상사가 나를 불러 이걸 줬어.

에스는 케이에게 받아 든 관광버스 승차권을 자세히 살펴보았다. 승차 일자가 표시되어 있지 않은 티켓이었다. 뒷면에 빼곡히 사용방법이 적혀 있었는데, 그중에는 유사한 유형의 버스를 보면 언제든지 이용할 수 있다는 것도 있었다.

이런 게 있군. 관광버스 승차권 같은 것 말이야.

나도 처음 봐. 그러고 보니 관광버스를 타본 지도 오래되었네. 너는 언제 타봤어?

케이가 물었다.

관광버스 같은 것은 보통 잘 타지 않잖아. 다른 도시에 결혼식 하객으로 가거나 회사에서 연수를 갈 때 빌린 버스를 타기는 하지만. 관광을 가기 위해 버스를 탄 건 수학여행 이후로는 없는 것 같아.

보통은 그렇지? 그런데도 도로에서 자주 관광버스를 본 것 같아.

단체로 갈 데가 많은가 봐. 난 단체관광은 질색이야. 유적지나 산업 단지로 가는 것 말이야. 똑같이 생긴 관광버스가 줄지어 도로를 달리다가 관광지나 쇼핑센터에 서잖아. 관광객들이 줄지어 사진을 찍고 다시 우르르 몰려 관광버스를 타고, 관광지에서 우르르 내려서……

일종의 순환선 같은 거네?

출발지로 되돌아온다는 점에서는.

그런데 넌 왜 이렇게 자주 화장실에 가?

실은 장이 좋지 않아. 조금만 신경을 쓰면 몸 전체가 대장이 되는 것 같아.

케이가 킥킥거리며 웃었다. 에스는 케이가 자꾸 말을 돌리려고 한다고 생각했다. 그래서 장 문제로 잠깐 자리를 비운 사이 케이가 상사에게 받은 것은 관광버스 승차권 말고 다른 것도 있지 않을까 하고 생각했다. 에스는 비리는 참아도 불이 익은 못 참는 성격이었으나 굳이 따져 묻지 않기도 했다. 어차피 일이란 받은 만큼 하기 마련이었다. 그는 케이에게 관광버스 승차권을 넣어두라고 이르고는 택시에서 내렸다.

*

　고속버스 화물칸에 자루를 실었다. 운전기사가 번호가 적힌 수화물 보관증을 에스 쪽으로 내밀었다. 에스는 케이가 보관증을 받을 때까지 딴청을 피웠다. 케이가 못마땅한 표정으로 에스를 쳐다본 후 할 수 없다는 듯 보관증을 받았다. 에스는 모른 척 버스에 올라가 번호를 찾아 자리에 앉았다. 뒤따라온 케이가 버스 안을 둘러본 후 에스 옆자리에 앉았다. 버스는 빈자리가 거의 없었다. 이제 막 출발하려는 버스인데도 긴 주행을 마치고 목적지에 도착한 것처럼 사람들 표정이 지쳐 있었다.

　평일인데 다들 어디를 가는 거야?

　몰라. 폼 안나게 자루를 들고 가는 건 우리뿐이야.

　못마땅한 듯 에스가 투덜댔다.

　그들은 고속버스가 출발하여 휴게소에 멈출 때까지 계속 잤다. 평일 낮에 이렇게 차 속에서 잠을 자본 게 언제였는지 기억이 나지 않았다.

　지금쯤 정례 회의를 하고 있겠지?

　휴게소에서 화장실에 다녀온 후 케이가 어묵 국물을 후루룩 마시며 말했다.

　다행이야. 할 말이 하나도 없었어.

　에스가 말했다.

나도 그래.

말은 그렇게 해도 케이는 회의 시간에 말을 많이 하는 편이었다. 어떤 말은 상사의 입장을 대변하는 것이었고 어떤 말은 누군가의 의견에 동조하는 것이었고 어떤 말은 대다수의 생각에 공감하는 것이었다.

한 사내가 차에 올라오더니 앉아 있는 사람들에게 번호표를 한 장씩 나눠 주기 시작했다. 그들은 사내가 내미는 번호표를 무심코 받았다. 케이가 받은 것은 7번이었고 에스가 받은 것은 8번이었다. 번호표를 나눠 준 사내가 몇 명을 추첨해 부도난 회사의 시계를 선물로 줄 거라고 했다. 에스는 실밥이 풀려 줄이 너덜너덜해진 자신의 시계를 바라보았다.

뻔해. 뭔가 팔려는 수작이야.

케이였다. 에스도 고개를 끄덕였다. 사내가 번호를 불렀다. 9번, 15번, 7번. 케이가 벌떡 일어섰다.

무슨 수작인지 보고 올게.

케이가 사내를 따라 내렸다. 9번, 15번 승객 두 사람도 사내를 따라갔다. 에스는 케이를 기다리는 동안 자신의 시계를 만지작거렸다. 잠시 후 케이가 돌아왔다. 빈손이었다.

시계는?

내비게이션을 사면 준대. 난 차도 없는데.

케이는 자리에 앉자마자 주름이 잡힌 커튼으로 창을 가렸다. 버스가 조금 어두워졌다. 에스는 시계를 끌러 주머니에 넣었다. 그들은 D시에 도착할 때까지 계속 잤다.

　D시는 분지였다. 터미널에서 보기에는 D시가 분지라는 걸 느낄 수 없었다. 사방으로 첩첩한 산봉우리가 희미하게 보였지만 그런 풍경은 그들이 사는 도시도 마찬가지였다. 분지답게 그들이 사는 도시보다 무더운 느낌이 들기는 했다.
　D시에 와본 적 있어?
　처음이야.
　이 도시는 생고기가 유명하다던데.
　생고기? 하고 되물으며 에스는 자루를 쳐다봤다. 자루는 케이와 에스가 앉은 의자 사이에 우두커니 놓여 있었다. 케이는 슬쩍 자루를 찔러보았다.
　뭔가 종이 뭉치 같기도 하고, 물컹거리는 게, 그러니까 생고기 같은 거 말이야, 그런 게 든 것 같기도 하고 그래. 물렁한가 하면 단단하고 단단한가 하면 물렁거린다고 할까.
　상반되는 두 느낌 때문에 도무지 뭔지 모르겠다는 말이었다. 에스도 케이를 따라 구석구석 자루를 찔러보았다. 과연 케이의 말대로 한쪽이 나무판 같다면 한쪽은 물렁거리는 게 고깃덩어리가 든 것 같기도 했다. 그들이 손가락으로 이리저리 찔러보아도 자루는 묵묵한 봉제인형처럼 잠자코 있었다.
　D시에 도착했다는 문자 메시지를 보냈지만 상사에게서는 아무런 연락이 없었다. 상사는 회의와 회의, 결재와 결재, 거

래처와의 약속과 약속 등으로 바쁜 사람이었다. 쉽게 연락이
올 리 없었다.

터미널은 복잡한 데다 의자가 딱딱해서 오래 앉아 있기 불
편했다. 그들은 인근 카페로 자리를 옮겼다. 카페에서는 터미
널을 빠져나오기 전 산 신문을 읽었다. 1면에 연고지가 D시
인 프로 야구 팀의 전날 경기 기사가 실려 있었다. 케이와 에
스가 좋아하는 팀은 아니었다. 그래도 신문을 산 건 잘한 일
이었다. 테이블 아래 자루를 내려두고 신문을 반씩 나눠 마주
앉아 읽자니 한가하고 여유로운 느낌이 들었다. 에스는 그 사
이 화장실을 한 번 다녀왔다.

이것도 일종의 출장인 셈이지?

에스가 물었다.

그렇지, 출장이지.

돌아갈 때 선물을 사 가야 하나?

응.

동료들은 출장을 다녀오면 그 지방 특유의 먹을거리를 사
와 나눠 주었다. 팥이 많이 든 빵이라거나 호두가 든 빵, 보
리밀떡으로 만든 빵이나 감자를 갈아 찐 떡 같은 것들을.

돌아가는 길에 적당한 게 보이면 사 가지 뭐. 생고기를 사
갈 수는 없으니까.

생고기는 나눠 주기 힘드니까.

그들은 다시 신문 보기에 열중했다. 발을 뻗을 때마다 테이

블 아래 놓인 자루가 걸렸다. 케이는 자루를 피해 발을 뻗었다. 신문을 보는 틈틈이 그들은 휴대전화를 들여다보았다. 상사에게서는 여전히 연락이 없었다. 그 역시 누군가의 연락을 기다리고 있을지도 몰랐다. 에스는 지루해졌는지 신문을 접고 발에 걸리는 대로 자루를 툭툭 찼다.

갑자기 에스가 테이블 아래로 몸을 숙여 자루에 코를 대고 킁킁거렸다.

자루에서 무슨 냄새가 나는 것 같지 않아?

그 말에 케이도 자루에 코를 가져다 대고 냄새를 맡아보았다.

시큼한 냄새야. 뭔가 쉬고 있는 것 같아.

냄새가 심하지는 않아. 고속버스에서 밴 것인지도 모르겠어. 버스에 있던 아주머니 한 분이 커다란 통을 화물칸에 넣는 걸 봤어. 그 통에서 김치 냄새가 나는 것 같았어.

어쩌면 컨테이너에 보관되어 있는 동안 녹슨 쇠 냄새 같은 게 자루에 밴 것일 수도 있었다. 밀폐된 공간에 오래 있다 보면 무엇이든 조금씩 어떤 냄새를 풍기기 마련이었다.

상사에게서는 여전히 연락이 없었다. 지루해서 이리저리 둘러보고 나서야 케이는 카페가 식물원이나 되는 것처럼 화분이 많다는 것을 알아차렸다. 천장에 닿을 정도로 키 큰 관엽 식물이 대부분이었다. 케이는 가까이 있는 고무나무 잎사귀를 만져보았다. 잎사귀 끝이 누렇게 말라 있었지만 가짜였다. 플라스틱 잎사귀는 자루를 만지는 것과 비슷한 느낌을 주었다.

케이가 갑자기 뭔가 생각난 듯 놀란 목소리로 에스에게 물었다.

이 일이 오늘 끝나지 않으면 어떡하지?

그제야 에스는 자루를 전달하는 데 과연 얼마나 시간이 걸릴지 알 수 없다는 데에 생각이 미쳤다. 일이 이렇게 늦어지다가는 D시에서 하룻밤 묵어야 할 수도 있었다. 그들은 목적지도 모르고 자루의 인수자도 몰랐다. 상사에게서 언제 연락이 올지도 모르는 일이었다. 만약 지금처럼 계속 기다려야 한다면 기껏 자루 하나 배달하는 데 며칠이나 걸릴 수도 있었다. 케이는 이럴 줄 알았으면 깨끗하고 넓은 숙소를 미리 확인하고 오는 건데 그랬다고 생각했다. 순식간에 마음이 무거워졌지만 숙소 때문은 아니었다. 사무실에 두고 온 일거리가 생각났다. 오늘 업무를 처리하지 못한다고 해서 시간이 사라진 만큼 일이 줄어드는 게 아니었다.

그나저나, 일본의 무라타 씨와 연락할 일이 있었는데 까먹고 있었어.

에스의 표정이 어두워지는 것으로 보아 큰 실수일지도 모른다고 케이는 생각했다. 에스는 왜 늘 뒤늦게 일을 처리할까 하는 생각도 했다. 조금만 일찍 생각해내고 처리하면 좋을 텐데. 케이는 에스가 업무적인 곤경에 처한 것이 당연하게 여겨졌다.

지금이라도 전화를 걸어.

에스는 수첩을 뒤적거려 무라타 씨의 전화번호를 찾아냈다. 전화를 걸려던 에스는 곧 풀 죽은 목소리로 말했다.

소용없어. 자재별 원가 상승 추이를 알아야 해. 무라타 씨가 궁금해하는 건 지난달 원자재 내수가야. 그걸 정리해둔 서류가 사무실에 있어. 우리가 괜히 안부나 물을 사이는 아니야.

원래 서류가 없으면 되는 일이 없지.

케이가 자루를 발로 툭 치고는 다른 쪽으로 시선을 돌렸다. 에스와 마찬가지로 미처 하고 오지 못한 일이 생각났다. 에스와 마찬가지로 할 수 있는 방법은 없었다. 업무를 진행하기 위한 모든 서류는 언제나 거의 대부분 사무실 책상에 있었다.

마음이 무거워진 그들은 달리 할 일을 찾지 못해 신문에 실린 낱말 풀이를 다 풀었다. 군더더기나 무용지물을 뜻하는 '부'로 시작하는 두 글자의 낱말을 찾는데 조금 시간이 걸렸지만 결국은 생각해냈다. 에스가 다시 화장실에 다녀온 후 얼마 되지 않아 상사의 문자 메시지가 도착했다.

미안하네, 나도 연락을 받는 데 좀 시간이 걸려서. 거기에서 시외버스를 타고 B군으로 가게.

그들은 자리에서 벌떡 일어나 자루의 양끝을 나란히 잡았다. 에스는 자루를 잡은 손에 슬쩍 힘을 풀었다. 케이가 더 힘을 쓰는 게 당연한 것처럼 느껴졌다. 자루는 부모의 손을 꼭 잡은 어린아이처럼 케이와 에스 사이에 매달렸다.

시외버스 터미널은 고속버스 터미널과 그다지 멀지 않은 곳이었다. 그게 더 나빴다. 얼마간 거리가 있다면 택시를 타면 됐을 텐데, 거리가 가까웠기 때문에 할 수 없이 자루를 들고 시외버스 터미널까지 걸어갔다. 자루가 무거워서 그만 쉬고 싶어질 즈음 시외버스 터미널에 도착했다.

그들은 자루를 들고 버스에 올라탔다.

그게 뭐요?

버스 기사가 표를 받으며 물었다.

자루요.

그러니까 무슨 자루냐고 묻는 거잖소. 안에 뭐가 들었다던가, 그런.

쌀이요.

에스가 둘러댔다.

터지지 않게 조심해요. 쏟아지면 곤란하니까.

버스 기사는 자루를 만져보거나 눌러보지는 않았다. 다행이었다. 둘은 좌석 옆 통로에 자루를 조심스럽게 내려놓았다. 통로를 사이에 두고 나란히 앉은 아주머니가 냄새를 맡듯 코를 큼큼거렸다. 케이와 에스는 자는 척 눈을 감았다.

눈을 감았지만 커피를 마신 탓인지 잠이 오지 않았다. 그들은 실눈을 뜨고 주간 업무 보고를 하듯 지난주에 있었던 업무에 대해 이야기했다. 케이는 지난주에 전월 대비 3퍼센트 인하한 원가로 신용장을 개설했다. 원가 인하에 대해 충분히 의

견을 나눴지만 상사는 내켜 하지 않는 눈치라고 했다.

에스는 수입된 마그네슘 총중량과 신용장에 표시된 총중량의 차가 오차 범위를 넘어서 곤혹을 치렀다. 거래처에 클레임을 제기할 생각으로 상사에게 보고했다. 상사는 거래처와의 오랜 신의 관계를 생각해서 즉각적으로 클레임을 제기하는 것보다는 신용장 내용 일부를 수정하는 편이 좋겠다고 했다. 시간을 두고 생각해보자고도 했다.

그들은 서로가 지난주에 업무적으로 곤란한 일을 겪었음을 알게 되었다. 같은 부서에 근무하면서도 모르던 일이었다. 그러고 보니 출신 학교 이외에 서로에 대해 별로 아는 게 없었다. 그들은 입사 동기였다. 편한 사이기도 했지만 실은 보이지 않는 경쟁에 내몰릴 때가 더 많았다. 그걸 부추기는 건 상사였다. 케이가 프로젝트에 참여한다는데 자네는 어쩔 건가? 라고 에스에게 묻거나, 이번에 에스는 제안서를 두 장이나 냈는데 자네는 아무 생각이 없나? 라고 케이를 다그쳤다. 상사의 말이 끝나면 내키지는 않았지만 에스는 장이 꼬이는 배를 움켜쥐고 케이를 따라 업무와 관련이 없는 프로젝트 팀에 들어갔고 케이는 머리를 쥐어짜내 제안서를 썼다. 뛰어나게 잘하기 위해서는 아니었다. 남들에 비해 뒤처지지 않기 위해서였다.

시외버스는 소읍의 한 마을을 아주 가까이 지나가고 있었다. 창밖을 보고 있던 케이가 불쑥 어렸을 때 살았던 마을하고 아주 비슷하게 생긴 동네라고 말했다. 창밖을 바라본 에스 역시 비슷한 느낌을 받았다.

어렸을 때 내가 살던 동네에는 국숫집이 있었어.

케이가 말했다.

중국집이 아니고?

에스가 건성으로 대꾸했다.

국수 가닥을 만들어 파는 집 말이야. 국수를 막 뽑아내면 빨래 널듯이 높은 봉에 죽 걸어놓고 말리거든. 꾸들꾸들 말라 가는 국수를 툭툭 끊어서 날것으로 먹었어. 맛있었어. 친구들과 나는 이불 홑청처럼 걸어놓은 국수 사이를 막 지나다녔어. 잘 마른 국수는 중국집 발처럼 차르르 소리를 내면서 양쪽으로 흩어졌다가 후드득 끊어져. 땅바닥에 하얗게 국수 가닥이 쌓이면 주인한테 혼날까 봐 흙으로 덮어놓고는 했어. 덜 마른 밀가루 냄새가 아직도 나는 것 같아.

지금도 국수를 좋아해?

지금은 잘 먹지 않아. 어렸을 때 그 맛이 안 나거든.

내가 살았던 동네에는 안개꽃 밭이 있었는데.

안개꽃?

그래. 안개꽃.

그게 안개꽃이라는 건 실은 자라고 나서야 알았어. 어렸을 때는 잡초인 줄 알았거든. 꽃인 줄 몰랐지만 밭에 하얗게 펴 있는 안개꽃을 보면 구름 위에 뜬 것 같아서 기분이 좋았어.

계집아이들은 소꿉놀이를 할 때면 꽃을 꺾어서 밥이라고 내
줬어.

지금도 안개꽃을 좋아해?

딱히. 안개꽃이라서가 아니라 꽃을 그다지 좋아하지 않아.

케이와 에스는 서로가 어린 시절 비슷한 분위기를 풍기는
도시 변두리에서 성장했다는 걸 알았다. 고등학교부터 초등
학교까지 거슬러 내려가면서 연고지를 확인한 결과 두 사람
이 인접 지역에 살았던 적은 한 번도 없었다. 그런데도 함께
소년 시절을 보낸 것처럼 겹치는 기억이 많았다. 일찌감치 다
른 도시로 이사를 간 친구도 있었지만 성장할 때까지 대부분
의 친구들과 한 동네에 살았다는 것도, 어느 순간 덜 마른 국
수를 끊어 먹거나 안개꽃을 뜯어 소꿉놀이를 할 때처럼 친구
들과 우르르 몰려다니지 않게 되었다는 점도 같았다.

*

시외버스가 검은 매연을 뿜으며 떠나간 후 정류장에는 그
들만 남았다. 버스 정류장 표지판에 처음 들어본 마을 이름이
적혀 있었다. 자루의 도착지가 B군일 거라는 생각은 들지 않
았다. 그들은 다시 자루를 들고 어딘가로 가야 할 거였다.

이젠 우리를 어디로 보낼까?

알 수 없지.

다음에 해야 할 업무를 미리 알 수 없다는 점에서 자루를 옮기는 일은 그들이 이제껏 해온 일과 유사했다.

이번에 그들은 버스가 B군에 도착하기도 전에 상사에게 도착했다는 문자 메시지를 보냈다. 상사에게서는 답장이 오지 않았다. 그들은 상사 역시 지시를 받아야 하는 입장이어서 얼마간 시간이 걸린다는 걸 이해했다. 그들의 상사에게 지시를 내리는 상사 역시 회의와 결재, 거래처와의 약속 같은 게 많을 것이었다.

시외버스가 지나가는 방향으로 구멍가게와 시외버스 승차권을 파는 매표소, 전파사와 제과점 같은 것들이 죽 늘어서 있었다. 그들은 늘어선 가게를 살펴본 후에 통닭집으로 들어갔다. 튀김 닭 냄새가 훅 끼쳤다. 손님은 아무도 없었다. 그들은 자루를 테이블 아래 내려두었다. 에스는 닭을 먹다 말고 테이블 아래로 몸을 숙여 자루에 코를 대보더니 기름 냄새가 난다고 했다. 케이로서는 가게에서 나는 냄새와 자루에서 나는 냄새를 잘 구별할 수 없었다.

튀김 닭을 다 먹고 입이 심심해서 절인 무를 먹고 있을 때 상사의 문자 메시지가 도착했다.

시내버스를 타고 G읍으로.

이런 식이라면 자루를 들고 땅끝까지 가겠어.

케이가 투덜댔다.

땅끝까지는 안 가도 될 거야. 가려는 곳의 범위가 점점 좁아지고 있잖아. 시, 군, 읍의 순서거든.

에스의 말에 과연 그렇군 하는 표정으로 케이가 고개를 끄덕였다.

낡은 시내버스는 자주 쿨럭거렸다. 그들은 앞뒤로 나란히 앉아 자루의 양쪽 끝을 하나씩 나누어 잡았다. 그렇게 하지 않으면 자루가 넘어져버릴 것 같았다. 촌로들로 가득한 버스 안에는 여러 개의 자루가 있었다. 농산물과 몇 가지 생필품, 농기구 따위가 담긴 자루들이었다. 속을 알 수 없도록 입을 꼭 다문 건 케이와 에스의 자루뿐이었다.

그들이 내린 정류장 양쪽으로 넓은 밭이 펼쳐져 있었다. 멀리 띄엄띄엄 인가가 보였다. 정류장에서 조금 떨어진 곳에 커다란 느티나무가 한 그루 서 있었다. 나무 때문에 거기가 마을 입구라고 짐작했다. 느티나무 아래는 널찍한 평상이 있었다. 몇 명의 노인이 앉아 있다가 케이와 에스에게 자리를 내주었다. 그늘이었고 바람이 불어 땀을 식힐 수 있었다.

이번에는 에스가 상사에게 연락을 했다. 이전과 마찬가지로 곧 연락이 올 리 없으므로 그들은 앉아 있는 노인들에게 방해가 되지 않도록 조심하면서 아예 평상에 드러누웠다. 평상은 회사 베란다만큼이나 편안했다. 회사에서 동료들끼리 한담을 나누거나 담배를 피울 수 있는 곳은 실외 비상계단이 있는 베란다가 전부였다. 케이와 에스가 다니는 회사는 양회로 시작한 기업답게 외벽을 시멘트로 바른 정방형 건물이었다. 비상한 일이 있으리라고는 상상이 안 될 정도로 단단해 보이는 건물이었다. 담뱃재를 털 듯 케이가 발끝으로 자루를 툭툭 쳤다. 자루가 넘어지려고 해서 케이는 몸을 일으켜 자루를 잡아 세웠다.

여기 든 게 뭘까?

궁금하지도 않아.

에스의 대답에 케이는 눈을 감으면서 자신도 그렇다고 생각했다. 그래도 자루에서 나는 냄새는 참을 수 없었다. 시간이 지날수록 자루의 냄새는 심해질 거였다. 주변의 냄새를 쉽게 흡수하는 것들은 종내에는 스스로 지독하게 냄새를 풍기기 마련이니까.

까무룩 잠이 들 무렵 상사에게 문자 메시지가 왔다.

이번에는 일찍도 오는군.

그들은 투덜대면서도 자루를 잡았다. 메시지에서 지시한 대로 느티나무 아래에서는 잘 보이지 않는 장승이 있는 집을 찾아 일어섰다. 갈림길이 나올 때마다 애를 먹었으나 특별한 일은 아니었다. 지리를 잘 몰라서 생기는 일일 뿐이었다. 끝없이 이어진 좁은 황톳길을 가는 동안 어디선가 개가 짖었고 드물게 소가 울었다. 검은 염소 몇 마리가 밭 가운데 우뚝 서서 그들을 보았다. 가끔 닭이 홰를 치며 날아 놀라게 했다. 알 수 없는 농작물 냄새와 소똥 냄새가 풍겼다. 하루살이가 눈앞을 맴돌아 성가셨고 모기가 달라붙어 피를 빤 곳이 가려웠다.

장승이 있는 집을 찾는 동안 서서히 해가 졌다. 도대체 인 가가 있기는 한 것일까 싶을 무렵에 띄엄띄엄 인가가 나타났 다. 지시에 맞게 가고 있는 것일까 의심스러울 즈음에는 상 사가 말하던 장승이 나타났다. 장승 뒤로 낡은 집이 한 채 있 었다.

거의 흉가 수준이군. 케이는 생각했다. 깨진 항아리와 가구 가 마당에 방치되어 있고 현관 문짝은 떨어져 나간 채였다. 그 들은 자루를 가지고 방으로 들어갔다. 현관문이 너덜거리는 것과 달리 방 안은 깨끗하게 치워져 있었다. 거미줄도 없고 벽 지가 너덜거리지도 않았다. 리놀륨 장판도 잘 닦인 편이었다.

여기에 두면 된다는 거지?

그러면 우리 일은 끝이지.

케이가 자루 옆에 털썩 주저앉았다. 에스도 주저앉았다.

좀 쉬었다 가자.

어차피 지금 돌아가는 건 무리야.

밖은 제법 어두웠다. 인가가 있는 곳으로 가려면 몇 킬로미 터의 밤길을 걸어야 했다.

어두워서 다행이야.

에스가 말했다. 케이가 고개를 끄덕였다. 어둡지 않았다면 그들은 회사가 있는 도시로 돌아가기 위해 낯선 시골길을 걸 어야 했을지도 몰랐다.

*

자루는 어둠보다 더 어둡게 케이와 에스 사이에 놓여 있었다. 어디에선가 옅은 냄새가 났으나 자루에서 나는 것인지 신발을 벗은 그들 발에서 나는 것인지 알 수 없었다.

동네에 귀신의 집이 있었어.

한참 후에 에스가 말을 꺼냈다. 잠들었을 거라고 생각했는데 케이가 우리 동네에도,라고 작게 대꾸했다.

귀신이 나온다는 소문 때문에 아무도 그 집 근처에 가지 않았는데, 언젠가 맘 먹고 친구들이 우르르 몰려갔어. 너도 있었으면 함께 갔을 거야. 누구나 갔거든. 왜인지는 잘 기억이 나지 않아. 다른 동네 아이들과 내기를 했거나 뭐 그런 이유인 것 같아. 그 집으로 가는 도중 누군가 돌에 걸려 넘어졌는데 넘어진 아이가 우니까 몇 명의 아이들이 같이 훌쩍이기 시작했어. 겁에 질려 있었거든. 울면서도 우리는 거기까지 갔어. 맨 처음으로 그 집에 들어간 게 누군지는 모르겠어. 나는 아니었어. 나는 거의 끄트머리에 서서 간신히 따라갔어. 어쨌든 그 집에 들어갔는데, 깜짝 놀랐어. 굉장히 어두웠어. 알고 보니 내가 눈을 감고 있었어. 눈을 떴더니 조금씩 보였어. 그 집에는……

에스가 침을 꿀꺽 삼켰다.

시계가 있었어. 괘종시계. 어느 집에나 있을 법한 벽시계

114

말이야. 우리 집 마루에도 있는 흔해 빠진 시계. 망가진 시계 하나가 바닥에 나뒹굴고 있었어.

그리고?

그게 다였어.

시시하네.

무서운 건 따로 있어.

그렇지?

그날 아침에 폭우가 쏟아졌어. 비가 어찌나 많이 왔는지 지붕의 홈을 타고 내려온 빗물 때문에 마당의 흙이 패었던 게 아직도 기억 나. 동네 길은 보도블록으로 덮여 있었어. 보도블록은 말짱한 게 별로 없었어. 거의 깨졌거나 깨지고 있었어. 깨지고 금이 가 기울어진 보도블록마다 아침에 내린 비 때문에 얕은 웅덩이가 고여 있었지. 우리는 아주 조용히 걸었어. 귀신이 깨지 못하게 살금살금 걸어갔는데, 아무리 살금살금 걸어도 보도블록이 들썩거리면서 흙탕물을 튀겼어. 내 앞을 지나간 애가 튀기기도 하고 내가 튀기기도 하고 내 뒤에 오는 애가 튀기기도 하고, 그랬어. 나는 더러워지는 것이 싫어서 흙탕물이 튈 때마다 종아리를 손으로 문질러 닦았어. 흙탕물이 묻은 손은 어쩔 수 없이 다시 윗도리나 바지에 닦았어. 그러다 보니 내가 점점 더러워졌어.

어릴 때 입은 옷은 대개 더러워.

더럽지. 그래도 본래는 깨끗했을 거 아냐.

뭐가 무섭다는 거야?

보도블럭. 나는 그게 무서웠어. 내가 애쓸수록 점점 더러워지게 했으니까.

그런데 이렇게 늦은 밤에도 자루를 가지러 누군가 올까?

무슨 일이든 야간 근무자나 당직자가 있어.

만약 오지 않는다면, 에스가 말했다. 자루를 열어보자.

케이가 대꾸 없이 자루를 빤히 쳐다봤다. 자루 안에서 괘종시계가 울리는 것 같았다.

어디선가 개가 울 때마다, 차가 지나가며 빛을 뿜어댈 때마다 그들은 벌떡 일어섰다. 개 짖는 소리는 곧 멎었고 자동차 불빛도 이내 사라졌다. 익숙해지자 벌레 소리조차 들리지 않게 되었다. 얼마쯤 시간이 흐른 뒤에 후드득 비가 쏟아지는 소리가 들렸다. 에스는 빗소리를 들으며 깜빡 잠이 들었다. 꿈속에서도 빗소리가 들렸다. 묵직한 발걸음 소리를 들은 듯도 싶었다. 발걸음 소리는 잠든 에스와 케이 곁을 맴돌다가 멀어졌다. 에스는 돌아갈 버스를 놓쳐 동동 구르고 있는 자신의 발소리일 거라고 생각했다. 다음 번 버스를 타면 될 텐데도 어찌 된 일인지 에스는 계속 발을 굴렀다.

눈을 떠보니 어느새 날이 밝아 있었다. 케이는 여전히 자고 있었다. 에스는 케이를 흔들어 깨웠다. 자루가 없었다. 그들은 퉁퉁 부은 눈으로 바깥으로 나갔다. 밤새 비가 내린 탓에 땅이 질척거렸다. 장승이 부릅뜬 눈으로 그들을 바라보고 있었다. 마당에도 자루는 없었다. 야간 근무자나 당직자가 다녀간 모양이었다.

이제껏 이런 일을 해본 적이 있어?

자루에 관한 일은 처음이야. 너도 알다시피 늘 페로니켈이나 마그네슘에 관한 일만 해왔잖아.

나도 그래. 처음이야.

처음인데 낯설지가 않아.

그러게. 어쩐지 익숙해. 한 번만 해도 잘하게 될 것 같은 일이기도 하고.

처음에는 하필 자루나 옮기는 일일까 생각했어. 그런데 차라리 자루를 옮기는 일이어서 다행이었어. 까다롭고 신경 쓰이는 일이었다면 잘하지 못했을 거야. 그런 일은 페로니켈이나 마그네슘에 관한 것으로도 충분해.

맞아, 가히 나쁘지 않았어.

이번 일은 다 끝난 거지?

그렇지.

그런가?

이상하게도 끝난 느낌이 들지 않아.

언젠가 이런 일이 또 있을지도 모르니까.

상사에게 보고도 해야 하고.

둘은 한참을 걸어 버스 정류장으로 갔다. 질척해진 길을 걷느라 신발과 바지가 더러워졌다. 에스가 케이에게 흙을 튀겼고, 케이가 에스에게 흙을 튀겼다.

느티나무 아래에는 어제처럼 노인들 몇 명이 모여 있었다. 여전히 그늘이 졌고 바람이 불어 간혹 단추를 채우지 않은 노인들의 웃옷이 흩날렸다. 거기에서 시간당 한 대 있는 버스가 오기를 기다렸다. 자루만 없을 뿐 모든 것이 어제와 같았다.

엄밀히 말하면 같다고 할 수 없었다. 모든 것이 어제와는 달랐다. 그들은 자루 없이 시내버스를 탔다. 시외버스를 기다리는 동안에는 튀김 닭 대신 국수를 먹었다. 케이는 역시 어릴 적 그 맛이 나지 않는다고 투덜댔다. 국수를 먹고 나서 신발과 바지에 튀긴 흙탕물 자국을 물 적신 휴지로 닦았다. 무릎까지 흙이 튀어 있었다. 어느 정도 닦였지만 물 얼룩이 남았다. 시외버스 안에서는 이야기를 나누는 대신 입을 다물고 잠을 잤다. 고속버스 터미널에 도착해서는 인근 식당에 들어가 소머리 국밥을 먹었다. 음식이 맛없기로 소문난 도시인 데다가 터미널 근처라면 그 도시에서도 가장 맛없는 식당들만 있게 마련인데, 국밥은 뜻밖에 맛있었다.

국밥을 먹고 그들은 회사가 있는 도시 이름을 대며 두 장의 고속버스 표를 끊었다. 막 고속버스를 타려는데 케이가 갑자기 주머니에서 뭔가를 꺼냈다. 관광버스 승차권이었다. 그들은 뒤돌아나와 관광버스 승강장을 찾았다. 터미널과 반대쪽에 한 무리의 관광버스가 대기하고 있었다. 관광버스 한 대가 막 출발하려는지 투레질을 하고 있었다. 그들은 버스를 향해

달렸다. 기사는 그들에게 순순히 문을 열어주었다. 제발 시간 좀 맞춰 타라고 기사가 투덜거렸다. 그들은 표를 내밀고 운전기사 뒷좌석에 앉았다.

기사의 등이 자루처럼 무르면서도 단단해 보였다. 자루, 라고 말하려다가 케이는 입을 다물었다. 에스도 기사의 등을 바라보고 있었다. 그도 뭔가 말하려다가 입을 다물었다.

버스가 속력을 내기 시작하자 기사는 리듬이 계속 반복되는 노래를 틀었다. 뒤에 앉은 사람 몇 명이 큰 소리로 노래를 따라 부르기 시작했다. 춤을 춰서는 안 된다는 기사의 말에 누군가 춤 안 춰도 잘 논다고 대꾸했다.

이 버스는 어디로 가는 거지?

케이가 물었다.

관광지로 가겠지.

버스 안을 둘러본 에스가 대답했다.

관광버스는 전용 차로에 들어선 후 좀더 속력을 냈다. 케이와 에스는 사람들을 따라 흥얼흥얼 노래를 부르기 시작했다. 어쩐지 어색해져서 금세 입을 다물었다.

뭔가 기념품을 사갈까?

케이가 묵묵히 고개를 끄덕였다.

그들은 나란히 앞창을 바라보았다. 고속도로는 끝없이 이어져 있었다.

산책

잠을 깨운 것은 멧돼지였다. 잠결에 난데없는 짐승의 소리가 들렸다. 사납게 으르렁대고 숨이 넘어갈 듯 씩씩거리다가 코를 킁킁대며 냄새를 맡는 소리였다. 그는 깜짝 놀라 자리에서 일어났다. 처음에는 개가 짖는 소리인 줄 알았다. 다시 소리가 들려왔을 때에야 멧돼지 울음소리라는 걸 알아챘다. 아내는 얕게 코를 골며 자고 있었다. 다행이었다. 잠에서 깼다면 그에게 무슨 일인지 나가보라고 채근했을 것이다.

그는 침대에 우두커니 앉아 방 안을 둘러보았다. 살림살이들이 어둠 속에서 서서히 윤곽을 드러냈다. 여느 날과 다를게 없는 풍경이었다. 희미한 어둠 속에서 침대 옆 탁자 위에 놓인 알약 두 알이 비교적 선명하게 보였다. 아내가 약 먹는 걸 또 잊어버린 모양이었다. 그는 아내의 무신경함이 못마땅해서 자는 아내를 힐끔 보았다. 아내가 깨어 있었더라도 잔소리를 하지는 않았을 것이다. 아내는 임신 중이었고 그 때문에 무척이나 예민해져 있었다. 잘못을 지적하는 말이나 불평 섞인 말은 하지 않는 게 나았다. 그는 요즘 아내가 하는 어떤 부탁이든 가급적 들어주었으며 그로 인해 힘들다는 내색은 하지 않았다. 그런데도 아내는 툭 하면 울음을 터뜨렸다. 그가 자신과 뱃속 아기의 고통에 무심하다는 것이었다. 아내는 울음이 섞인 목소리로 자신과 아기의 건강을 걱정하는 것만으로도 벅찰 지경이라고 했다. 처음에는 안쓰러웠다. 아내는 투정이 없고 엄살을 부리지 않는 편이었다. 게다가 임신 기간 내내 계속되는 입덧 때문에 제대로 먹지 못해 바짝 야위어 있었다. 그 역시 아내의 건강이 염려되었으나 약을 챙겨주는 것 외에 다른 방법을 몰랐다. 아내의 예민한 신경을 건드리지 않는 것이 최선이라고 생각하고 있었다. 곧 아기가 태어날 거였다. 예정일은 20일 정도 남아 있었다. 예정일이 가까워질수록 아내는 진통을 자주 호소했다. 사실 그는 그다지 아기를 바라지 않는 쪽이었다. 그런데도 아내의 임신 사실을 알았을 때는 진심으로 기뻤다. 아내와 함께 무엇이 양수이고 무엇이 아기집인지 구분할 수 없는 검고 흐릿한 초음파 사진을 들여다보고 있자니 눈물이 흐를 정도로 벅찬 기분에 사로잡히기도 했다.

그는 탁자 위에 놓여 있는 알약을 약통에 도로 넣고 아내를 건드리지 않으려고 조심하면서 자리에 누웠다. 멧돼지 소리가 다시 들려왔다. 아까보다는 좀 멀게 느껴졌다. 소리의 거리감이 그에게 안도감을 주었다.

아내가 깰까 봐 침대 끝 쪽에 떨어질 듯 위태롭게 누워 있는데, 별안간 집주인의 말이 떠올랐다. 주인에게 멧돼지 얘기를 들은 적이 있었다. 주소가 적힌 쪽지를 받아든 다음인 것 같았다. 얼마 전 멧돼지가 먹이를 구하러 마을 뒤쪽 야산에서 내려온 적이 있다는 얘기였다.

"멧돼지라고요?"

아내가 주인에게 되물었다. 겁이 난다기보다는 언제 멧돼지가 나타날지 기대된다는 투였다.

"그래요, 멧돼지. 야산이 있는 마을에서는 흔한 일이지요."

주인이 덧붙였다.

"하지만 멧돼지도 보는 눈이 있어서 아가씨같이 예쁜 사람한테는 덤비지 않아요."

볼이 발그레해진 아내가 웃음을 참으며 주인을 보았다. 아내는 기분이 좋아 보였다. 그는 늙은 집주인의 능글맞은 농담이 징그러웠으나 내색하지 않았다. 아내의 배는 이미 불룩 부풀어 있었다. 어린아이들조차도 임신했다는 걸 금세 알아볼 정도였다.

그는 아내의 임신을 확인한 직후 지사 근무를 발령받았다.

말이 지사 근무지 본사 직원들은 승진하기 위해서는 지사에서 경력을 쌓는 게 유리하다는 걸 잘 알고 있었다. 지사에는 생산 공장이 있었다. 관리자가 생산 현장을 알아야 한다는 게 회사 대표의 공공연한 경영 방침이었다.

"2년 근무로 승진 가능성이 높아진다면 괜찮은 조건 아닌가?"

그에게 직접 전화를 걸어온 지사장은 목소리가 호탕한 사람이었다. 근무 기간이 그다지 길지 않고 승진을 하기에도 좋은 기회라는데 주저할 이유가 없었다. 경기 불황이 계속되어 현상 유지도 어려운 때였다. 퇴직만 아니라면 뭐든 마다할 수 없었다.

다행히 아내도 흔쾌히 동의했다.

"잠깐이지만 사는 곳을 바꿔보는 것도 나쁘지 않을 것 같아요."

아내가 결혼 후 그들이 내내 살았던 집을 돌아보며 말했다. 조금 뜨끔했다. 그는 직장 생활이나 아내와의 관계가 사용 설명서처럼 균일하게 돌아간다는 느낌을 받고 있었다. 익숙하고 편했지만 무신경해도 티 나지 않을 만큼 재미없고 지루했다. 무심하게 집을 돌아보는 아내의 표정에서도 그와 비슷한 생각이 읽혔다. 그들은 거주지를 바꿔보자는 데에 쉽게 합의했다. 몇 가지 결정해야 할 것이 있었지만 비교적 모든 게 순조로웠다.

계속 뒤척이면 아내를 깨울 것 같아 그는 아예 자리에서 일어났다. 바닥에 닿은 맨발이 시렸다. 난방이 끊긴 모양이었다. 관리실에서 일괄적으로 조절하는 난방은 자주 끊겼고, 제대로 들어올 때에도 찬 기운만 가실 정도로 인색했다.

그는 발을 움츠리고 창가로 갔다. 거기 서서 시꺼멓게 보이는 숲을 바라보았다. 숲은 길과 교목과 잡목 들을 어둠 속에 묻은 채 나지막이 엎드려 있었다. 이사 온 직후에는 집 뒤편으로 이어진 오솔길을 따라 산책을 가곤 했다. 그다지 높지 않은 산은 완만한 등선을 이루고 있었고 조밀한 교목림을 품고 있었다. 산책을 하는 동안 숲에서는 새 울음소리가 계속 들려왔다. 나무가 우거져 정작 새는 한 마리도 보이지 않다가 갑자기 날아오르는 식으로 정체를 드러내 그를 놀라게 했다.

숲으로 산책을 가지 않게 된 것은 불쑥 날아오르는 새나 멧돼지 때문은 아니었다. 멧돼지는 실재한다는 실감이 없어서인지 그다지 두렵지 않았다. 하루살이 때문이었다. 하루살이는 어느 순간 나타나 산책하는 내내 그의 곁을 맴돌았다. 얼굴에 달라붙는 벌레들을 떼어내기 위해 손사래를 치다 제 뺨을 때린 적도 있었다. 손을 휘저어 벌레를 쫓을수록 스스로를 매질하는 꼴이 되었다. 줄에 매달린 인형처럼 손발을 방정맞게 떨어봐도 소용없었다. 그가 우스꽝스러워질수록 날벌레들은 점점 수를 불리며 그림자처럼 바짝 따라붙었다.

집은 지사장이 소개했다.

"세입자에게 가장 중요한 게 뭔지 아나? 집주인일세. 임대
주택은 전적으로 주인을 보고 골라야 하는 거야."

집주인은 임대업을 전문으로 하는 사람이었다. 지사장의
모친이었다. 주인은 그에게 이전에 파견 근무를 했던 선배가
묵었던 집을 소개했다. 선배는 지사 근무 2년 만에 승진해서
본사로 올라갔다. 그는 집도 보지 않고 계약했다. 지사장의
사무실에서 만난 주인은 주소만으로 찾아갈 수 있을 거라며
쪽지를 내밀었다.

"워낙 구획 정리가 잘된 지역이라서 누구나 쉽게 찾아가는
곳이에요."

구역 이름과 111번지라는 주소가 적혀 있는 쪽지는 자주
접었다 펼쳤다 한 탓에 접힌 부분이 너덜거렸다.

"집이 아주 조용할 거예요."

주인의 말에 아내가 방음이 잘 되는 모양이라고 대꾸했다.

"지금은 입주민이 하나도 없거든요."

주인이 말했다. 아내가 농담인 줄 알고 웃음을 터뜨렸다.

그는 쪽지를 받아들고 허리를 구부려 인사했다.

"믿을 만한 사람이 살아줘서 오히려 우리가 고맙네."

지사장이 예의를 차린 인사말을 되돌려주었다.

집주인의 말대로 구획 정리가 잘된 지역이었다. 도로를 중
앙에 두고 오른편에는 짝수 번지의 집이, 왼편에는 홀수 번지

의 집이 있었다. 도로 중앙에는 소실점을 나타내듯 횃불을 받쳐 든 여인의 조각상이 서 있었다. 건물 1층은 차양을 좁게 걸친 가게들이었는데 휴일이어서 그런지 전부 문을 닫았다. 그는 도로 왼편으로 건너와 입으로 번지를 외며 집을 찾았다. 도로의 시작이 101번지이고 도로의 끝이, 그러니까 횃불을 든 여인상 부근이 109번지였다. 맞은편 도로는 짝수 번지만으로 이어져 있었다. 그는 처음부터 다시 번지를 헤아렸다. 역시 109번지로 끝났다. 그는 괜히 109번지 주소가 음각으로 새겨진 아크릴 판을 만지작거렸다.

아내는 차에 앉아 있었다. 도로를 오갈 때마다 아내에게 손을 흔들었다. 아내는 별 반응을 보이지 않았다. 옆 골목은 다른 구역이었다. 집주인이 구역이나 번지수를 잘못 알려주었을 리 없었다. 전화를 걸어볼까 했지만 지사장의 늙은 모친을 번거롭게 하고 싶지 않았다. 남들은 쉽게 찾는다는데 혼자 헤매는 것처럼 보이고 싶지도 않았다. 그는 몇 번이나 도로를 왕복했다. 111번지는 없었다. 뭔가에 홀린 것 같았다. 인적이 드문 동네였다. 111번지를 찾는 동안 단 한 명의 이웃을 만났다. 유모차를 밀고 천천히 도로를 오가는 노파였다. 그는 망설이다 노파에게 다가가 111번지가 어디냐고 물었다. 노파는 귀가 어두운지 그의 말을 잘 알아듣지 못했다. 그가 답답해서 "111번지요"라고 버럭 소리를 질렀다. 노파가 고개를 흔들면서 지나가버렸다. 뒤뚱거리며 빈 유모차를 끌고가는 노파의 뒷모습을 보고 있자니 웃음이 터졌다. 눈물이 맺힐 지경이었다. 웃을 일은 아니었으나 그렇다고 울 일도 아니었다. 어디선가 개가 짖었다. 건물 안 어딘가에서 짖는 소리였다. 그 소리에 다소 안도했다. 인적이 없었으나 누군가 살고 있는 건 분명했다.

지사장은 부재중이었다. 지사장의 소재를 알 만한 사람 역시 자리에 없었다. 그는 당황했다. 건물마다 드리운 차양이 쏟아져 내려오는 어둠을 간신히 막고 있었다. 이제 곧 차양도 어쩌지 못할 어둠이 순식간에 밀려올 거였다. 한참 후에 지사장에게 전화가 걸려왔다. 지사장은 모친과 통화를 끝낸 후에 111번지는 외부에서 보이지 않고 109번지를 통해야만 들어갈 수 있다고 알려주었다.

"그 얘기를 우리가 안 해줬나?"

지사장이 물었다.

"제가 길눈이 좀 어두워서요."

그가 변명하듯 말했다.

109번지 열쇠는 현관 옆 화분 밑에 있었다. 화분 밑은 지렁이가 꿈틀댈 것처럼 축축했다. 열쇠를 꺼내느라 손에 묻은 진흙을 문패에 닦았다.

문을 열자 거대하고 물컹한 짐승이 그를 덮쳤다. 그는 꽥 소리를 지르며 뒤로 물러섰다. 긴 혓바닥이 얼굴을 핥았다. 억지로 자신을 덮친 것을 떼어냈다. 개였다. 아내는 이제 막 임신을 확인했다. 무엇보다 조심해야 할 시기였다. 그는 아내를 안심시키려고 두근거리는 심장 박동에 맞춰 웃음을 터뜨렸다. 개가 다시 다가와 이번에는 그의 목을 핥았다. 꼬리를 흔드는 걸로 봐서 물어뜯을 생각은 아닌 것 같았다. 개는 조금 무서운 방식으로 친근감을 드러내고 있었다. 그는 덩치 큰 개를 등에 업듯이 막아서서 아내를 불렀다. 아내가 들어서다 말고 깜짝 놀라 멈춰섰다.

"괜찮아, 아주 순한 놈이야."

그는 두 팔을 벌려 자기보다 큰 개를 안았다. 몸으로 막자니 그 수밖에는 없었다.

"개가 아니라 괴물이잖아요."

아내가 울 듯이 말했다. 개가 아내를 보고 이를 드러내며 으르렁거렸다.

"아니야, 개라니까 그래. 그것도 아주 순한 놈이야. 원래 천상에 들어가려면 이런 큰 문지기를 통과해야 하는 법이야. 당신도 잘 알면서 그래. 이 개만 통과하면 천국이 있을 거야."

그는 그런 식으로 말하는 걸 좋아하지 않았다. 천국 같은 내 집이라거나 천사 같은 아기라는 식의 표현 말이다. 아내를 달래려니 그런 말들이 술술 잘도 흘러나왔다.

"딱 한 번이야. 여기만 통과하면 천국이라니까그래."

아내가 천국으로 들어갈 각오를 했는지 입술을 꼭 깨물었다. 그러고는 개 짖는 소리를 듣지 않으려고 귀를 막았다. 개가 아내에게 안기지 못해 아쉽다는 듯 맹렬하게 꼬리를 흔들며 컹컹 짖었다. 덩치가 크고 목청이 좋았지만 순한 놈이었다. 안고 있자니 따뜻하기까지 했다. 그는 개의 목을 부드럽게 살살 만져준 후 109번지 지하로 내려갔다. 지하는 뒷마당으로 나가는 문과 연결되어 있었다. 그리로 나가자 숲으로 난 산책로가 있었다. 산책로가 시작되는 벽 쪽으로 109번지에 혹처럼 달라붙은 자그마한 3층 건물이 나타났다. 111번지였다.

집은 천국이라고 할 수는 없지만 딱히 천국이 아니라고도 할 수 없는 곳이었다. 뒤쪽의 숲은 잘 뻗은 교목으로 채워져 있어서 정원의 일부처럼 보였지만 그 때문에 다소 음침해 보였다. 한쪽이 벽으로 막혀 있어서 채광이 나빴지만 전면에 난창으로 숲이 보여 풍광이 빼어났다. 찬장에는 헌것이기는 해도 물기 없이 잘 마른 그릇들이 깨끗이 정돈되어 있었다. 구식 디자인의 침대 시트는 세탁되어 팽팽하게 펼쳐져 있었다. 낡아서 고풍스러워 보이던 의자들은 막상 앉아보자 삐걱거리는 소리가 나서 불편했다.

아내는 피곤한 줄도 모르고 찬장에 놓인 그릇들을 일일이 살펴보았다.

"전부터 사고 싶었던 찻잔이에요."

아내가 푸른색 꽃무늬가 그려진 잔을 꺼내들었다.

"날마다 이 잔에 차를 마실 거예요."

그는 모처럼 편안한 표정으로 아내와 마주 보며 웃었다. 그들의 웃음을 깨뜨린 건 개였다. 어느 틈에 개가 다가와 현관문에 매달려 컹컹 짖어댔다. 나무문 손잡이가 흔들릴 정도였다. 아내의 시선이 불안하게 손잡이를 따라 움직였다. 그는 당장 집주인에게 전화를 걸었다.

"그 개가 워낙 사람을 잘 따라요. 한번 목을 쓰다듬고 안아주면 금방 정이 들어서 계속 쫓아다닌다니까요. 그래도 절대 물거나 하지는 않으니까 아가씨한테 안심하라고 전해줘요."

"아내가 임신 중이어서요. 목에 줄이라도 묶어두시면 안 될까요?"

그는 임신이라는 말에 특히 힘을 주었다. 강경한 어투로 말하고 싶어질 때마다 집주인이 지사장의 모친이라는 사실을 상기했다.

"줄이요?"

주인이 마땅치 않은 투로 되묻고는 말을 이었다.

"그 개는 109번지와 111번지를 지키고 있어요. 아, 둘 다 내가 임대하고 있는 집이에요. 그 건물에 도둑 한 번 안 든 게 다 그 개 때문이에요. 워낙 순한 개라고 그러지 않아요. 이제껏 사람 그림자 한 번 문 적이 없어요. 아무나 잘 따라서 그게 문제지요."

아내가 주인의 말만 듣고 전화를 끊은 그를 나무라듯 바라보았다.

"이제 저 개 때문에 맘대로 나다니기는 다 틀렸어요."

아내의 핀잔에 무안해진 그가 현관문을 툭툭 걷어찼다. 개는 문을 열어주길 기다리며 현관 앞에서 낑낑거리다가 돌아갔다. 그 소리가 고스란히 귓가에 남아 그는 거의 잠을 자지 못했다. 불면은 그때부터였다. 운이 좋아야 서너 시간 잠드는 정도였다. 개는 어둔 밤 걸핏하면 그의 집 현관 앞에서 짖었다.

다시 멧돼지가 울었다. 소리는 아까보다 멀어지지도 가까워지지도 않았다. 먹이를 찾아 마을을 배회한다기보다는 한자리에 오래 머물며 자기 존재를 과시하는 것 같았다. 그 소리만 아니라면 바깥은 수상할 정도로 조용했다. 도로를 지나다니는 차 소리나 개 짖는 소리 같은 것은 들려오지 않았다. 멧돼지가 기물을 부수거나 사람을 공격하는 소리도 없었다. 어쩌면 그 사이 신고를 받고 출동한 경찰이 난동을 피우는 멧돼지에게 마취총을 겨누거나 그물망을 던진 것인지도 몰랐다. 그러나 사이렌 소리는 들려오지 않았다.

어둔 창을 바라보고 있던 그는 어느새 멧돼지가 울음을 그쳤다는 걸 깨달았다. 멧돼지는 사나운 소리로 한자리에 서서 으르렁거리다가 돌아간 모양이었다. 공격 대상을 발견한 후의 침묵일 수도 있었다. 고요 속에서 그는 누군가 텅 빈 도로에서 멧돼지에게 호되게 당하는 장면을 상상했다. 오싹 소름이 돋았다. 그의 두려움과 상관없이 멧돼지는 그를 습격하지 못할 것이었다. 그의 집은 3층이었다. 낮은 층 건물이 대부분인 이 동네에서는 비교적 멧돼지의 습격으로부터 안전한 곳이라고 할 수 있었다.

방으로 들어가려는데 나무로 된 현관문이 긁히는 소리가 들렸다. 그는 천천히 문 앞으로 다가갔다. 긁어댄다기보다는 몸으로 문을 툭툭 치는 소리였다. 짐승의 낮은 숨소리도 들렸다. 겁에 질려 낮게 낑낑대는 소리였다. 어안렌즈로 개가 현관 앞을 어슬렁거리는 게 보였다. 개도 멧돼지 울음소리를 들었을 것이다. 겁을 먹어 계단을 따라 올라온 것 같았다. 그는 개가 우는 소리를 들으며 현관문이 제대로 잠겼는지 확인했다. 풀려 있는 걸쇠도 잠갔다. 창문도 단단히 잠갔다. 그는 발로 문을 툭툭 쳤다. 개를 떼어버릴 생각이었다. 잘못 생각한 거였다. 개는 오히려 낮게 으르렁거렸다. 어둠 속에서 하얗게 페인트칠된 나무문이 방패처럼 빛났다. 나무문을 방패 삼아 암흑뿐인 세상에서 커다란 개 한 마리와 맞선 꼴이었다. 아무리 맞설 게 없는 인생이어도 그렇지. 그는 혀를 찼다. 하필이면 개라니.

서류를 작성하다 말고 그는 문득 간밤의 멧돼지 소리를 떠올렸다. 이웃의 누군가도 그 소리를 듣지 않았을까? 누군가는 창을 열고 도로를 질주하는 멧돼지를 보았을지도 모른다.

"어젯밤에 그 소리 들었어?"

옆자리 후배에게 물었다. 후배는 109번지 세입자였다.

"말도 마세요."

그는 반가운 마음에 후배 쪽으로 돌아앉았다. 아무도 멧돼지 얘기를 꺼내지 않았다. 예민한 아내조차도 울음소리가 들릴 때 쿨쿨거리며 자고 있었다. 어쩌면 그 소리를 들은 것이 꿈일지도 모른다고 생각하던 참이었다. 멧돼지 울음소리에 겁을 먹은 건 그와 개뿐이었다.

"얼마나 마셨는지 아침에 간신히 일어났어요."

후배가 대답했다.

"지금도 속이 울렁거려서 죽을 지경이에요. 냄새가 좀 나죠?"

그제야 어젯밤 회식이 있었다는 게 떠올랐다. 지사장의 갑작스런 제안으로 퇴근하면서 모두 근처 술집으로 몰려갔다. 그는 가지 못했다. 아내 때문이었다. 아내는 개 때문에 하루 종일 외출을 하지 못했다. 업무 중인 그에게 수시로 전화를 걸어 언제 퇴근하느냐고 물었다. 약속한 시간보다 늦어지기라도 하는 날에는 어김없이 울어서 퉁퉁 부은 눈으로 그를 맞았다. 감옥 생활이 따로 없다고 한탄했고 이럴 바에야 도시로 돌아가자고 졸랐다.

그러고 보니 사무실 사람들 대부분이 어젯밤 있었던 일을 떠들어대고 있었다. 그들은 회식 자리에서 나눈 말로 농담을 주고 받으며 웃었다. 그는 회식에 가지 않고도 지사장의 형편없는 노래 실력과 그가 주먹을 쥐고 허공을 찌르듯 춤을 췄다는 것과 여자 사원들을 함부로 끌어안았다는 것 따위를 알 수 있었지만, 다른 말은 농담인지 진담인지 알아들을 수 없어서 당황했다.

그는 아무 말에나 웃음을 터뜨리며 천천히 서류의 빈 칸을 채워나갔다. 불면 때문인지 앞이 잘 보이지 않을 정도로 눈이 시렸다. 그 때문에 넣은 안약이 눈물처럼 흘러내렸다. 휴지로 흐르는 안약을 닦고 있는데 아내에게서 전화가 걸려왔다. 아내는 흐느껴 울고 있었다.

"개가 오전 내내 현관 앞에 와서 짖었어요. 진통은 한 시간 간격으로 오고 있고요."

겁에 질려 나무문을 긁어대는 개의 모습이 그려지는 듯했다.

"멧돼지가 나타났어?"

그가 다급하게 물었다.

"멧돼지라니요? 멧돼지가 나타나기도 하는 거예요?"

아내는 아예 엉엉 통곡하기 시작했다. 수화기를 통해 울음소리가 새어나올 정도였다. 그는 난감한 표정으로 사무실을 돌아봤다. 후배가 그를 힐끔거리다가 눈이 마주치자 고개를 수그렸다.

"무서워서 살 수가 없어요."

아내가 말했다.

"내가 이렇게 불안하니 아기는 오죽할까요. 개 때문이에요. 이러다가는 진통이 와도 택시를 타러 바깥에 나갈 수 없을 거예요. 이 좁은 집에서 혼자 애를 낳아야 한다고 생각하면 미치겠어요."

"혼자는 왜 혼자야. 주인이 근처에 있잖아."

그 말이 아내에게 위로가 될 리 없었다. 그 역시 주인이 의지가 된다는 생각을 해본 적이 없었다.

"한밤중에 난방을 끊고 임산부가 겁나 죽겠다는데도 괴물 같은 개를 함부로 풀어놓는 주인을 어떻게 믿어요?"

아내가 짜증스럽게 대꾸했다. 그는 애써 미소를 지으며 곧 돌아갈 테니 조금만 기다리라고 말하고는 전화를 끊었다.

외출 신청서를 내밀자 지사장이 인상을 썼다.

"이번이 몇 번째인 줄 아나?"

"진통이 온답니다."

"나는 애가 셋이지. 첫째는 아내가 진통을 하는 내내 옆에 있었지만, 둘째는 낳기 직전에 갔지. 셋째는 일 때문에 아예 못 갔고 말이야. 진통을 한다고 당장 애가 쑥 나오는 건 아니야. 자네가 있건 없건 낳을 때 되면 낳는 거고. 당장 애가 나오는 것도 아닌데 너무 유난을 떠는군."

아내 때문에 처음으로 조퇴를 했을 때, 지사장은 아비가 되는 게 쉬운 일이 아니라며 허허 웃었다.

"본사에 있을 때 누구보다 성실하다고 얘기를 들었네. 업무 실적도 좋았고. 그래서 일부러 자네를 지목했어."

그는 성실하다는 부분에 특히 동의하며 고개를 끄덕였다.

지사장이 한참 그를 쳐다봤다. 지사가 있는 지역에서 태어나고 자란 지사장은 완강하고 고집이 세며 집단의식이 강했다.

"자넨 여기가 좋은 모양이야. 그렇지? 오래 있고 싶은 거지?"

지사장이 차갑게 물었다.

"개 때문입니다. 아내가 개 때문에 신경이 예민해져서."

그가 당혹스러워하며 대답했다. 지사장이 무슨 말이냐는 듯 그를 쳐다봤다. 그는 더 설명이 필요하다는 걸 알았다. 지금은 그럴 겨를이 없다는 것도 알았다. 못마땅한 표정의 지사장을 뒤로하고 자리로 돌아왔다.

"개 좋아해?"

가방에 미처 못다 작성한 서류를 챙겨 넣으며 후배에게 물었다.

"개보다는 사람이 좋죠."

"나도 그래."

"참으세요, 언젠간 죽겠죠."

후배가 웃으며 말했다.

"그렇지?" 가방을 닫으며 그가 대꾸했다. "언젠가는 죽겠지."

후배가 목소리를 낮췄다.

"지사장이 그 개를 얼마나 아끼는데요. 그나저나 수면제라도 드셔보세요. 얼굴이 말이 아니에요."

그가 고개를 끄덕였다. 한숨 푹 자고 싶었다.

그는 한 번도 개를 길러본 적이 없었다. 개에 대해서라면 아는 게 전혀 없다고 할 수 있었다. 하지만 그는 개가 인간보다 먼저 우주 비행을 했다는 걸 알았다. 세계 전쟁 때 개가 폭발물을 운반하는 역할을 맡아 군인들에게 두려움을 주었다는 것도 알고 있었다. 전쟁 때 수용소를 도망친 포로들은 적군보다 개에게 먼저 쫓겼다는 것과, 고대에는 주인과 같이 매장되어 저승길을 안내하기도 했다는 걸 알았다.

109번지 문을 열자 개가 꼬리를 흔들며 달려와 안겼다. 그에게 이렇게 친밀하게 구는 존재는 오랜만이었다. 그는 개의 목덜미를 슬슬 어루만졌다. 개가 코를 킁킁거렸다. 그의 손에 들린 검은 비닐봉지에서 나는 냄새를 맡는 것 같았다. 그는 109번지를 거쳐 111번지 밖으로 나왔다. 개는 순순히 그를 따라나왔다. 집주인 말대로 사람을 잘 따르는 게 탈이었다.

산책로 입구에 한 떼의 주민들이 물통을 옆에 끼고 나무 등치를 의자 삼아 앉아 있었다.

"약수터가 어느 쪽입니까?"

그가 앉아 있는 사람들을 향해 물었다.

"저쪽이에요. 아주 가깝죠."

무리 중 한 사내가 손가락으로 오른쪽 길을 가리켰다. 그가 가볍게 고개 숙여 인사했다.

"개가 참 크네요."

"예, 덩치는 이래도 아주 순한 놈입니다."

그가 자랑하듯 말했다. 개가 꼬리를 흔들었다.

"그런 놈이랑 다니시니 든든하시겠습니다."

그는 대꾸 없이 웃었다.

개는 처음에는 그와 보폭을 맞춰 걸었고 익숙해지자 그보다 앞서 걸어갔다가 멈춰서서 꼬리를 치며 그를 기다렸다. 영역 표시를 할 때는 그가 부러 기다리지 않아도 될 만큼 거리를 두고 앞서가 오줌을 눴다. 간혹 그를 재촉했지만 결코 걸음을 서둘게 하지는 않았다. 다른 길로 이끌려고 떼를 쓰지도 않았다. 순전히 그가 가려는 길을 조금 앞서 걷는 정도였다. 어찌나 호흡이 잘 맞는지 오랫동안 개와 함께 산책을 해온 느낌이었다.

그는 약수터가 있는 길로 올라가다가 한 사람도 보이지 않는 걸 확인하고 샛길로 들어섰다. 잡풀과 관목이 뒤섞인 길이었다. 풀이 길게 자라고 나뭇가지가 함부로 뻗어 있어 걷기에 성가셨다. 개는 나뭇가지에 찔릴 때마다 끙끙거리며 그를 돌아봤다. 그는 격려하듯 개의 목을 기분 좋게 쓰다듬어주었다.

나무 사이로 올려다본 하늘이 어둑해질 무렵에야 걸음을 멈췄다.

"누구 없어요?"

허공에 대고 소리를 질렀다. 잠시 후 대답처럼 그의 목소리가 되돌아왔다. 그는 개의 목을 슬슬 쓰다듬고 편평한 자리를 골라 앉았다. 개가 자리에 앉은 그의 곁을 맴돌았다.

그는 검은 비닐봉지에서 고깃덩어리를 꺼냈다. 개가 다가와 킁킁거리며 냄새를 맡았다. 개에게는 익숙하지 않은 냄새일 수도 있었다. 먹지 않는다고 해도 할 수 없었다. 먹지 않았으면 했다. 오랜만의 산책이었고 여느 때보다 마음이 편안했다. 개는 고기를 혀로 몇 번 핥더니 이내 먹기 시작했다. 아쉽지만 말리지 않았다. 개가 정신없이 고깃덩어리를 먹고 있는 동안 목에 줄을 묶어 둥치가 굵은 나무에 걸었다. 고깃덩어리를 다 먹은 개가 아쉽다는 듯 혀를 빼물었다. 한참 같은 자리를 맴돌았고 간혹 혀를 길게 빼고 숨을 골랐다. 그러더니 허공을 바라보며 컹컹 짖기 시작했다. 그는 개가 짖는 쪽으로 시선을 돌렸다. 누군가 오기라도 하면 곤란했다. 뒤엉킨 나뭇가지들 사이로 어둠이 다가오고 있을 뿐이었다. 조금 무서워졌다. 개는 병든 주인에게 다가오는 사신을 알아본다는 얘기를 들은 적이 있었다.

풀밭에 앉아 있자니 조금씩 바지가 축축하게 젖고 등이 얼었다. 한기가 느껴졌지만 어쩐지 이런 습한 느낌이 오래전부터 계속되었던 것 같아 견딜 만했다. 개는 여전히 허공을 향해 짖었다. 그럴 때마다 먼 데서 개 짖는 소리가 화답으로 들려왔다. 그 소리를 들으면 개는 묶인 줄에서 몸을 빼내려고 낑낑거렸다. 그런 일이 끝나지 않을 듯 반복되다가 어느 순간 개가 기력을 잃고 잠잠해졌다. 그는 개가 힘없이 다리를 풀썩

꺾고 쓰러져 먹은 것을 토해내고 입가에 흰 거품을 문 채 설사를 하고 오줌을 누는 걸 지켜봤다. 무섭게 경련하며 신음하는 것을 들었다. 목이 마른지 긴 혀를 내밀고 연신 헉헉대는 것을 보았다. 그는 떨리는 개의 몸뚱이를 끌어안았다. 물컹하면서도 따뜻했다. 그의 품 안에서 개가 끙 하고 격한 신음을 토해냈다. 깜짝 놀라 개를 떼어놓고 자리에서 일어섰다. 개가 그를 부르듯 낮게 낑낑거렸다.

그는 빠른 걸음으로 경사로를 따라 내려갔다. 암청색 가지를 늘어뜨린 나무들이 미동 없이 빽빽이 서 있었다. 바람이 불 때마다 나무들이 쓰러질 것처럼 흔들렸다. 놀란 듯 새가 날아올랐고 시끄럽게 벌레가 울었다. 어디선가 개의 신음 소리가 들렸다. 그 소리에 뒤를 돌아보면 바람에 흔들리는 나뭇잎과 나무 들이 만든 그림자가 검게 일렁였다.

갈수록 숲이 깊어졌다. 한동안 조밀한 소나무 숲을 따라 밑으로 내려갔는데, 어느 지점에 이르자 숲의 모양이 완전히 바뀌어 있었다. 나뭇가지들이 팔과 눈을 할퀼 듯 덤벼들었고 키작은 나무들과 밀집한 관목이 한데 엉킨 수풀이 나타났다. 어쩐지 같은 자리를 맴돌고 있는 느낌이었다. 기시감인지도 몰랐다. 숲이 깊어질수록 길은 모두 비슷해 보였다. 어디에나 잎이 하늘을 가린 키 큰 나무가 있었고 빼곡한 잡목 덤불이 있었다. 불길한 소리로 새가 울었고 바지를 입었는데도 무릎이 쓸릴 정도로 풀이 거칠고 길었다. 길은 희미하게 연결되다가 문득 끊어졌으며 없다가도 풀이 눌린 자리로 길이 나 있었다.

"누구 없어요?"

잠시 후 그의 목소리가 몇 겹의 소리로 돌아왔다. 그 소리에 새들이 허공으로 날아올랐다. 그는 심한 피로감을 느꼈다. 숲이 그를 단단히 에워싸고 있었다. 더는 한 발자국도 나아가지 못할 것 같았다. 그는 자신이 완전히 낯선 세계를 헤매고 있다는 걸 인정할 수밖에 없었다.

숲은 어둠을 습자지처럼 빨아들여 대지로 뿜어내고 있었다. 흐릿한 어둠 속에서 대강 두 갈래 길을 눈으로 헤아렸다. 소나무 숲 쪽으로 난 길은 구불구불 옆으로 길게 이어져 있었다. 가시 넝쿨이 뒤엉킨 관목 숲은 휘어져 아래쪽으로 향하고 있었다. 이럴 때는 옳은 길을 찾는 게 아니었다. 빠른 길을 찾아야 했다. 관목 숲을 통과하기 위해 허리를 구부렸다. 팔로 머리를 감쌌다. 딱딱하고 거친 나뭇가지가 공격하듯 그의 몸통을 찔러댔다. 허리를 더 구부렸다. 풀을 밟지 않도록 조심했지만 몇 번이나 미끄러져 엉덩방아를 찧었다.

관목 숲을 빠져나오자 거대한 검은 그림자가 허공에 매달려 흔들리고 있었다. 먹구름이었다. 낮게 내려앉은 걸 보니 당장 비가 쏟아질것 같았다. 걸음을 내딛자 시야를 가로막은 검은 구름이 그를 따라 움직였다. 구름은 조금씩 커졌으며 점점 그에게 다가와 사방으로 흩어졌다. 흩어진 것들이 이내 얼굴에 부딪쳤다. 하루살이 떼였다. 그는 손을 휘저어 벌레들을 쫓았다. 그러는 동안에도 하루살이들이 그의 머리와 옷에 달라붙었다. 손사래를 치면 칠수록 수가 불어났다. 양복 상의를 벗었다. 옷 끝을 두 손으로 잡고 부채처럼 펄럭였다. 벌레들은 잠시 멀어지는 듯하다 이내 바짝 다가왔다. 얼굴에 부딪히는 벌레보다 참을 수 없는 건 귓가에서 들려오는 날갯짓 소리였다. 가냘프지만 규칙적으로 계속되고 있었다. 벌레들이 귓속에 자리를 튼 것 같았다. 새끼손가락을 집어넣어 귀를 후볐다. 아무리 해도 가려움이 가라앉지 않았다.

그가 갑자기 달리기 시작했다. 벌레에게서 벗어나기 위해서였다. 달리면서 낮게 뻗은 가지에 몸을 긁혔다. 뒤엉킨 나뭇가지에 발이 걸려 넘어졌다. 무릎이 쓸려 따끔했다. 풀 더미를 밟아 미끄러졌다. 허리가 욱신거렸다. 하루살이 떼들도 사력을 다해 그를 뒤따랐다. 숨이 찰 때까지 달린 후에야 그는 아무리 달려도 하루살이 떼로부터 벗어날 수 없다는 걸 깨달았다. 하루살이들은 그를 따라 달리는 게 아니었다. 그들은 어디에나 자리를 틀고 있다가 무리지어 그에게 달라붙었다. 그들의 견고한 집단성과 집요한 추적을 당해낼 도리가 없었다. 그는 고사한 나무에 기대서서 가쁜 숨을 몰아쉬었다. 하루살이가 콧구멍이나 벌린 입으로 들어왔다. 벌레가 들숨을 타고 넘어오는 게 느껴졌다. 벌레 섞인 기분 나쁜 숨이 한참 동안 이어졌다. 간신히 숨을 고른 후 그는 깊게 가래를 끌어모아 내뱉었다.

잠시 숲을 헤맸을 뿐인데도 숲이라면 지긋지긋해졌다. 숲에서 들려오는 소리에는 바람 소리, 새 소리, 벌레 소리, 멀리서 흐르는 개울물 소리라고만은 할 수 없는 소리가 섞여 있었다. 웅얼거리며 속삭이는 듯한 사람 목소리 같은 것도 있었다. 가까이에서 소곤거리는가 하면 멀리서 누군가를 애타게 부르기도 했다. 누군가 산책로를 따라 내려가고 있는 것 같았다. 사람의 목소리가 들릴 때마다 그는 거기 누구 없느냐고 크게 소리쳤다. 그의 목소리만 다급하게 되돌아왔다.

숲에서 나는 소리에 귀를 기울이고 있으려니 도심 한복판의 빌딩 숲에서 들려오는 자동차 소음과 냉방기 가동 소음이 그리워졌다. 길을 잃고 숲을 헤맬수록 그는 도시를 잘 이해하게 되었다. 숲에서 나는 소리에 비하면 도시의 소음은 종류나 내용을 숨기지 않는다는 점에서 정직했다. 도시는 끊임없는 소음과 잘 어울리는 곳이었다. 날씨가 좋은 날에도 도심의 하늘은 그다지 푸르지 않았다. 차들은 끊임없이 매연을 풍기며 도로를 질주했다. 보도에 늘어선 가로수들은 먼지를 뒤집어쓰고 서 있었다. 그 모든 풍경이 그에게는 익숙했다. 자연보다 더 친밀하게 느껴지는 인공이었다. 인공이라는 걸 의식할 수 없었으므로 그에게는 자연이나 다름없었다. 매연이 섞인 공기, 일정한 간격으로 심어진 수종이 같은 가로수, 빌딩 숲 사이로 올려다보는 하늘 따위가 그가 자라면서 경험한 자연의 대부분이었다. 푸른 하늘과 청명한 공기, 광활하고 너른

평야, 바람에 흔들리는 나뭇잎 따위는 애당초 그의 삶과 관계 없는 것이었다. 그는 이제껏 검은 하수가 흐르는 단단한 아스팔트, 밤이면 음식물 쓰레기 냄새가 흥건한 건물의 뒷골목, 매연을 뿜으며 날쌔게 달리는 택시의 불빛 같은 것에 둘러싸여 있었다. 그는 무겁게 침묵하고 차가운 공기를 내뿜고 등골이 서늘할 정도로 나무로 가득 찬 숲과 그 숲을 품은 소도시가 싫어졌다. 모든 길을 감추는 숲에 비하면 한눈에 모든 길이 훤하게 들어오는 도시는 그야말로 천국에 가까웠다.

아내는 그가 숲에서 길을 잃어 헤매고 있다는 건 상상도 못할 것이었다. 언제 개가 다가올지 몰라 두려워하며 시시각각 다가오는 진통을 이겨내기 위해 애쓰고 있을 거였다. 그는 아내의 진통이 자기 것인 양 마음이 아파왔다. 아내는 도와줄 사람을 찾지 못하고 끊임없이 그에게 전화를 걸고 있을지도 몰랐다. 그는 휴대전화를 두고 온 걸 후회했다. 개와의 산책을 굳이 아내에게 알리고 싶지 않았다. 산책이 이렇게 길어질 줄은 몰랐다. 그는 바람에 일렁이는 검은 숲을 천천히 돌아보았다. 어둠이 깃든 숲이 그를 무표정하게 지켜보았다.

그는 곧 걸음을 옮겼다. 어디로든 가야 했다. 그래야 어디라도 갈 수 있었다. 그는 비탈진 길을 선택했다. 숲 아래쪽으로 향하는 길이거나 아니면 골짜기 깊은 곳으로 들어가는 길일 것이었다.

정신없이 걸음을 옮기다가 낯선 소리를 들었다. 코를 킁킁

거리며 냄새를 맡는 소리였다. 씩씩거리는 불쾌한 숨소리도
섞여 있었다. 육중한 몸으로 나뭇가지를 부러뜨리는 소리도
들렸다. 숲에는 멧돼지가 있었다. 죽어가는 커다란 개도 있었
다. 그는 두려움에 주저앉았다. 소리의 방향을 짐작하는 것은
불가능했다. 어디에서 멧돼지가 울든 소리는 숲 전체로 울려
퍼질 거였다. 굶주린 멧돼지가, 죽지 않고 살아난 개가 다가
올 것 같았다.

갑자기 기침이 시작되었다. 기침을 참기 위해 가슴을 구부
리자 소나무 향이 풍기고 수액으로 끈적끈적한 나뭇가지가 얼
굴을 찔렀다. 가슴을 눌러 기침을 참고 좀더 걸어 내려갔다.
빽빽한 나무숲과 눈앞을 가로막은 가시덤불을 헤치며 쉬지 않
고 걸었다. 걷지 않자니 불안해서였다. 이대로 아래쪽으로 좀
더 내려가면 분명 인가에 닿을 것이었다. 그러는 동안 낯선
소리는 잠잠해졌다. 소리가 들리지 않게 된 후에야 그는 어쩌
면 애당초 아무 소리도 들리지 않았는지도 모른다고 생각했
다. 두려운 나머지 숲에서 나는 온갖 소리를 짐승의 소리로
들은 것인지도 몰랐다.

걸음을 재촉하던 그의 발에 뭔가가 걸렸다. 딱딱하면서도
부드러운 그것은 달빛을 받아 하얗게 빛났다. 너른 바위처럼
보이기도 했고 떼를 입히지 않은 무덤처럼 보이기도 했다. 개
였다. 끈에 바투 묶인 개가 사지를 뻗고 딱딱하게 굳어 누워
있었다. 그는 저도 모르게 털썩 주저앉았다. 참을 수 없이 몸

이 떨렸다. 갑작스런 한기를 누르려고 담배를 꺼냈다. 주머니를 뒤적거리다가 열쇠를 떨어뜨렸다. 집 열쇠였다. 열쇠는 풀을 타고 미끄러져 보이지 않는 곳으로 떨어져버렸다. 열쇠를 주우려면 어둡고 거친 풀 사이를 헤집어야만 했다. 그는 열쇠 찾는 일을 포기하고 담배를 깊숙이 빨았다. 담배 연기가 바람을 따라 흩어졌다. 담뱃불 주위로 날개를 파닥거리는 작은 벌레들이 모였다. 그는 라이터 불꽃을 움직여 주변으로 모여든 벌레를 죽였다. 소용없는 일이었다. 벌레는 끊임없이 모여들었다. 이번에는 아예 소나무 향이 배어 있는 가지에 라이터를 댔다. 불은 잘 붙지 않았다. 한참 대고 있으니 흰 연기가 났고 잠시 후에는 타닥타닥 가지가 타들어가기 시작했다. 그것을 저 멀리 관목 숲 쪽으로 내던졌다. 불이 일기까지는 조금 시간이 걸렸다. 추위가 누그러지자 참을 수 없이 잠이 쏟아졌다. 이상한 노릇이었다. 요즘 들어 잠을 푹 자본 적이 거의 없었다. 졸린다는 느낌을 가져본 지도 오래되었다. 그런데도 자꾸 눈이 감겼다. 그는 무거워진 눈으로 자신을 감싼 숲을 돌아보았다. 시커먼 어둠이 이불처럼 그를 감싸고 있었다. 이런 깊은 어둠이라면, 오랜만에 푹 잘 수 있을 것 같았다.

정글짐

공항은 붐볐다. 게이트 앞에는 피켓을 든 사람들이 호객하 듯 피켓에 적힌 이름을 불러대고 있었다. 여러 이름이 적힌 들쑥날쑥한 피켓 사이에서 한 피켓이 그의 눈에 띄었다. 피켓 에 적힌 것이 그의 이름이어서는 아니었다. 그의 모국어를 아 는 사람이라면 피식 웃음을 터뜨릴 만한 엉뚱한 표기였다. 글 자 중에 초성과 종성이 바뀌어 있고 오른쪽으로 그어져야 할 획이 왼쪽으로 그어진 것이 있었다. 피켓은 중국인으로 보이 는 사내가 들고 있었다. 사내는 벌서는 아이처럼 뚱한 표정이 었다. 그는 슬쩍 웃었다. 피켓에 적힌 잘못된 표기가 오랜 비 행으로 인한 피로와 낯선 도시에서의 긴장을 풀어주려는 농 담으로 여겨졌다. 한편으로는 그 때문에 자신의 모국어를 우스꽝스럽게 흉내 내어 표기하는 도시에 도착했음을 실감했다. 도시에 도착했을 때는 그가 오후에 비행기를 타고 열세 시간을 날아왔음에도 출발한 시각에서 고작 네 시간 정도가 지나 있었다. 그 시간의 간극은 그를 극도의 피로 속으로 몰아넣었는데, 어쩐지 그 피로감은 도시에 머무는 내내 가시지 않을 것 같았다.

피켓을 든 사람들이 여행객과 어울려 한바탕 빠져나가고 곧 도착할 승객을 기다리며 새로운 피켓을 든 사람들이 나타난 후에도 중국인으로 보이는 사내는 피켓을 들고 있었다. 그의 이름이 적힌 피켓은 여전히 보이지 않았다. 그는 피켓을 둘러보다가 문득 사내의 피켓에 적힌 것이 백 이사의 이름이 아닐까 생각했다. 초성과 종성을 바꾸고 획의 위치를 바꾸어보자 딱 맞아 떨어졌다. 어쩌면 그것이 자신을 가리키는 것인지도 모른다는 생각이 들었다. 그는 망설이다 사내에게 다가갔다. 피켓 속 백의 이름을 가리키며 '그것이 바로 나'라고 자신 없는 목소리로 말했다. 그는 이 도시의 말은 감사 인사밖에 몰랐고 많은 사람이 사용하는 외국어도 띄엄띄엄 서툴게 말할 수 있는 정도였다. 사내가 그를 빤히 바라보고는 몸을 돌려 앞서 걸었다.

공항 주차장에 세워둔 검정색 밴에 그를 태운 사내는 또 다른 종이 피켓을 들고 종종거리며 다시 청사 안으로 들어갔다. 태워야 할 여행객이 더 있는 모양이었지만 그에게는 사정을

154

설명해주지 않았다. 그는 멍하니 앉아 있었다. 그렇게 늦은 시각이 아닌데도 밖은 완전히 어두웠고 히터를 틀어놓았는데도 몸이 떨릴 정도로 차 안이 추웠다. 중국인으로 보이는 사내는 오래도록 나타나지 않았다.

　사내는 그를 숙소로 데려다줄 거였다. 백 이사가 소개한 숙소였다. "자네 여행 좋아하나?" 그는 질문부터 해대는 백의 말버릇을 좋아하지 않았다. 의중을 알기 어려워서였다. 그럴 때는 대답을 하지 않고 뒷말을 기다리는 게 상책이었다. "기분 전환에는 여행만 한 게 없는데 말이야." 백이 그에게 뭔가 내밀었다. 비행기 티켓이었다. "바쁘지만 출장을 가줄 수 있겠나?" 백이 재미난 농담이라는 듯 크게 웃었다. 그도 따라 웃었다. 백이 그에게 동의를 구하는 것은 농담이나 마찬가지였다. "자네는 출장명령서에 사인만 하면 되네." 그는 티켓 밑에 깔려 있는 출장명령서를 살펴보았다. 서명과 귀국 날짜를 제외한 모든 칸이 채워져 있었다. "부럽군. 나도 항상 이렇게 불쑥 떠나고 싶었는데 말이야." 그 역시 멋대로 불쑥 떠나라고 말할 수 있는 백이 부럽기는 마찬가지였다. "자네가 하필 이 시기에 출장을 떠나는 건 회계 시스템을 바꿔야 하기 때문이야. 불가피한 일이지. 그렇지? 두 도시 담당자가 바쁜 일정을 조절하는 건 쉬운 일이 아니니까. 알겠나?" 그에게 말한다기보다 스스로에게 되뇌는 느낌이었다. 이 상황을 납득하고 싶어 하는 건 그보다는 백인 것 같았다. 어쨌든 출장을 가라는 소리였으므로 그는 고개를 끄덕였다. "담당자가 출장 중이라는 말은" 백이 그를 보았다. "소환 당사자가 없다는 뜻이거든."

곧 감사가 시작될 거라는 소문이 파다했다. 누군가 사무실 문을 열고 들어설 때마다 감사팀인가 싶어서 깜짝깜짝 놀라곤 했다. 그가 감사에 대비해 하는 것이라고는 이중의 부기 장부를 잘 간수하고 내역을 기록할 때 글씨를 깨끗이 쓰는 것밖에 없었지만. "감사팀은 질문이 많아. 그게 그 팀의 업무니까. 숫자가 적힌 각종 서류를 들이대거나 부기 방식을 일일이 캐묻고는 기억나지 않는다는 대답을 듣는 거야. 이번에는 그것도 소용없을 테지만 말이야." 왜냐는 듯이 그가 바라보자 백이 대답했다. "자네 출장가잖아? 아무리 질문해도 대답할 사람이 없지. 담당자는 출장 중이고 다른 사람들은 모두 자기가 하는 일밖에 모르거든." 그 역시 자기가 하는 일, 그러니까 백이 건네주는 전표나 계약서, 영수증 따위를 일 단위, 주 단위, 월 단위로 정산하는 하급 회계 업무 외에는 몰랐으므로 공감하듯 고개를 끄덕였다. "출장은 언제까지입니까?" "유감스럽게도 길지는 않을 거야. 내부감사는 자네도 알다시피 형식적인 경우가 많으니까." 백이 진심으로 부탁한다는 듯이 덧붙였다. "감사가 끝나면 곧 돌아와줘야 하네." "물론입니다." 그가 얼른 대답했다. 곧 돌아오는 것, 그것이야말로 그가 바라는 바였다.

갑작스럽게 출장 짐을 챙기는 걸 보고 옆 자리 선배가 목소리를 낮춰 물었다. "백 이사 지시야?" 그가 고개를 끄덕였다. 출장지에서 해야 할 일이 없었기 때문에 딱히 챙겨야 할 짐도 많지 않았다. 형식적으로 서류 몇 장을 챙겨 넣었다. "백 이사를 너무 믿어서는 안 돼." 선배가 소곤거렸다. 그가 고개를 끄덕였다. 선배가 염려하는 것처럼 백을 전적으로 믿는 것은 아니었다. 믿지 않는 것도 아니었다. 정확히 말하면 믿고 싶어 하는 쪽이었다. 출장을 가기로 한 것은 백을 믿는가와 상관없었다. 다른 선택이 없었다. "그런데 백 이사가 왜 나쁩니까?" 그가 필기구를 챙기다 말고 선배에게 물었다. 선배가 그걸 몰라서 묻느냐는 듯 그를 빤히 보았다. "백 이사는 절대 손해를 보지 않으려고 해." 선배가 대단한 비밀을 발설했다는 듯 목소리를 낮췄지만 그는 동의할 수 없었다. 절대 손해를 보지 않는 것은 백 이사만이 아니었다. 입사 후 줄곧 전표와 계약서, 영수증의 내역과 숫자만 들여다보았던 그는 회계란 필연적으로 어떤 손해도 보지 않는 시스템이라는 걸 잘 알고 있었다.

그는 대체로 백의 지시를 따르는 편이었다. 그로서는 방법을 알고 있음에도 한 번도 시도해본 적 없는 부기 방식에 관한 지시가 대부분이었다. "법적인 문제가 있지 않나요?" 애당초 지시를 받았을 때 그렇게 물어서 안 된다는 건 나중에야 알았다. 백은 그 질문을 자신의 방식에 동의하겠다는 의사 표시로 받아들였다. 그가 내심 불법적인 것만 아니라면, 설혹 불법적인 것이라도 암묵적으로 횡행하는 것이라면, 무엇보다 들킬 염려가 없는 것이라면 어떤 방식이든 좋다고 생각했을지라도. "법적인 문제?" 백이 그에게 되물었다. "자네는 우리에게 업무를 지시하는 사람, 간단히 말해 고용주가 누군지 알고 있나?" 그는 백의 사무실 벽에 붙어 있는 조직도를 가리켰다. "그야 물론 조직도 맨 위에 있는 분 아닙니까?" 백이 웃었다. "그럼 그 사람은?" "네?" 그가 되묻자 백이 웃음을 거두고 말했다. "이건 퀴즈가 아니야. 나 역시 답을 모르거든. 어떤 때는 너무 많지만 어떤 때는 아무도 없지. 하지만 그게 중요해." 경우에 따라 수가 달라진다는 것? 그가 고개를 갸우뚱했다. "우리를 고용한 사람이 누군지 모른다는 것 말이야. 우리가 모르는 게 그것 뿐일까?" "네?" "나는 내가 무슨 일을 하는지도 모르는데, 자네는 알고 있나? 내가 아는 건 생계 때문에 나 스스로 고용을 자처했다는 것뿐이야." 무슨 의미인지 이해하지 못한 채로 그가 물었다. "제가 뭘 하면 됩니까?" 도대체 뭘 지시하려고 조직도에도 없다는 고용주까지 들먹이는 건지 모르겠으나 백이 처지를 한탄하고 있다는 생각이 들었고 그러자 멀게만 느껴졌던 백에게 묘한 동료의식이 생겨났다. "내가 자네의 경력을 보장하겠다면 자넨 뭐라고 할 건가?" 백이 물었다. "고용주도 아니면서 어떻게 보장할 거냐고 물을 겁니다." 그가 말을 이었다. "그다음에 조건

158

을 묻겠죠. 어떻게 하면 되느냐고." 백이 유쾌한 듯 웃었다. "그래, 자네가 나한테 할 말은 그게 다야. 이제 남은 일은 내게 방법을 배우는 거지." 그는 백이 내미는 두꺼운 장부를 받아 들었다.

출장을 간다는 말에 아내는 반색했다. "거긴 누구나 가고 싶어 하는 도시잖아요. 일부러 여행 가지 못해 안달인데, 그런 도시에 가는 거라면 좋은 일 아니에요? 외국인들과 함께 일하고 같은 숙소에 묵다 보면 자연스럽게 친구가 될 수도 있을 거고요." 그가 아내에게 되물었다. "외국인 친구가 있으면 좋겠어?" 빈정거리는 말투는 아니었다. 아내 역시 진심은 아니었다는 듯 실없이 웃어 넘겼다. 그는 불쑥 아내와 동행하면 어떨까 생각해보았다. 명목상 출장이지만 수행해야 할 업무가 없고 단지 시간을 보내고 오는 게 유일한 목적이라는 점에서 백이 말한 것처럼 여행이나 다름없을 테니까.
10년 가까이 사는 동안 그들은 함께 몇 번의 여행을 했다. 두 번은 짧은 일정으로 여행사 가이드의 안내를 받았다. 새벽같이 일어나 대형버스를 타고 이동하고 유적지나 명소에 내려 재빠르게 살펴보고 다시 우르르 버스를 타고 이동해서 상황버섯이나 라텍스 공장, 보석상 등 쇼핑센터에 들러 상품 설명을 듣고 센터 안을 느긋이 돌아보는 저렴한 패키지 여행이었다. 인상에 남은 것이라고는 패키지 요금에 포함되어 이미 비용이 지불되었다는 소리에 아까운 마음이 들어 냄새나는 코끼리 등에 벌벌 떨며 올라탄 것이었다. 그 여행은 지독한 냄새와 땅의 진동 때문에 어지러움을 느끼면서도 정면을 보며 억지로 웃고 있는 한 장의 사진으로 남았다. 그 후 여행이라고 하면 코끼리에게서 풍겨오던 똥 냄새와 코끼리 등 위에서 느꼈던 땅의 불안한 진동, 코끼리가 움직일 때마다 구슬끼리 부딪혀 소리를 내던, 코끼리 머리에 씌워진 색색의 더러운 모자 같은 것들이 떠올랐다.

그런 여행에 질린 나머지 딱 한 번 여행사의 안내 없이 내키는 대로 이동하고 시간을 들여 돌아볼 생각으로 여행을 떠난 적이 있었다. 처음은 순조로웠으나 시간이 지나면서 지고 있는 배낭만큼이나 분위기가 무거워졌다. 화가 나서 내내 입을 다물고 있다가 미안하다기보다는 불편한 마음이 들어 아내와 화해를 했고, 다시 사소한 이유로 싸움을 벌여 또 종일 입을 다물어버리는 일이 반복되었다. 여행을 통해 그가 깨달은 것은 자신의 표정이나 말투에서 오랫동안 회계 일을 해온 사람의 까다로움과 인색함, 초조와 노곤함 같은 게 여실히 드러난다는 점이었다. 몸이 지쳐 피곤하고 아내와 의견 충돌이 생길 때면 그런 면이 확연해졌다. 그 여행이 남긴 것은 시간이 남아돌아 생각할 수 있을 때까지 생각한 끝에 얻어낸 자신에 대한 환멸과 함부로 내뱉은 아내의 말에서 받은 상처뿐이었다.

아내와의 동행은 아무래도 좋은 생각이 아니었다. 백의 말대로 내부감사는 형식적인 수준이고 언제나 그랬던 것처럼 시간을 끌어 담당자들을 바짝 쫄게 만들었다가 선의를 베풀 듯 주의를 주거나 경고를 주는 선에서 어영부영 끝나버릴 것이었다. 명목상의 출장에서 돌아오게 되면 그는 한가로운 시간을 두 번 다시는 갖지 못할 거였다. 감사가 그렇게 자주 있는 건 아니었다. 그렇게 생각하자 갑작스러운 감사가 고맙게 느껴졌다. 덕분에 그는 인생의 가장 젊은 시기에, 어쨌든 지금이 죽기 전 가장 젊은 시절이 분명하므로, 시간과 경비에 있어서 회사의 지원을 받는 여행을 하게 된 셈이었다. 이번이야말로 무엇이든 허비해도 좋을 때라는 생각이 들었다. 그는 한 번도 무엇이든 마음껏 소비해본 적이 없었다. 회계 업무를 해오는 동안 그에게 돈과 시간은 조직적으로 관리하고 효율적으로 절약해서 사용하는 것이었지 소비하며 낭비하고 허비해버리는 것이 아니었다. 두 번 다시 오지 않을 기회를 또다시 코끼리 등에 불안하게 올라타거나 아내와의 쓸데없는 감정 싸움으로 낭비하고 싶지 않았다.

그는 출장이 길어지면, 그런 일은 없어야 한다고 생각하면서도, 아내에게 한 번 다니러 오라고 말했다. 그가 머물 도시뿐만 아니라 인근 도시들을 여행할 수 있을 거라고. 아내가 그를 보며 웃었다. 그 웃음에 공연한 빈말을 타박하는 의미는 없었지만 더불어 여행에 대한 기대감이나 그런 식의 여행밖에 꿈꿀 수 없는 처지에 대한 연민도 없었다. 그저 무슨 말을 하고 있는지 알아들었다는 반응으로 웃고 있었다. 그는 아내의 웃음을 통해 자신이 기뻐하고 즐거워하는 표정을 과시해도 실은 이 여행에 대해, 정확히 말하면 갑작스런 출장에 대해, 어떤 기대도 하지 않는다는 사실을 돌연 깨달았다.

중국인으로 보이는 사내가 한참 만에 외국인 남녀를 데려와 차에 태웠다. 사내가 시동을 걸고 신호를 기다리는 동안 외국인 남녀가 그를 바라보며 웃었고 인사를 건넸다. 숫기 없는 그는 능숙하지는 않지만 외국어이기 때문에 잘못이 용인될 정도의 짤막한 회화로 간단한 인사를 나눈 후 입을 다물었다. 간혹 마주 앉은 외국인들이 그를 대화에 끼우려는 듯 노골적으로 바라보았으나 그럴 때마다 예의를 차려 웃으려고 노력하면서도 더 이상 말을 나누고 싶지 않다는 의미로 어두컴컴한 창밖으로 시선을 돌렸다. 밖은 이제 완전히 어두워져서 보이는 것이라고는 창을 바라보는 딱딱하게 굳은 자신의 얼굴뿐이었다. 외국인과 좁은 밴을 타고 숙소까지 함께 가야 한다는 것, 게다가 그들과 같은 숙소에 묵을 게 분명해 보이니만큼 어쩌면 앞으로도 여러 번 식당이나 복도나 세면실 같은 곳에서 얼굴을 마주쳐야 한다는 게 곤혹스럽게 느껴질 즈음, 밴은 비슷한 모양의 주택들이 죽 늘어선, 그로서는 집들 간의 차이를 잘 구별할 수 없는 어두컴컴한 골목 끝에 멈춰섰다. 현관 옆 동판에 돋을새김된 이국적인 서체는 어두컴컴한 속에서도 분명히 보였다. 그는 그 주소가 아니라면 결코 이 집을 구별할 수 없을 거라는 두려움에 오랫동안 그것을 들여다보았으나 어쩐지 쉽게 외워지지 않았다.

"백 씨가 안부를 물었습니다." 그가 깜짝 놀라 뒤를 돌아보았다. 중국인이라 생각했으나 말 한 마디로 이제는 중국인이 아닌 듯 보이는 사내가 그를 보고 있었다. 발음이 부정확하고 어눌했지만 그의 모국어로 말하고 있음에 틀림없었다. 그는 사내가 모국어 표기를 엉망으로 해놓은 것을 떠올리며 어쩌면 그는 중국인이 맞을지도 모른다고 생각했지만 뭐든 상관없는 노릇이었으므로 더는 생각하지 않았다. 백은 그가 머물 숙소가 약간의 친분이 있는 사람이 운영하는 곳이라고만 했다. 그에게 연락 가능한 휴대전화가 있음에도 직접 연락을 취하지 않고 약간의 친분 관계에 있는 사내에게 전화를 걸어 안부를 전한 것이 의아했다. 제일 먼저 든 생각은 직접 연락을 취하기 곤란한 상황이 벌어진 것은 아닐까 하는 것이었다. 그 생각에 불안해졌으나 한편으로 소심하고 아쉬운 소리 못 하는 그를 대신해 사내에게 친분을 밝힌 것일 수도 있겠다는 생각이 들었다. 그는 중국인이라고 생각했던 사내가 수상한 고객을 살피는 청원경찰 같은 눈빛으로 자신을 바라보고 있다는 걸 깨닫고는 얼른 숙소 현관으로 들어섰다.

오랜 비행이 주는 피로와 여행지에서의 긴장 때문인지, 아니면 단순히 시차 탓인지 그는 잠을 이루지 못했다. 자정을 갓 넘긴 시간이었다. 떠나온 도시의 시간으로는, 그가 지난 15년간 해온 대로, 붐비는 출근 열차에 타고 있을 무렵이었다. 그는 거의 뜬눈으로 시간을 보냈다. 시설이 노후해서 집 전체가 끊임없이 신음 소리를 냈다. 누군가 복도를 지나갈 때마다 마루가 심하게 삐걱거렸고 난방 파이프는 온수를 돌리기 지쳤다는 듯 줄곧 우는 소리를 냈으며 정체 모를 긁는 소리가 천장과 벽 쪽에서 들려오곤 했다. 소리는 요란하지만 난방이 제대로 되지 않고 침구는 춘추용뿐이어서 벌벌 떨며 누워 있느라 콧물이 흐르고 목이 잠기기 시작했다. 백이 말한 것과 달리 주로 장기 여행객이 이용하는 저렴한 비용의 숙소였다. 자고 있는 것인지 꿈을 꾸는 것인지 구별할 수 없는 몽롱한 상태에서 누군가 문을 두드리는 소리를 들었다. 곧 이어 그를 숙소까지 태워다준 사내가 방문을 열고 얼굴을 내밀었다. 깨워달라고 부탁한 적은 없지만 늦잠을 핑계로 하루를 허비하기는 아까운 노릇이었으므로 화가 나지는 않았다.

그에게 딱딱한 빵과 음료를 아침 식사로 내주며 사내는 이 도시에서 백이 자주 갔다는 몇몇 장소를 늘어놓았다. 딱히 말을 막을 이유도 없고 사내도 친절한 대꾸를 바라는 것 같지 않기에 그는 빵을 천천히 씹으면서 사내가 되는대로 떠들게 내버려두었다. 어눌한 발음 속에 그의 모국어와 이 도시의 언어, 그가 알아들을 수 없는 언어가 뒤섞여 있어 말을 거의 알아듣지 못했으나 백이 여러 달 묵었다는 말은 용케 알아들었다. 백이 언제 그런 시간을 낸 것인지 의아했으나 사내와 길게 말을 나누는 게 내키지 않아서 되묻지 않았다.

아침 식사 후 출근하듯 서둘러 준비를 마치고 거리로 나섰다. 무턱대고 걷다가는 관광객 주머니를 털 궁리만 하는, 조잡한 물건으로 가득 찬 상점만 돌아다니게 될 것 같아 백이 추천한 장소와 식당, 상점 들을 우선 들러보기로 했다. 당장 오늘이라도 돌아가야 할지 모르는 처지였으므로 먼저 명소를, 어디에건 그런 게 있기 마련이니까, 돌아보는 게 좋을 것 같아서였다.

언젠가 다른 나라에서 발행한 가이드북에서 그의 모국을 이 도시에 비유한 걸 읽은 적이 있었다. 그 역시 노동에 지친 듯 피곤해 보이는 얼굴과 화난 표정의 사람들이 많고 싸우듯 목소리가 크며 즉흥적이고 뜨거운 기질의 사람이, 특히 상점 주인들 중에 많다는 유사점을 단 하루 만에 찾기는 했으나 딱히 두 도시만의 공통점이라 할 만한 것은 아니었다. 그가 생각하기에 어느 도시에서건 온화한 얼굴로 천천히 걷는 사람들은 길을 모르는 관광객과 할 일 없는 노인들이었다. 그는 관광객답게 천천히 걸었다. 4차선 도로를 사이에 두고 1층에 상점이 있는 야트막한 건물이 양쪽으로 늘어서 있었다. 조금만 뒷길로 걸어 들어가면 과거의 건축 양식이 그대로 살아 있는 건물과 고대로부터 전해진 유적이 있었다. 그 아름다움과 경이로움은 전적으로 쇠락하는 느낌에서 나왔다. 도시는 유적을 가졌다기보다는 폐허를 방치하고 있는 듯했고 노쇠한 과거를 유지하느라 미래를 유예시키는 느낌이었다. 그 때문에 이국적인 풍경 속에서도 들뜨기보다는 마음을 차분하게 가라앉힐 수 있었다.

그는 백이 다녔던 거리를 쏘다녔고, 백이 추천한 곳에서 밥을 먹었으며 백이 샀던 물건을 샀다. 지치도록 거리를 돌아다녔고 피곤해지면 카페에 들어가 쉬면서 백이 준 가이드북에 첨부된 지도에서 현재 위치를 찾아 숙소로 돌아갈 길을 미리 짐작해보곤 했다. 그는 이 나라 말을 전혀 몰랐고 그가 더듬더듬 내뱉는 외국어는 이 나라 사람들이 잘 알아듣지 못했기 때문에 길을 헤매지 않고 숙소로 잘 돌아가는 것이 여행의 유일한 목적인 듯 강박적으로 지도를 들여다보았다. 그 탓인지 숙소로 돌아갈 때면 하루 종일 장부를 정리하고 복잡한 숫자로 채워진 계약서를 들여다본 것처럼 머리가 아팠다.

여행이 계속되자 처음 얼마간은 새로워 보였던 이국적인 거리 풍경에도 익숙해졌다. 그는 자신이 처음으로 멀리 떠나온 것치고는 길을 찾는 일이나 음식을 선택하는 일을 순조롭게 한다고 생각했다. 그 때문에 잠시 우쭐해졌으나 그런 일로 우쭐해하기에는 자신이 나이가 많다는 것을 깨달았다. 그리고 무엇보다 계기를 마련한 것이 스스로가 아니라 백이라는 것이 떠올랐다. 그가 한 일이라고는 백이 준 티켓과 일정표, 가이드북을 들고 그저 시간에 맞춰 비행기를 타고 마음 내킬 때까지 도시를 돌아다니는 것밖에는 없었다. 그 사실을 깨닫자 냄새나는 코끼리 등에 올라타 땅과 함께 흔들리는 기분이었다. 사방에서 코끼리 똥 냄새가 났고 코끼리 모자에 매달린 싸구려 구슬들이 부딪히는 소리가 들리는 것 같았다.

숙소에 돌아오면 그날 다닌 곳과 먹은 음식, 별것 아닌 쇼핑 내역을 포함하여 짤막한 보고서를 썼다. 하단에는 꼼꼼히 챙겨 받은 영수증을 첨부했다. 반드시 보고서를 써야 하는 건 아니었다. 단지 자신이 백의 지시를 충실히 따르고 있다는 걸 기록해두고 싶었다. 그러고 나서 아내에게 전화를 걸어 간략히 그날 있었던 일, 그러니까 보고서에 기재한 사항들을 얘기해주었다. "다행이에요. 즐겁나 봐요." 그의 말을 들은 아내가 담담하게 대꾸했다. 빈정거리는 말투는 아니었다. 그는 아내의 말을 통해 자신이 보이지 않는 일과에 맞춰 여행을 진행하고 있으며 과제를 수행하듯 명소를 탐방하고 있지만 그다지 즐겁지 않다는 것을 깨달았다. 실제로는 집에 돌아가고 싶다는 투정을 꾹 눌러 참고 있다는 것도.

전화를 끊으면 그는 누군가 자신을 낯선 도시로 내몰았고, 그런 선택을 할 수밖에 없도록 공교히 음모를 꾸몄으며 자신은 순진무구하게도 그 유혹에 쉽게 넘어가버렸다는 생각을 했다. 늘 누군가에 의해 설계된 인생을 살아온 느낌이 되살아나면서 화가 났다. 자신을 통제하는 대상이 있다는 생각 때문만은 아니었다. 자신이 그 통제에 안도감을 느낀다는 것 때문이었다.

　도시를 떠나버림으로써 오히려 문제가 커졌다는 생각도 들었다. 그가 낯선 도시를 헤매는 동안 회계상의 문제가 전적으로 자신의 책임이 될지도 모른다는 생각에 두려웠다. 어쩌면 일을 처리하는 데 자신이 배제된 지금의 상황 때문에 억지스러운 음모를 공상하는 것인지도 몰랐다. 그는 단지 공상이기를 바라면서 백이 직접 그 오류를 정정할 것인지 다른 누군가에게 지시를 내릴 것인지 아니면 그저 두고 보기만 할 것인지를 생각했다. 장부를 다루는 일이라면 지시를 내릴 것이 분명했다. 그가 없을 때 누군가 그가 해놓은 업무를 정정하는 것이다. 그가 처음 백과 함께 일을 시작했을 때 그랬던 것처럼. 이 모든 생각 중에 분명한 것은 하나도 없었으나 기분은 점점 엉망이 되었다. 자신을 위해서 아무것도 대비하지 않은 채로 무작정 떠나온 것을 자책하는 한편, 여행이 시작되자마자 애초의 생각대로 소비하고 즐기기는커녕 더 엄격하고 인색하게 구는 자신에게 환멸을 느꼈다. 머리가 아팠지만 누적된 피로와 간밤의 한기 때문이라 생각하고 겉옷을 입은 채로 누웠다. 콧물이 흐르고 귀가 멍멍해지고 치통까지 느껴졌지만 그저 가벼운 감기일 것이었다.

　열흘째 되는 날은 아침부터 비가 퍼부었다. 전날 오후부터 흐리더니 날이 밝자 기다렸다는 듯 굵은 비가 쏟아져 내렸다.

바람도 세차게 불어 나뭇가지가 사정없이 흔들렸다. 조명이
거의 없는 거리는 아침인데도 어두웠다. 궂은 날씨 탓인지 지
나다니는 사람이 눈에 띄지 않았다. 그는 비가 잦아들면 나갈
생각으로 다시 침대에 누웠다. 몸이 찌뿌드드하고 노곤한 것
이 모국의 시간으로 치면 하루 업무를 대강 마칠 무렵이어서
인 것 같았다. 그는 계속 모국의 시간을 의식하고 있었다. 잠
을 더 자보려고 했으나 식당 쪽에서 사람들이 무리지어 떠드
는 소리가 고스란히 들려왔다.

　여행객 대부분이 숙소에 머물러 있었다. 그가 부스스한 머
리로 식당에 나타나자 여행객 틈에 섞여 있던 사내가 식사를
준비해주려고 자리에서 일어섰다. 그러고는 당연한 순서인
것처럼 이런 날을 보내기 적당한 미술관 몇 군데를 얘기해주
었다. 그새 어눌한 말투에 익숙해진 것인지, 오늘따라 발음이
분명한 것인지 사내의 말을 어느 정도 알아들을 수 있었다.
사내는 특히 백이 좋아하는 미술관 얘기를 길게 늘어놓았다.
그는 천천히 사내를 쏘아보았다. 사내가 어느 순간 그의 눈빛
을 의식했는지 입을 다물었다. 그의 눈빛과 사내의 갑작스런
침묵은 식당에 모여 있던 외국인들에게 뭔가 낯선 상황이 전
개되고 있다는 것을 알아차리게 했다. 모두가 덩달아 입을 다
물었다. 식당에는 어색한 침묵이 감돌았다. 침묵을 견디다 못
해 그가 불쑥 일어섰다. 사내가 식사를 마저 하라며 그를 잡
아 세웠다. 그가 사내의 팔을 뿌리치며 갑자기 욕을 퍼부어댔

다. 그의 도시에서 사용하는 욕이어서 외국인들은 알 리 없었지만 그의 표정이나 말투를 보면 못 알아챌 리도 없었다. 그는 왜 사내에게 화를 내는지 스스로도 어리둥절한 채로 사내의 시선에 기가 눌려 엉겁결에 멱살까지 잡았다. 사내의 얼굴이 붉게 달아올랐다. 그는 자신이 바보 같은 짓으로 여행객들의 소박한 친교를 방해했다는 것을 인정하면서도 사내를 잡은 팔에 힘을 주었다.

외국인이 다가와 사내에게서 강제로 그의 손을 떼어냈다. 사내는 불쾌한 듯 그를 바라보고 식당을 나가버렸다. 멍하니 사내가 들어간 문을 바라보고 있다가 신경질적으로 그를 툭툭 치며 지나가는 외국인들을 피해 무턱대고 바깥으로 나왔다. 다행히 비가 잦아들었으나 바람은 여전히 세차게 불고 있었다. 옷을 단단히 여몄음에도 얼음판에 등을 맞댄 것처럼 한기가 느껴졌다. 백이 준 일정표와 잘 정리된 가이드북은 숙소에 두고 나왔다. 가지고 나왔다면 길거리 쓰레기통에 버렸을 것이다.

그는 내내 걸었다. 시장해지자 아무 데나 들어가서 밥을 먹었다. 처음으로 백에게 의지하지 않고 하루를 보낸다는 사실을 종종 의식했다. 그러고 나면 대출 약정서를 쓰는 심정으로 자주 지갑을 열어 지출액을 살폈고 송금을 기다리며 통장을 들여다보듯 계속해서 시계를 들여다봤다. 여행은 지루하고 산만했고 무의미한 산책만 계속되었다. 무엇 하나 즐길 수 없다는 것 때문에 비통한 느낌이 들기도 했다. 그는 점점 이 도시에서 유명한 집시 소매치기에게 지갑을 털린 듯한 기분에 휩싸였다. 그런 기분이 계속되자 정말로 중요한 무엇인가를 날치기 당한 것인지도 모른다는 생각이 들어 자꾸 옷을 더듬어 손지갑 등속이 제자리에 있는지 확인해야만 했다.

숙소로 돌아가려던 그는 자신이 되는대로 버스를 탔고 아무 방향으로나 뒤죽박죽 걸어왔다는 걸 깨달았다. 무엇보다 숙소의 정확한 주소를 잘 모르고 있다는 것도. 한마디로 그는 길을 잃었다. 그 생각에 당황했지만 여행지에서 이 정도 실수쯤은 누구나 하는 법이었다. 나온 지 얼마 지나지 않았으니 숙소에서 그다지 멀지 않은 곳임이 분명했다.

그는 건물 동판의 주소를 봐가며 걷기 시작했다. 골목은 모두 비슷했고 상점 이름과 작은 쇼윈도에 전시된 물건이 조금씩 달랐지만 그의 눈으로 보기에는 거의 같다고 할 만한 것들이었다. 그는 도로를 따라 복잡하게 얽혀 있는 동맥과도 같은 골목들을 가로질렀다. 어느 골목은 창마다 희미하게 빛을 반사하고 있는 집들로 꽉 메워져 있었다. 그 능선을 따라 한참 올라갔다가 잘못된 길임을 깨닫고 되돌아 내려왔고, 다시 다른 골목의 능선을 따라 한참 올라갔다가 되돌아 내려오는 일을 되풀이했다. 그러다 숙소가 있는 것과 닮아 보이는, 눈에 익은 골목을 찾아냈다. 반가운 마음에 냉큼 들어섰지만 얼마 가지 않아 엉뚱한 길이라는 걸 알고 되돌아 나왔다.

같은 골목길을 벌써 몇 번째 헤매고 있다는 걸 알게 되었을 때는 싱거운 웃음이 터져 나왔다. 골목 끝에 모자를 쓴 한 남자가 벽에 기대어 담배를 피우고 있었는데, 다음에 왔을 때도 그 남자는 여전히 담배를 피우고 있었다. 몇 개의 골목을 드나든 후에 다시 왔을 때 모자를 쓴 남자는 없었지만 그 자리에 여러 개의 담배꽁초가 버려져 있었다. 상점들이 모두 문을 닫아 불빛이라고는 속 터질 정도로 흐릿한 가로등뿐이어서 버려진 담배꽁초는 잿빛 밤하늘에 뜬 별처럼 보였다.

길을 헤매면서 그는 얼마 전 신문에서 본 기사를 떠올렸다. 한 휴대전화 회사에서 내비게이션 서비스를 위해 조사를 했는데, 세계 여러 도시 중 이 도시에서 길을 잃는 사람이 가장 많다는 결과가 나왔다는 기사였다. 이 도시에서는 통계적으로 열 명 중 한 명이 길을 잃어 헤매는 사람이라고 했다. 열 명 중 한 명을 제외한 나머지 아홉 명은 제 갈 길을 분명히 알고 있다는 것이었다. 그는 거리를 오가는 행인들을, 제 갈 길을 아는 아홉 명을 동경하듯 바라보았다. 모두들 성큼 발을 내디뎌 엇비슷해 보이는 붉은 벽돌의 어두운 골목길로 능숙하게 들어갔고 누구도 되돌아 나오지 않았다. 어떻게 사방이 모두 똑같아 보이는 거리에서 그들은 제대로 길을 찾아가고 있는 걸까? 멍하니 서서 주위를 두리번거리며 이 골목 저 골목 드나들기를 반복하는 것은 그뿐이었다. 어쩌면 모두들 태연히 길을 찾는 듯 보여도 골목 저 끝에서 미로 같은 길을 탓하며 다른 길을 찾아 헤매고 있을지도 모르는 일이었다. 자신과 처지가 같은, 어딘가에 있을 열 명 중 한 명을 떠올리며 그는 빛이 점점 흐려지는 가로등과 가로등이 만들어내는 희미한 원구와 그럼에도 여전히 어두워서 궁극적으로 모두 닮아 보이는 골목들을 애석한 마음으로 바라보았다.

낙담할 일은 아니었다. 간단히 숙소로 돌아갈 수 있었다. 내키지 않지만 백에게 전화를 걸어보면 되었다. 주소를 받아 적은 후 택시 기사에게 주소가 적힌 쪽지를 내밀면 되는 일이었다. 다른 날보다 조금 힘들게 돌아다닌 것일 뿐 문제될 것은 없었다. 잠을 잘 때에도 휴대전화를 들고 잔다는 백은 반드시 전화를 받을 테고, 통화 후에는 어디에나 있는 택시를 타면 될 테니까. 그 전에 우선 식당에 가서 밥을 먹기로 했다. 배가 고팠고 뭔가 맛있는 것을 먹으면 기분이 좋아져 불쑥 주소 같은 게 생각날지도 몰랐다.

몇 군데 식당을 기웃거렸으나 어떤 식당은 맛이 없는지 현지인이 거의 없었고 어떤 식당은 맛을 장담할 수 없는데도 가격이 너무 비쌌고 어떤 식당은 너무 붐벼서 쉽게 결정을 내리지 못하고 지나쳤다. 결국 그는 더 이상 걸을 힘이 없어질 무렵에 나타난 식당에 들어가 가장 비싼 음식을 주문했다. 이제껏 그가 지나쳐 왔던 식당과 같이 너무 한산했고 맛을 장담할 수 없음에도 터무니없이 비쌌지만 별수 없었다. 스테이크는 양이 많았고 날것의 느낌이 났고 무척 질겼다. 도대체 몇 번을 씹어야 삼켜지는지 확인해보려고 수를 헤아리며 고기를 씹는 동안 그는 뜻밖에 어떤 거리 이름을 떠올렸고 자신할 수 없지만 뒤에 이어지는 번지수를 기억해냈다. 외우기에 충분한 시간 동안 동판에 적힌 주소를 들여다본 적이 있었으므로 그는 떠오른 주소를 따라 가보기로 했다. 급한 마음에 포크와 냅킨을 바닥에 떨어뜨리는 등 수선을 떨며 허둥지둥 식당을 빠져나왔다.

그는 무작정 행인을 잡아 세워 거리 이름을 대며 어디로 가야 하는지 물었다. 행인이 한참 동안 이 도시의 말로 설명을 하다가 그가 하나도 알아듣지 못했음을 알아채고 손을 뻗거나 왼쪽이나 오른쪽으로 팔을 꺾거나 손가락으로 몇 번째라고 일러주었다. 그는 친절한 행인의 지시를 충실히 따라 길을 찾아갔지만 나타난 것은 아파트를 둘러싼 작은 공원이었다. 혹시 좌우 방향을 헛갈린 것은 아닌가 싶어서 온 길을 다시 가보았으나 소용없었다. 이번에도 행인에게 길을 물었는데, 그는 먼젓번 행인이 가르쳐준 것과는 다른 방향의 길을 가르쳐주었다. 그 행인이 일러준 대로 한참 걸어갔으나 역시 아파트를 둘러싼 공원이 나왔다. 출입구는 달랐지만 먼젓번에 그가 온 곳과 같은 공원이었다. 그러니까 그는 거대한 미궁의 중심부쯤 되는 이 작은 공원을 구심점으로 사방팔방 뻗어 있는 몇 개의 골목들을 차례로 헤매 다닌 셈이었다.

듬성듬성한 풀숲에서 간혹 고양이가 울었고 인기척은 느껴지지 않았다. 공원을 둘러싼 낡은 저층 아파트에서 띄엄띄엄 미광이 새어나왔지만 달빛만큼이나 희미한 지경이어서 공원을 밝히는 데 도움이 되지는 않았다. 공원 한쪽에는 낡은 미끄럼틀과 철봉, 색이 다 벗겨진 정글짐이 덩그러니 놓여 있었다. 그는 거무스름하게 그림자가 드리운 철봉에 몸을 기댔다. 아이들이 자주 손을 댔던 자리가 칠이 벗겨져 반들거리고 있었다. 무릎을 구부려도 땅에 발끝이 닿을 정도로 낮은 철봉에 매달리고 나니 신문 기사의 뒷부분이 마저 떠올랐다. 이 도시에서는 행인에게 길을 물어보면 세 명 중 한 명은 여행자를 놀리기 위해 일부러 틀리게 가르쳐준다는 내용이었다. 그러니까 그는 재수 없게도 세 명 중 한 명을 연달아 두 번 만난 셈이었다.

마땅히 앉을 곳이 없어 정글짐의 맨 아래쪽 철봉에 걸터앉았다. 철봉은 차갑고 얇아서 엉덩이가 편하지 않았고 등받이가 없어 불편했다. 머리를 찧지 않으려면 고개를 숙여야 했다. 그는 고개를 수그린 채 정글짐 꼭대기를 올려다보았다. 딱 한 번 정글짐 꼭대기까지 올라가본 적이 있었다. 높은 곳에 올라가는 일이라면 언제나 겁을 먹었는데 정글짐이라고 예외는 아니었다. 친구들은 더러 아래로 미끄러져 다리를 삐끗하면서도 손쉽게 꼭대기까지 올라갔다. 그는 꼭대기에 올라간 친구들이 하도 놀려대서 할 수 없이 땀이 찬 손바닥을 바지에 닦고 첫 칸에 발을 디뎠다. 일곱 칸이나 되는 정글짐

의 맨 위까지 간신히 올라갔지만 어떤 성취감도 느낄 수 없었
다. 아래를 내려다보면 무섭기만 했다. 얼기설기 배열된 색색
의 철봉들 사이로 누렇고 단단한 땅이 아득하게 보였다. 겁에
질려 내려오다가 발을 헛디뎌 미끄러졌다. 머리와 팔을 찧었
다. 여기저기 푸른 멍이 들었고 발목을 접질렸다. 올라가지
않을 때도 그랬지만 올라가보고 난 후에도 왜 정글짐 같은 것
이 놀이터에 있는지 알 수 없었다. 어른이 되어 좋았던 것 중
하나는 친구들과 어울려 놀기 위해 두려움을 참고 억지로 정
글짐 같은 것에 오르지 않아도 된다는 것이었다.

그는 천천히 옷을 여미고 공원을 가로질렀다. 더 이상 올라
갈 일이 없다고 안도했는데, 지금부터 정글짐 꼭대기에 올라
가야만 하는 꼬마가 된 기분이었다. 이미 정글짐 꼭대기에 올
라가 벌벌 떨고 있는 것처럼 느껴지기도 했다. 재미도 없는
놀이판에 위태롭게 던져진 기분. 부상이 두려워서 놀이를 즐
길 수 없는 기분. 지금 심정이 딱 그랬다.

그는 걸음을 빨리했다. 어쨌든 이 도시는 세 명 중 두 명은
제대로 길을 가르쳐주는 도시였다. 열 명 중 아홉 명은 제 길
을 알고 걸어가는 사람들의 도시이기도 했다. 운이 좋으면 길
을 가르쳐줄 세 명 중 두 명의 행인을 만나 열 명 중 아홉 명
의 사람이 될 수 있을 거였다. 골목길은 여전히 어두웠으나
어디든 가지 않을 수 없어서 그는 이제껏 헤매온 길이었을지
도 모를 그곳으로 다시 발을 내디뎠다.

크림색 소파의
방

마른 체구의 진이 긴장한 모습으로 국도 아래를 내려다보고 있었다. 바람이 불 때마다 풀숲이 흔들렸다. 진으로부터 스무 걸음쯤 떨어진 자리에 서가 태어난 지 백일 정도 지난 아기를 안고 있었다. 주변에는 낡아서 터덜거리는 검은색 자동차 한 대와 드넓은 논뿐이었다. 갈수록 집이 드물어지더니 이제는 아예 논밖에 보이지 않았다. 간간이 차들이 지나갔다. 그럴 때면 마른 먼지가 일어 기침이 났다.

진이 차를 세운 것은 갑자기 나타난 짐승 때문이었다. 난데없이 노루 한 마리가 나타났다. 급하게 차를 멈추느라 차가 덜컹거렸고 놀란 서가 소리를 질러 자고 있던 아기가 깼다. 서는 아기를 어르기 위해 차에서 내렸다. 진도 내렸다. 짐승이 다시 나타나 아내와 아기를 위협할 수도 있었다. 노루가 아니라 개나 고양이인지도 몰랐다. 도로에 나타난 것이고 큰 키에 겅중거리며 뛰는 폼이어서 노루라고 생각한 것이었다. 이런 국도에서는 불시에 뛰어들어 차에 치여 죽는 짐승들이 많다고 했다.

짐승은 어디로 사라졌는지 보이지 않았다. 풀숲이 자꾸만 들썩이는 것 같았다. 풀숲 쪽에서 작은 소리만 들려도 진은 움찔거리며 발에 힘을 주었다. 뭔가 나타나기라도 하면 당장이라도 차로 달아날 기세였다. 노루가 아니라 커다란 다른 짐승이라면 서와 아기를 향해 달려야 할 것이었다. 그 사실을 상기하듯 진은 자꾸 아내 쪽을 힐끔거렸다.

날은 습했다. 유월 초순치고는 매우 습한 날이었다. 당장이라도 비가 쏟아질 것 같았다. 서는 긴팔 옷을 걷어붙였지만 연신 땀을 흘리고 있었다. 검은 머리카락이 이마에 엉겨 붙었다. 가슴팍이 땀으로 젖어 속옷 태가 그대로 드러났다. 갓난 아이가 서에게 안겨 칭얼대고 있었다. 서는 계속 자장가를 불렀다. 자장가 소리에 맞춰 아기가 우는 소리를 냈다. 아기는 잠투정이 심했다. 안고 얼러줘야 간신히 잠이 들었다. 땀에 젖어 달라붙은 머리카락과 쉴 새 없이 노래를 불러대는 입, 규칙적으로 흔들리는 아기를 안은 팔 때문에 서는 촌부처럼 보였다. 서가 진을 향해 뭐라고 소리쳤다. 서의 목소리는 그들 곁을 빠르게 지나가는 차 소리에 묻혔다. 손짓을 하고 있는 것으로 보아 그만 출발하자는 것 같았다.

　그들은 서울로 가고 있었다. 8년간 살았던 소도시를 떠나 이사를 가는 길이었다. 진은 입을 크게 벌려 하품을 했다. 하품을 하는 진의 입으로 날벌레가 날아들었다. 진은 큰 소리로 가래를 끌어 모아 바닥에 뱉었다. 비라도 쏟아진다면 좋을 텐데. 서가 차창으로 하늘을 올려다보며 한숨 쉬듯 낮은 목소리로 말했다. 이런 날일수록, 진이 대꾸했다. 비는 내리지 않는 법이야.

　진은 시동을 걸기 전 풀숲을 돌아봤다. 아까 나타난 것이 정말 노루였을까? 노루는 어디로 사라진 것일까? 문득 아무것도 차를 막아선 것이 없었다는 생각이 들었다. 풀숲이 흔들렸다면 단지 바람 때문이었을 뿐. 피곤해서 잠시 졸았고 그때 헛것을 보았을 터였다. 그러니 사라질 것은 애당초 없었다. 그럼에도 무엇인가 여전히 등 뒤에 남은 듯한 느낌이 지워지지 않았다. 진은 그들이 가야 할 길을 뚫어져라 보았다. 검은 헛것을 두 번 다시 보지 않으려는 듯이. 뭔가 앞창에 떨어지면서 진의 시야가 흐려졌다. 뜻밖에 비가 쏟아지기 시작했다.

　진은 수건을 꺼내 앞 유리창을 닦았다. 수건을 아무렇게나 옆 좌석에 내려놓은 후 시동을 걸었다. 차는 곧 시동이 걸렸지만 와이퍼가 꼼짝도 하지 않았다. 진은 와이퍼를 껐다가 다시 켰다. 유리창에 떨어지는 빗방울이 점점 굵어지고 있었다. 빗줄기가 그들이 가야 할 길을 감추었다. "고장 난 거예요?"

서가 물었다. 아기가 칭얼대며 울기 시작했다. "그런가 봐. 고장인가 보군." 할 수 없다는 기분이었다. 오래전에 일어났어야 할 일이 지금에야 일어난 것 같았다. 진에게 자동차는 속을 알 수 없는 시커먼 기계 뭉치에 불과했다. 그는 단 한 번도 직접 수리를 해본 적이 없었다. 자동차에 관해서라면 아무리 사소한 문제라도 해결할 수 있는 사람이 주변에 늘 있었다. 도움을 받을 수 없다면 가까운 카센터에 가면 됐다. 오일을 갈거나 타이어를 갈아 끼우는 것, 퓨즈를 교환하는 일은 모두 카센터 직원의 몫이었다.

빗방울이 위협적으로 차체를 때리기 시작했다. 서둘러 국도를 빠져나가는 수밖에 없었다. "어쩌자고 이런 국도로 들어온 거예요?" 서가 걱정스러운 말투로 물었다. "뭣 때문인지 모른다는 거야?" 진이 퉁명스레 대꾸했다. "이렇게 좁은 국도일 줄은 몰랐어요." "실은 나도 한 번도 와보지 않은 길이야. 하지만 이 길이 가장 빠른 길이라고 하길래." 서가 아기를 내려다봤다. 아기는 서서 안고 얼러주지 않으면 잠을 자지 않았다. 때때로 차에서 내려 걸어 다니며 안아주어야 했다. 그러자니 국도로 들어설 수밖에 없었다. "주유소라도 있으면 좋을 텐데." 진이 빗줄기에 막혀 잘 보이지 않는 바깥을 내다보며 중얼거렸다. "이런 좁은 국도에 주유소가 있을 리 없어요." 서가 우울하게 대꾸했다.

장님처럼 더듬거리며 차를 몬 지 20여 분만에 그들은 작은 주유소 간판을 발견했다. 진과 서는 동시에 피식 하고 싱겁게 웃었다. 내리지 않을 거라던 비가 내렸다. 있을 리 없다던 주유소도 나타났다. 그치지 않는 아기 울음 말고 걱정할 것은 아무것도 없었다.

가까이 가보고 나서야 모든 문제가 해결된 것은 아니라는 걸 알았다. 주유기가 꺼져 있었다. 언제 씌워둔 것인지 주유기를 감싼 방수포에는 먼지가 뽀얗게 내려앉아 있었다. 사무실 출입구는 망가진 채 열려 있고 전면이 부서져 찌그러진 음료수 자판기가 비바람에 덜렁거리고 있었다. 한때 널찍하게 드리워졌을 지붕은 간신히 주유기를 가릴 만큼만 남아 있었다.

차를 돌려 나가려는데 폐허처럼 보이는 건물 안에서 누군가 서성이는 게 보였다. 역시 나쁠 일은 없었다. 도움을 받을 만한 사람이 있을지도 몰랐다. 진은 차를 세운 후 좁은 처마로 뛰어갔다. 뼈대만 남은 사무실 안에서 청년 몇이 술을 마시고 있었다. 그들은 갑자기 나타난 진을 말없이 쳐다봤다. 언제부터 마시기 시작했는지 눈이 붉었다. 술 냄새에 섞여 낯설고도 비릿한 냄새가 풍겼다. 어디선가 맡아본 적 있는 냄새였다. 정확히 무슨 냄새인지는 기억나지 않았다. 머리가 지끈거릴 정도로 독한 냄새였다. "이 근처에는 없어요. 한참 올라가야 해요." 카센터가 있느냐는 질문에 한 청년이 대답했다. 진은 내키지 않아 그냥 가려다가 대답해 준 청년에게 차를 볼

줄 아느냐고 물었다. 청년은 선뜻 자리에서 일어섰다. 같이
어울려 술을 마시던 청년들이 엄지손가락을 치켜세웠다. 청
년이 으쓱하며 그들을 보았다.

잠깐 보닛을 열고 속을 들여다보는 사이 청년과 진은 완전
히 젖었다. 청년은 호랑이가 그려진 황토색 티셔츠를 입고 있
었다. 숨을 쉴 때면 흉부 근처에 프린트된 두 마리의 호랑이
가 입을 벌려 으르렁거리는 것처럼 보였다. 진은 청년의 가슴
에 그려진 두 마리의 호랑이를 뚫어져라 보았다. 청년이 고개
를 들 때면 티셔츠에 스며든 빗물이 흘러내렸는데 마치 호랑
이가 침을 흘리는 것 같았다.

청년 앞에서도 와이퍼는 꼼짝하지 않았다. "뭐가 문제죠?"
진이 물었다. "흔한 문제예요. 퓨즈가 나갔다거나 하는 거
요." 청년이 차 안의 서를 힐끔거리며 대답했다. 서는 아기에
게 젖을 물리고 있었다. "내가 차에 대해선 별로 아는 게 없
어서 그러는데." 진의 말에 청년이 귀찮다는 표정으로 느릿느
릿 다시 차의 보닛을 열었다.

진은 청년이 복잡한 차의 부품을 만지작거리는 걸 지켜보
다가 처마로 갔다. 청년들이 피우는 담배 연기가 그가 서 있
는 처마까지 뽀얗게 흩어져나왔다. 빗소리와 바람 소리로 정
확히 들리지는 않지만 진은 청년들이 음탕한 농담을 주고받
는다고 생각했다. 진은 이 근방의 젊은이들을 잘 알았다. 그
가 8년간 근무해온 소도시에서 가까운 곳이었다. 표준어와

억양이 다른 말투로 어원이 남다른 어휘를 사용해 싸우듯 말하고, 시비와 농담이 잘 구별되지 않아 오해를 사는 바람에 실제로 싸움이 자주 벌어지는 곳이었다. 청년들은 비슷한 수준의 학교를 졸업하면 둘 중 하나를 선택해야만 했다. 도시를 떠나거나 도시에 그대로 남거나. 도시를 떠나는 사정은 여럿이었지만 더 나아지기를 바라고 떠나는 것은 같았다. 남은 젊은이들은 거대한 선박 회사의 노동자가 되었다. 노동자가 되지 않은 사람들은 노동자를 위한 식음료점이나 유흥 시설을 운영하며 생계를 꾸렸다. 어떤 무리들은 도시를 떠날 순간을 기다리며 건달이 되거나 건달처럼 지냈다. 진이 생각하기에 호랑이 무늬 티셔츠를 입고 냄새가 고약한 담배를 피우는 부류가 거기에 속했다. 상대해서 좋을 게 없는 축이었다.

그렇게 생각하면서도 진은 자리를 뜨지 않았다. 폭우 때문에 날이 점점 어두워지고 있었다. 이런 날씨에 와이퍼가 망가진 채 가다가는 논에 처박히기 십상이었다. 보닛을 들여다보는 청년은 알 수 없는 기계에 여전히 고개를 처박고 있다가 간혹 고개를 돌려 젖가슴을 드러낸 서를 힐끔거렸다. 얼굴이 하얗고 자그마한 서는 아기를 안고 있지 않다면 어린 처녀애로 보이기도 했다. 실제로도 진과 꽤 나이 차이가 나는 편이었다. 오히려 청년 쪽과 더 가까운 나이인지도 몰랐다. 진은 청년이 보는 앞에서 젖가슴을 내놓고 아기에게 젖을 물리고 있는 서가 못마땅했다.

"다 됐어요. 보기보다 간단한 문제는 아니었지만요." 진은 차 안으로 허리를 굽혀 와이퍼를 켜봤다. 와이퍼가 찰칵찰칵 규칙적으로 움직였다. 진이 청년에게 고맙다고 인사했다. "그냥 가시게요?" 차 문을 열려는데 청년이 물었다. 무슨 일이냐는 듯 쳐다보자 청년이 가슴팍의 호랑이와 어울리지 않게 순박한 얼굴로 웃다가 진을 보며 엄지손가락과 검지를 둥글게 모았다. "성의 표시는 하실 줄 알았는데요." 진은 미안하다고 사과했다. 호의와 거래를 구분하지 못한 게 멋쩍었다. 청년이 힐끔 주유소 건물 쪽을 보았다. 머리를 짧게 깎은 한 청년이 손짓하자 냉큼 그쪽으로 뛰어갔다. 진은 상의에서 지갑을 꺼내들었다. 성의만 표시하면 되겠거니 생각했다. 얼마를 주어야 할까 생각하니 어려워졌다. 진은 주저하다가 지갑에서 만 원짜리 지폐 세 장을 꺼냈다. 서가 멍한 눈으로 진을 쳐다보았다. 아기는 입을 오물거리며 남은 젖을 빨았다. 지갑을 넣으려던 진은 불쑥 지폐 한 장을 지갑에 도로 넣었다. 카센터에 가더라도 이 정도면 충분할 것 같았다.

진은 사무실 안으로 들어갔다. 비가 와서인지 폐가 특유의 냄새인지 아까보다 짙어진 냄새가 훅 끼쳤다. 담배 냄새치고는 독했으므로 어쩌면 대마초 같은 것의 냄새일지도 모른다는 생각이 들었다. 국도변에서 군락을 이뤄 자라고 있는 대마에 관한 뉴스를 본 적이 있었다. 군락지는 단속을 피해 잡초더미에 섞여 있었다. 자료 화면에 나온 대마는 그가 보기에는 그저 흔한 톱니 이빨 모양의 이파리와 대롱 줄기를 지닌 관목에 불과했다. 진은 청년 손에 돈을 쥐여주었다. 청년이 건네받은 지폐를 활짝 폈다. 그는 진이 없는 것이나 마찬가지인 문을 나서기도 전에 두 장뿐인 지폐를 펴들고 흔들었다. 진은 과연 그 돈이 조롱을 받을 만한 액수인가 생각하며 재빨리 사무실을 빠져나왔고 차에 타기 전 깨진 유리창 너머로 청년들을 흘깃 살펴보았다. 그중 몇과 눈이 마주쳤다. 그들은 진을 향해 멍한 눈으로 담배 연기를 내뱉거나 입을 비죽거리며 웃어댔다. 차를 고쳐준 청년은 지폐를 입에 물고 두 마리의 호랑이 그림 위로 손을 얹어 서의 젖가슴을 그려대고 있었다. 가슴에 손을 대고 둥글게 뭔가를 그려대는 게 필시 그런 손동작일 거라고 생각했다.

진은 청년들은 물론이고 서에게도 화가 났다. 왜 하필이면 그때 젖을 먹여야 했는지 이해할 수 없었다. 서가 평소에도 다른 사내들을 보며 잘 웃고 친절했다는 데 생각이 미쳤다. "단속 잘 해." 진의 어린 아내를 본 사람들은 꼭 한마디씩 했다. 그것이 진과의 나이 차이를 고려한 과도한 농담이라는 걸 잘 알았다. 그런데도 그런 말을 들을 때면 서가 음탕한 짓을 한 것처럼 기분이 상했다.

서는 지사의 계약직 사원이었다. 진은 서의 사투리가 심하지 않은 것이 무엇보다 마음에 들었다. 그 도시 출신답지 않게 싸우는 투가 아니라 목소리가 작고 조곤조곤한 것도 좋았다. 독특한 억양을 숨기려는 말투가 귀엽기까지 했다. 진은 늘 사택에서 혼자 지냈으므로 결혼을 하기 위해서는 베트남 이나 연변으로 가야 할지도 모른다고 생각하고 있었다. 청혼 했다가 거절당해도 할 수 없는 일이었다. 베트남이나 연변은 여전히 성황 중일 테니. 청혼을 받아들이기까지 시간이 좀 걸 렸지만 다행히 서는 승낙했다. 진으로서는 낯선 국적의 여자 에게 말을 가르치며 살지 않아도 되는 게 무엇보다 좋았다. "다 됐어요?" 서의 물음에 진은 울컥하여 소리쳤다. "옷이나 여며."

막 출발하려는데 청년이 차를 가로막아 섰다. 청년의 머리 에서 빗방울이 뚝뚝 듣고 있었다. 내려야 하는지 그대로 내빼 야 하는지 조금 망설여졌다. 진은 창문을 내렸다. "망가진 와 이퍼로 이런 빗길을 가다가는 큰일 나셨을 텐데요." 빗소리 때문에 청년은 거의 소리를 지르듯 말했다. "그 정도면 충분 하다고 생각하는데." 진이 작게 중얼거렸다. 청년이 듣지 못 해 되묻는다면 못 이기는 척 돈을 더 집어줄 생각이었다. "경 우에 따라서는" 청년이 열린 창으로 손을 넣어 진의 멱살을 움켜잡았다. "충분한 액수죠. 우린 댁을 도와준 거지, 심부름 을 해준 게 아니잖아요. 그깟 돈으로 사탕이나 사 먹고 좋아 할 열두 살 꼬마는 더더욱 아니죠."

진은 이런 사람들이라면 어딘가로 떠날 꿈만 꾸며 자신을 비난하느라 위축되고 소심해져 비뚤어진 부류일 거라고 이해했다. 해를 입거나 통제당하는 게 두려워 오히려 다른 사람들을 위협하는 부류일 거라고도 생각했다. 그런 사람일수록 혼자 있을 때는 전혀 위협적이지 않지만 무리와 어울리면 사나워지기 마련이었다. 진은 가급적 일을 원만하게 해결하고 싶었다. 무엇보다 그는 도시를 떠나고 있는 중이었다. 꿈속에서라도 이 길은 다시 오지 않을 것이었다.

진은 후시경을 통해 서와 아기를 바라보았다. 내내 칭얼대던 아기는 진의 결정을 지켜보듯 잠자코 입을 오물거리고 있었다. 서는 멍한 표정으로 진과 청년을 번갈아 보았다. 진은 될 수 있는 대로 비겁한 행동을 하지 않고 살아왔다. 그것은 용기를 택할 수 있는 경우에 그렇게 했다는 게 아니라 되도록 비겁해지는 기회를 만들지 않으려고 노력했다는 말이었다. "이렇게 하는 것보다는" 진은 멱살을 잡은 청년의 손을 부드럽게 쥐었다. "어떻게 성의 표시를 해야 하는지 가르쳐주는 게 좋지 않겠소?" 청년이 웃으며 슬쩍 손의 힘을 풀었다. 진은 지갑을 열어 청년에게 보여주었다. 이삿짐센터에 치러야 할 잔금과 이사하면서 써야 할 갖가지 목록의 비용들이 지갑 가득 담겨 있었다. 청년이 거기서 함부로 돈을 빼며 말했다. "이런 게 성의 표시죠." 얼마인지 알 수 없었다. 어차피 오늘 밤이면 거덜 날 돈이었다고, 진은 생각했다. 청년은 인사를 건네듯 유리창을 툭툭 치고는 아무 일도 없었던 것처럼 자기의 일로, 그러니까 담배인지 대마초인지를 계속 피우고 술을 마시고 끼리끼리 어울려 음탕한 농담을 주고받고 간혹 걸려드는 사람들을 갈취하는 짓을 하러 폐허가 된 주유소로 다시 돌아갔다.

진은 서둘러 시동을 걸고 주유소를 빠져나갔다. 주유소가 보이지 않을 때에야 참았던 숨을 내쉬었다. 기다렸다는 듯 아기가 잠을 보챘다. 진은 칭얼대는 아기 울음소리를 들으며 휴대전화를 꺼내들었다. "뭐해요, 얼른 가지 않고." 서가 채근했다. "경찰에 연락할 거야." 신고하는 게 그다지 내키지는 않았다. 그들은 다른 도시로 가는 길이었고 이제 조금만 더 가면 거기에 도착할 거였다. 경찰에 연락하느라 시간을 지체할 필요는 없었다. "뭘로 신고한다는 거예요? 수리비를 많이 가져갔다는 거요? 멱살을 잡았다는 거요?" 서의 말에 진은 대꾸 없이 앞창을 바라보았다.

폭우가 쏟아지고 있는 국도에는 얕은 물웅덩이가 군데군데 고여 있었다. 간혹 웅덩이에 닿아 물이 튀기는 하겠지만 이대로 달리기만 하면 되었다. 진은 전화를 끊고 다시 시동을 걸려고 했다. 그 순간 수화기 저쪽에서 "여보세요" 하고 부르는 소리가 들렸다. 그러자 지폐를 입에 물고 젖가슴을 그리던 청년의 모습이 떠올랐다. 청년이 웃을 때마다 배가 들썩였고 그럴 때마다 호랑이가 으르렁거렸다. 수화기 저쪽 사람이 채근했다. "무슨 일이십니까?" 진은 청년들을 대마사범으로 신고했다. 청년들의 인상착의와 주유소의 위치를 밝혔다. "아니면 어쩌려고 그래요?" 서가 걱정스럽다는 듯 되물었다. "틀림없어. 보통 냄새가 아니었어. 눈 못 봤어? 이미 다들 동공이 풀려 있었잖아." 진은 차의 시동을 걸었다. 아니어도 어쩔 수 없었다. 그들은 이 도시로 다시 오지 않을 것이었다. 청년들을 만날 일은 없었다. 와이퍼가 빗물을 쓸어내렸다. "쓸데없는 짓이에요. 괜한 일을 했어요. 그저 술에 취한 것뿐이에요." 서가 말했다. "이제 가고 있잖아. 됐지?" 진이 서를 돌아보았다. 서가 못마땅한 듯 시선을 돌렸다.

　진은 서두르고 싶었다. 이대로 가다가는 짐을 실은 트럭보다 훨씬 늦어질 것이었다. "이삿짐 차는 잘 가고 있겠지요?" 서가 그들을 추월해 가는 트럭을 보며 불쑥 물었다. "당연한 소릴." 진이 대꾸했다. 서가 걱정하는 건 새로 장만한 살림살이들이었다. 사택에는 가구와 가전제품이 딸려 있었다. 새로 살림을 내자니 장만해야 할 게 많았다. 진이 퇴근해 돌아오면 서는 그날 산 세간을 말해주었다. 진은 서처럼 들뜨고 설레는 마음을 들키지 않기 위해 쓸데없이 낭비하지 말라고 자주 핀잔을 주었다. 서는 태어난 도시를 떠나는 공허를 물건을 사들이는 일로 채웠다. 색깔이 화려하고 쓰임새가 있을까 싶은 디스펜스가 달린 냉장고를 제일 먼저 골랐다. 냉장고와 색깔을 맞춰 스탠드형 에어컨도 샀다. 이불 빨래에 살균 세탁까지 된다는 드럼 세탁기를 사고는 전자레인지를 덤으로 받았다고 즐거워했다.

가장 공을 들인 것은 소파였다. 사택의 소파는 앉을 때마다 삐걱거리는 소리가 났다. 회오리 모양으로 말린 스프링이 느껴질 정도로 밑판이 내려앉아 있었다. 찢어진 외피 틈으로 구멍이 숭숭 뚫린 두꺼운 스펀지가 비어져 나왔다. 사택의 물건은 회사 재산이기 때문에 마음대로 버릴 수 없었다. 수리를 부탁해도 관재과 직원은 담당자가 부재중이므로 기다리라고만 했다. 서는 아기를 안고 맨바닥에 앉을 때마다 허리 통증을 호소했다. 그들 부부는 스프링 자국이 나고 외피가 터져버린 검은 소파를 보며 울적해했다. 그것은 불편하고 좁고 고단한 소도시 사택에서의 생활을 단적으로 보여주는 것이었다. 서는 마음에 드는 소파를 사기 위해 곳곳을 돌아다녔다. 몇 번이나 버스를 갈아타며 가구를 보고 왔다. 도(道) 경계선을 넘어 가구 단지에 다니는 등 극성을 떤 끝에 오랜 시간을 들여 크림색의 4인조 가죽 소파를 골랐다. 가죽이 단단하면서도 부드러워서 얇은 소가죽이 잘 구운 파이처럼 겹겹이 싸여 있는 것 같았다. 스프링이 박혔거나 나무판이 덧대어 있거나 싸구려 스펀지가 들어 있으리라고는 믿기지 않는 소파였다.

인부들이 이삿짐 트럭에 옮겨 실을 때 가장 고생한 것은 미리 사택에 받아둔 소파였다. 엘리베이터에도 들어가지 않을 정도로 커다란 소파 때문에 인부 네 명이 소파를 들고 7층 계단을 걸어 내려왔다. 진과 서의 새로운 인생이라고 해도 좋을 크림색 소파가 인부의 등 위에서 불안하게 흔들리며 여기저기 부딪혔다. 진은 기꺼이 그들을 도와 크림색 소파를 싸고 있는 비닐을 꽉 움켜쥐었다. 진은 있는 힘껏 소파를 들어올렸다. 상처가 나고 흠집이 생긴 소파와 새로운 생활을 시작하고 싶지 않았다.

소파를 트럭에 옮겨 실은 후 진은 욱신거리는 팔을 주물렀다. 진은 소파의 무게를 견딜 만큼 젊지 않았다. 지사에서의 날은 대부분 조선(造船) 노동자들의 텅텅거리는 망치 소리와 번뜩이는 용접 불꽃과 함께 사라졌다. 먹먹할 정도로 귀가 요란한 소리였지만 기껏해야 조립품을 제조하거나 선박의 일부를 건조하는 일이었다. 망치 소리는 이명으로 남아서 시도 때도 없이 그의 머리를 쳤다. 그는 지사에서 근무하면서 자신의 세계가 거대한 선박의 일부에 지나지 않으며 노동자들이 제작하는 부품과도 같다는 걸 몸소 경험했다. 그러자 더 이상 젊지 않은 게 다행으로 여겨졌다. 젊음이라는 것은 지나온 과거 속에나 존재하는 시간이었다. 한때 그런 시간이 있었을 테지만 발령을 기다리며 상사들에게 인사를 치르고 온갖 대소사를 찾아다니는 동안 조금씩 소진되어갔다.

결혼을 하기 전 진은 휴일이나 퇴근 후에 늘 사택에서 지냈다. 야근을 할 때도 있었으나 퇴근은 비교적 빠른 편이었다. 퇴근해 돌아오면 언제나 텔레비전을 켜두었다. 하루 종일 뉴스 프로그램이 나오는 채널이었다. 채널을 바꾸지는 않았다. 텔레비전과 나란히 누워 화면에 나오는 뉴스는 무엇이든 다보았다. 주말이면 이른 저녁부터 잠들 때까지 텔레비전을 들여다보았다. 종종 무료했으나 그다지 나쁘지 않았다. 사원들과는 잘 어울리지 않았다. 그들은 진이 있으면 입을 다물거나 진이 모르는 얘기로 화제를 돌렸다. 정기적인 부서 회식에서는 진이 돌아간 후 자기들끼리 정해진 장소에 모여 2차를 하는 눈치였다. 관계는 일을 망치지 않는 범위에서 사무적으로 유지되었다. 진은 자신이 관리자이기 때문이라고 생각했다. 얼마 지나지 않아 같은 관리자라도 동향 출신 관리자는 사원들과 스스럼없이 잘 어울린다는 걸 알았다. 사실 진은 본사에서 지낼 때에도 직원들과 그다지 잘 어울리지 못했다. 새삼스럽게 출생지를 따질 리 없는 본사 직원들도 끼리끼리 어울리기는 마찬가지였다. 관리자도 아닌 진이 끼어들면 대화가 어색해졌다.

그런데도 진은 지난 8년간 줄곧 서울 생활을 떠올렸다. 멍하니 텔레비전을 들여다보는 사택에서의 밤이 계속될 것 같을 때면 어쩌다 본사 동료들끼리 어울려 마셨던 차가운 맥주가 떠올랐다. 공장 근무가 끝나 도시 전체가 고요해지는 한밤중이면 잘 가지도 않던 도시 한복판의 시끄러운 유흥주점에서의 회식이 떠올랐다. 일이 지루하고 지사 직원들 틈에서 소외감을 느낄 때마다 진은 자신이 잠시 파견 근무를 나온 것임을 상기했다. 언젠가는 서울로 다시 가게 될 것이었다. 대부분의 시민처럼 진은 서울에서 태어나지 않았지만 서울을 고

향이나 마찬가지라고 생각하고 있었다. 좀더 일찍 자리를 잡기 위해 떠났던 것일 뿐, 서울을 떠나 살 생각 같은 것은 애당초 없었다.

지사 근무는 진이 자원한 거였다. 자원할 수밖에 없었다. 만약 지사 근무를 선택하지 않았다면 진은 비교적 이른 나이에 명예퇴직을 선택해야만 했을 것이다. "한번 지사로 가면 끝이야. 언제 돌아올지 장담할 수 없네." 지사 근무를 하겠다고 했을 때 진의 상사가 말했다. 진도 그럴 거라고 생각했다. "지금 당장 회사를 그만두지 않아도 되는 게 어딥니까?" 진이 대답했다. 8년 전 진에게 그 충고를 해준 상사는 이미 회사를 떠나고 없었다. 그는 만년 부장으로 퇴직했다. 이사가 되는 것은 지사 근무를 하다가 본사로 발령을 받는 것보다 당연히 더 어려웠다. 퇴직한 만년 부장이 어딘가에서 프랜차이즈 식당을 운영하고 있다는 얘기를 들은 적이 있었다. 만약 그가 있었다면 이번에도 진에게 충고했을 것이다. "그렇다고 해서 부장을 넘어 이사까지 간다고 장담할 수는 없네." 진은 이번에도 그때처럼 고개를 끄덕이며 대꾸할 거였다. "지금 당장 본사 발령을 받은 게 어딥니까?"

얼마 가지 않아 느닷없이 차가 멈춰 섰다. 진은 조작할 수 있는 것들을 다 만져보았다. 차는 꼼짝도 하지 않았다. 진을 놀리듯 오로지 와이퍼만 벌어졌다 오므려졌다 하고 있었다.

비상등을 켜두고 차에서 내렸다. 조금 잦아들었지만 여전히 빗발이 굵었다. 멀리서 사이렌 소리가 들려왔다. 청년들은 꼼짝없이 잡힐 것이었다. 대마 사범이라면 좋겠지만 아니래도 그다지 미안한 일은 아니었다. 경찰에게 잡혀가 피 뽑고 오줌 한 번 누는 게 그다지 큰 고생은 아닐 것이었다. 진은 보닛을 열어보았다. 덩어리져 뭉쳐 있는 검은 기계로 빗물이 뚝뚝 떨어졌다. 틀림없이 청년의 짓일 거라고 생각했다. 고친답시고 뭔가 못 쓰게 만들어놓은 게 분명했다. 그런 놈한테 돈이나 뜯기다니 한심한 노릇이군. 투덜거리며 보험회사에 전화를 걸었다. 직원이 오는 동안 비 내리는 단조로운 국도 풍경을 감상하고 있을 생각이었다. 아기를 안고 잠이 든 서가 깨어날 즈음이면, 국도 풍경이 지루해질 즈음이면, 보험회사 직원이 도착할 것이다. 무사히 수리를 마친 후 새집으로 가면 되었다. 사이렌 소리가 가까워지는가 싶더니 곧 멈췄다. 한참을 들리지 않다가 다시 들렸고 이내 멀어졌다.

진은 소리가 멀어지는 쪽을 바라본 후 이삿짐센터 직원에게 전화를 걸었다. 짐을 실은 트럭은 톨게이트 부근을 지나고 있다고 했다. 진은 짐을 함부로 다뤄서는 안 된다고 다짐받았다. "예, 예. 고속도로 이사만 10년째입니다. 뭘 걱정하고 그러십니까?" 직원이 대답했다. 흔쾌한 대답이 오히려 못마땅했지만 진은 잘 부탁한다고 인사하고는 전화를 끊었다. 트럭이 먼저 도착할 줄 알았으면 대략적인 내부도를 그려주고 오는 건데 그랬다고 생각했다. 어쩔 수 없었다. 이런 일은 예상할 수 있는 성질의 것이 아니었다. 그런 점에서 난데없이 나타나는 국도변의 웅덩이 같은 거라고도 할 수 있었다. 어떤 것은 기껏 물을 튀길 정도로 얕지만 어떤 것은 바퀴가 빠질 만큼 깊었다. 그는 고작 차체에 물을 튀기는 얕은 웅덩이를 지나온 것에 불과했다.

얼마나 지났을까. 까무룩 잠든 진은 전화벨 소리를 듣고 깨어났다. 진은 아이가 깰까 봐 얼른 전화를 받았다. 서와 아기는 여전히 잠들어 있었다. 이삿짐센터 직원이었다. 지금 막 도착했다고 했다. 그들은 고속도로와 국도의 소통이 원활할 것으로 기대되는 날을 이삿날로 택했다. 생각대로 도로 소통은 원활했다. 진은 서와 함께 새집의 현관을 열어젖히고 그들이 살아가게 될 미래로 들어서려고 했었다. 그들보다 먼저 도착한 인부들이 냄새나는 신발을 신은 채로 집을 헤집고 다닐 생각을 하자 조금 속이 상했다. "집을 잘 고르셨네요. 경광이 아주 끝내줍니다." 의례적인 인사도 귀에 들어오지 않았다. 진은 그들에게 짐 정리를 시작해줄 것을 부탁했다. "실은 차가 말썽입니다." "이런, 시간이 좀 걸리시겠습니다." 직원이 걱정된다는 투로 말했다. 진은 그들이 사고를 핑계로 좀 게으름을 피우고 싶어 할지도 모른다고 생각했다. "보험회사 직원이 이미 도착해서요, 한창 수리 중입니다." 서가 잠에서 깨어 그를 빤히 쳐다봤다. "여기서 서울까지는 고작 30분이면 가는 거리고요. 서울이야 워낙에 훤하니까요." 직원은 알았으니 먼저 작업을 시작하겠다며 전화를 끊었다.

진은 기지개를 켜고 차 바깥으로 나왔다. 트렁크에서 커다란 우산을 꺼내 썼다. 빗줄기가 많이 가늘어져 있었다. 그들이 떠나온 도시 쪽을 바라보니 지평선 부근에 어슴푸레하게 여러 기의 굴뚝이 솟아 있었다. 굴뚝 아래는 선박처럼 단단하고 커다란 공장 건물이 여러 채 있을 것이다. 파이프와 철제 계단과 연료통이 죄다 바깥으로 드러나 기이한 날것의 느낌을 주는 공장 단지를 거닐 때면 외계 도시에 와 있는 기분이었다. 도시의 매끈한 정방형 고층 건물에 익숙해져 있던 탓이었다.

진은 이번에는 그들이 가야 할 쪽을 바라보았다. 진이 있는 곳에서 서울은 전혀 보이지 않았다. 능선이 이어진 중첩된 산들이 고요하고도 두텁게 시야를 가로막고 있었다. 그것이 오히려 진에게 시끄럽고 불꽃 튀는 망치질과 용접의 세계를 벗어나 형체가 불분명하지만 단단하고 질서 정연한 서류의 세계로 진입하고 있다는 것을 실감하게 했다. 그곳은 띄엄띄엄 늘어선 집과 끝없는 논길, 물안개 낀 드넓은 호수와 호숫가에 집성촌같이 모여 있는 모텔을 지나 빼곡히 들어찬 신도시 아파트 단지를 계속 따라가면 닿는 어떤 곳이었다. 형체가 보이지는 않았지만 바로 그 점 때문에 진에게는 가장 익숙하고도 편안했다. 거기서 진은 초등학교부터 대학교까지의 학교생활

을 모두 보냈다. 그곳은 놀이터에서 수줍게 입을 맞췄던 첫사
랑이 사는 곳이기도 했고 부모님이 돌아가셨을 때 함께 부둥
켜안고 눈물 흘렸던 형제들이 있는 곳이기도 했다.

어두워져가는 국도와 끝없이 펼쳐진 논, 멈추어 선 자동차
와 돌연 쏟아진 폭우 때문에 진은 다시금 익숙한 세계에서 벗
어났다는 불안을 느껴야만 했다. 그 느낌을 부추긴 것은 난데
없는 전화벨 소리였다. 이삿짐센터 직원에게서였다. 보험회
사 직원에게는 아무런 연락이 없었다. 제기랄. 보험회사를 바
꾸든지 해야지, 원. 진은 중얼거리며 전화를 받았다. "소파는
재보고 고르신 거예요?" 이삿짐센터 직원이 큰 소리로 물었
다. "거실에 안 들어가는데요."

진은 처음 집을 보러 갔던 날을 떠올렸다. 부동산 업자가
소개한 집은 정리가 잘 안 되어 어수선했지만 따뜻하면서도
안온하고 세련된 느낌을 풍겼다. 진은 집을 둘러보는 내내 그
느낌이 어디서 온 것인지 생각했다. 퀸 사이즈 침대와 열자
장롱, 화장대가 놓인 안방, 하이글로시 재질의 부엌 싱크대와
짙은 색의 4인조 식탁, 아이 방에 놓인 책상과 들쑥날쑥 책이
꽂힌 책장. 모두 남다를 것 없는 풍경이었다. 거실 왼쪽 벽면
에 놓인 널찍한 크림색 소파를 보고 나서야 진은 그 느낌이
소파 때문이라는 걸 알아차렸다. 아이들이 크림색 소파에 눕
거나 앉아 텔레비전을 보고 있었다. 손님이 오셨는데도 누워
있느냐는 엄마의 형식적인 잔소리에 아이들이 텔레비전에 시

선을 고정한 채 느릿느릿 몸을 일으켜 앉았다. 소파는 몸에 착착 감기는 부드러운 이불처럼 굴었다. 사택의 검은 소파처럼 삐거덕거리거나 스펀지가 터져 나오거나 허리 통증을 불러오거나 하지 않을 것 같았다. 크림색 소파는 고장 난 스프링이나 싸구려 스펀지 냄새와는 무관한 정갈하고 단란한 세계의 일부였다. 진은 그 소파에 누워 있는 아이들의 평온한 표정이 곧 제 것이 될 것이라고 생각했다. 서가 크림색 소파를 고른 것도 그것 때문이 아니었을까. 진은 서에게 전화를 바꾸어주었다. 서는 소파를 거실 왼쪽 벽에 바짝 붙여 놓으라고 일러주었다. 전화는 끊어졌다가 잠시 뒤 다시 울렸다. "죄송합니다, 소파가 그 자리에 들어가지 않아요. 어떻게 해봐도 거실에 들어가질 않습니다." 냉장고 때문이라고 했다. 부엌이 좁아 거실과 면한 벽에 냉장고를 놓아야 했다. "우선은 비스듬하게 놓을 테니 오셔서 다시 자리를 봐주세요." 전화를 끊은 서는 이내 울상이 되었다. 뭔가 하소연하고 싶어 하는 표정이었다. 서는 긴장하거나 화가 나면 출생지의 억양을 숨기지 못했다. 진은 사투리가 튀어나오는 서의 하소연을 들어주는 대신 보험회사에 전화를 걸었다. 거실에 비스듬하게 놓인 크림색 소파를 생각하면 울적해지기는 마찬가지였다. 보험회사에서는 직원이 출발했다는 소리만 되풀이했다. 출발했다는 직원은 아예 전화를 받지 않았다. 기다리는 수밖에 도리가 없었다.

서성이는 동안 천천히 몰려든 어둠이 조금씩 짙어졌다. 서울 쪽 국도가 어둠에 묻혀 끝이 보이지 않을 정도로 차츰 흐려졌다. 멀리서 바라보면 검은 밤 속으로 차들이 사라져버리는 것 같았다. 그가 멍하니 국도를 바라보고 있는 중에도 이삿짐센터 직원들은 계속해서 서에게 전화를 걸어왔다. 식탁은 어디에 둘까요? 책장은? 책상은? 서랍장은? 창가에 둔다면 두 벽면을 맞댄 자리에 둘지, 두 벽면이라면 왼쪽과 정면인지 오른쪽과 정면인지, 아니면 두 측면 벽의 사이, 그러니까 창 바로 아래에 둘지 따위를 일일이 캐물었다. 서는 그때마다 차분하게 대답해주었다. 똑같은 질문에 대해, 즉 침대를 창 바로 아래에 둘지, 두 벽면이 맞댄 자리에 둘지에 대해, 그 벽면은 왼쪽인지 오른쪽인지 서가 대답하는 것을 듣고 진은 전화기를 빼앗아 말했다. "우리는 곧 도착할 겁니다. 그러니까 그냥 알아서 해두세요. 우선은 대강의 위치만 잡아두세요. 오늘 밤 돌아가면 우리가 잠을 잘 수 있게만 해놓으란 말입니다." "그래도 이왕 하는 거" 이삿짐센터 직원은 진이 끼어드는 바람에 말을 끝맺지 못했다. "일일이 우리한테 지시를 받지 않아도 돼요. 이삿짐 많이 옮겨봤을 거 아니오. 살림 놓는 자리가 다 똑같지, 별거 있습니까?" 진은 종내 크게 소리를 지르고 말았다. 신경써서 고른 살림살이들이 순식간에 별거 아닌 것들로 전락해버린 게 화가 났다. 이삿짐센터 직원이 대꾸 없이 수화기를 내려놓았다.

진은 보험회사 직원에게 전화를 걸었다. 한참 만에 전화를 받아든 직원은 차가 막혀서 시간이 걸리겠다고 양해를 구했다. 진이 알겠다고 전화를 끊은 후에도 참지 못하고 2분 간격으로 계속 전화를 걸자 나중에는 아예 전화를 받지 않았다. 이럴 줄 알았으면 차라리 견인차를 부르는 게 나았겠다고 진은 생각했다. 그런 생각은 언제나 나중에야 들게 마련이었다.

얼마쯤 시간이 흐르고 보험회사 직원에게서 문자 메시지가 도착했다. 5분 후면 도착할 거라는 내용이었다. 진은 안도하며 차에 들어가 눈을 감았다. 서늘해진 밤공기 속에 아기는 잠이 들고 서는 지쳤는지 눈을 감고 있었다. 진이 눈을 뜬 것은 가까이 다가오는 차 소리 때문이었다. 드디어 보험회사 직원이 도착한 모양이었다. 왜 이렇게 늦었느냐고 화를 낼 생각이었지만 막상 가까이 오는 차 소리를 듣자 반가웠다.

진의 반가운 마음과 달리 희미한 어둠 속에서 빛을 뿜으며 빠르게 다가오는 자동차는 사나운 짐승처럼 보였다. 차가 멈춰 서고 거기에 탄 사람이 내리고 나서야 진은 그 짐승이 호랑이라는 걸 알아차렸다. 호랑이라는 걸 깨닫자마자 진은 달아날 새도 없이 사나운 이빨에 물렸다. 물렸다고 생각했으나 실제로 느껴진 것은 망치 같은 것에 얻어맞은 듯한 엄청난 통증이었다. 머리가 뜨거워졌다. 천장에 매달린 샤워 꼭지에서 연신 쏟아지는 뜨거운 물에 억지로 머리통을 대고 있는 느낌이었다. 처음에는 시원했지만 나중에는 터질 것처럼 통증이 느껴졌다. 그 때문에 자신이 얻어맞은 게 아니라 뜨거운 물속에 거꾸로 처박힌 게 아닌가 하는 생각도 들었다. 통증이 가라앉자 풍선처럼 얼굴이 부풀어 오르는 게 느껴졌다. 부푼 얼굴 위로 뭔가가 흘러내렸다. 얼굴을 타고 흐르는 걸 만져보고 나서야 진은 짐승에게 물리거나 뜨거운 물에 덴 것이 아니라 뭔가에 얻어맞았다는 걸 깨달았다.

어디선가 전화벨 소리가 들렸다. 보험회사 직원의 전화일 것이다. 망치 소리 같기도 했다. 망치 소리와 진의 구식 전화벨 소리는 신경을 거슬리게 한다는 점에서 같았다. 어쩌면 이삿짐센터 직원의 전화일지도 몰랐다. 그에게는 들여놓아야 할 짐이 많았고 그 짐의 위치를 정하고 정리해야 할 일이 여전히 남아 있었다. 진은 통증을 느끼는 와중에도 피식 웃었다. 잘 피해온 줄 알았는데 제법 큰 웅덩이에 빠졌다는 생각이 들어서였다. 이미 빠진 줄도 모르고 용케 피했다고 안심하던 자신이 우스웠다.

웃음 끝에 진은 언젠가 이런 일을 겪었던 것 같은 느낌을 받았다. 그러자 얻어맞은 부위의 통증이 계속되는데도 다소 안도감이 들었다. 기억할 수 없는 지난번과 마찬가지로 통증이 가라앉으면 아무 일도 없었다는 듯이 그 이전의 세계 어디쯤으로 돌아갈 수 있을 거였다. 진은 자신이 단지 하나의 위기를 만났고, 얻어맞음으로써 그 위기를 넘고 있는 중이라고 생각했다. 언제나 그랬던 것처럼 끝나지 않을 듯 길게 느껴지는 이 순간도 곧 지나갈 것이다. 진은 조금 다쳤고 통증이 계속되는 걸 보면 뼈가 상한 것인지도 몰랐다. 하지만 상처는 곧 아물고 시간이 걸릴지라도 뼈는 결국에는 붙을 거였다. 누군가 낄낄거리며 웃었다. 짐승들의 웃음소리인지 진 자신의 웃음소리인지 분간할 수가 없었다. 겁에 질린 서와 아기의 울음소리인지도 몰랐다.

진은 소리를 분간해내려고 애쓰면서 가야 할 곳을 바라보았다. 형체가 보이지 않는 도시의 어느 한쪽 구석에는 밤 늦도록 불 밝힌 아파트가 있었다. 거기에는 그들 가족의 새로운 생활을 지탱해줄 살림살이들이, 포장도 뜯지 못한 채 자리를 잡지 못하고 쓰레기처럼 여기저기 놓여 있을 것이다. 그들은 내내 크기가 맞지 않는 크림색 소파가 놓인 거실에서 지내야 할지도 몰랐다. 비스듬하게 놓인 소파를 볼 때면 까닭 없이 욱신거리며 통증이 느껴지기도 할 것이다. 진은 자꾸 감겨오는 눈에 힘을 주었다. 차들이 붉은 눈을 켜고 밤의 국도를 지나 어두워진 도시로 들어가고 있었다.

**통조림
공장**

*

  공장장이 출근하지 않았다는 얘기는 순식간에 퍼졌다. 첫
번째 결근이었다. 눈치 빠른 사람들은 무슨 일인가 생긴 게
틀림없다고 생각했다. 공장장은 직원들 중 가장 먼저 출근했
고 가장 늦게 퇴근했다. 누군가 공장장이 아니라 수위 같다고
빈정거렸고 그 후 공장장은 직원들 사이에서 수위로 불렸다.
그는 공장이 자동화되기 이전의 생산직 출신이었다. 그 무렵
근로자들이 대부분 그렇듯이, 그 역시 기계 덕을 보면서도 기
계를 잘 믿지 못했다. 녹 검사부터 진공도 검사까지, 제조 후
표본 검사 수를 두 배로 올렸다. 그러면서도 기계가 일을 다
하고 있어 직원들이 멍하니 빈 깡통을 보며 시간을 때운다고
틈만 나면 잔소리를 퍼부었다. 업무 방식을 일일이 지시하는

식으로 모든 공정에 간섭했다. 명찰을 똑바로 달라며 비뚤어진 명찰이 달린 가슴께에 손을 갖다대 여직원들을 질겁하게 했고 그런 후에는 가슴의 크기를 가지고 노골적인 음담패설을 퍼부어 모욕을 주었다. 성격이 급해서 잘잘못을 따지기 전에 화부터 냈고 자신의 오해이거나 실수임이 밝혀진 후에도 사과하지 않았다. 공장장의 결근 원인을 확인하느라 사장이 직원들을 면담하는 과정에서 나온 말이었다. 온전히 믿을 수는 없었다. 공장장이란 늘 평판이 나쁜 법이었다.

전날 함께 야근을 했던 박의 말에 따르면 공장장은 술을 한잔 하자는 요청을 박이 거절하자 요즘 젊은 것들은 제멋대로라는 비난을 퍼붓고는 사택 쪽으로 걸어갔다.

술 취해서 뻗은 거 아니야?

사장이 박에게 물었다. 그렇게 묻기는 했지만 그럴 리 없다는 걸 잘 알았다. 공장장은 거의 매일 술을 마셨고 취했으나 다음 날이면 어김없이 술냄새와 함께 가장 먼저 출근해 있었다. 말하자면 그는 성실한 알코올중독자였다. 박은 고개를 갸우뚱거릴 뿐 대답하지 않았다.

그런데 어제는 무슨 일로 야근을 했나?

야근을 해야 할 만큼 바쁠 리 없었다. 공장 직원들은 대도시 기업체의 사무원도 지키지 못하는 9시 출근, 6시 퇴근을 준수하고 있었다. 듣기에 불황은 세계적인 추세라고 했다. 가공식품의 위생을 의심하는 목소리는 나날이 높아졌다. 잊을 만하면 통조림에서 이물질이, 그러니까 칼날이나 파리나 구두충이나 비닐 같은 것이, 심지어는 손톱의 일부가 발견되었다. 뉴스에 보도가 나갈 때마다 매출이 곤두박질쳤다. 국내 납품 물량이 줄었다. 수출로 명맥을 유지하고 있지만 인접국의 저가 공략에 맥을 못 췄다.

공장장님의 개인적인 부탁이었습니다.

박이 대답했다.

개인적인 부탁이라고?

사장이 말을 이었다.

자네가 잊어버렸나 본데, 여긴 공장이야. 개인적인 일로는 수당을 주지 않아.

통조림을 만들었습니다.

말이 떨어지기 무섭게 박이 대답했다.

하하, 그럼 내가 내 공장에서 뭘 만들었다고 생각하는 줄 안 거야? 여기서는 통조림만 만들어. 어제도 그제도 그랬고 23년 전에도 그랬지. 오늘도 내일도 그럴 거야. 23년 후에도 그럴 거고.

T국으로 보낸다고 했습니다.

그런 수출 물량이 있는지 생각하는 눈빛으로 사장이 박을 빤히 쳐다보았다.

T국?

공장장님 딸이 T국에서 연수 중입니다.

그랬단 말이군.

사장이 고개를 끄덕였다.

박은 사장이 뭔가 쥐고 있었다면 깨뜨릴 것처럼 손에 힘을 주는 걸 지켜보았다.

공장장놈, 잘도 배웠어.

사장이 중얼거렸다.

자식에게 보낼 통조림이라면 어떤 것인지 잘 알았다. 사장은 오래전 아들 녀석이 U국에서 유학을 할 당시, 정기적으로 통조림에 음식을 밀봉하여 보낸 적이 있었다. 갓 담근 김치와 잘 익은 깍두기를, 간장에 자박자박 담근 게장과 조리기만 하면 되는 양념갈비와 불고기, 낙지볶음 같은 것을 깡통에 담았다. 식혜를, 김치찌개를, 아욱된장국을, 볶은 멸치를 밀봉했다. 유학을 하는 동안 아들이 음식 때문에 고생하는 일은 없었다. 그 일을 해준 것이 공장장이었다. 그렇긴 해도 사장도 아닌 주제에 생산과 상관없이 기계를 돌리고 전력을 소모하고 업무가 끝난 후에 직원을 부려먹었다는 거였다. 화가 난 사장은, 걱정이 되어 공장장이 묵는 사택에 박을 보내려던 생각을 거뒀다. 공장장은 독신자용 사택에서 혼자 지냈다. 부인은 어학연수 중인 딸을 돌보러 T국에 가 있었다. 다음 날에도 그다음 날에도 공장장은 나타나지 않았다. 사장은 다시는 공장에 발도 못 붙이게 하겠다며 비서를 겸하는 총무과장을 사택으로 보냈다. 해고 사실을 알리기 위해서였다.

점심을 먹으러 각 구역 휴게실에 모인 직원들은 꽁치와 고등어, 양념깻잎 통조림 뚜껑을 따고 집에서 싸온 말간 쌀밥을 꺼냈다.

이건 수위 스타일이 아니야.

직원 중 하나가 꽁치를 씹으며 말했다. 공장장 스타일이라면 아파서 당장 죽을 지경이더라도 술냄새를 풍기며 제일 먼저 공장에 나와 있어야 했다. 누군가 별일이야 있겠느냐고 했다가 그래도 경찰에 신고해야 하는 게 아닐까 말했고 동의하듯 다들 꽁치나 고등어, 깻잎 중 하나를 밥과 함께 씹으며 고개를 끄덕였다.

이걸 보니 수위 생각이 나.

누군가 뚜껑을 딴 통조림을 가리켰다. 공장장은 아침에는 혼자 사택에서, 점심에는 직원들과 함께 휴게실에서 통조림을 반찬 삼아 밥을 먹었다. 저녁에는 통조림을 안주로 술을 마셨다.

왜 그러고 살았대?

누군가 깻잎에 흰 쌀밥을 말아 입에 넣고 우물우물 씹으며 물었다.

누군 안 그러고 사나?

밥을 씹으며 누군가 대꾸했다. 대답에서 비린 고등어 냄새가 풍겼다. 모두들 잠자코 국물이 스민 밥을 꽁치나 고등어 살점과 함께 입에 떠넣었다. 유난히 천천히 밥을 씹었다. 모두들 약간의 시차를 두고 공장장의 일과와 식사가 자신들과 다르지 않다는 걸 깨달았다. 열심히 일했고 고분고분 살았지만, 어쩌면 그래서인지도 모르지만, 씹고 있는 통조림의 맛처럼 삶이 너무 자명해진 느낌이었다. 미래는 아직 시작되지도 않았는데 이미 지나버린 것 같았다. 지나버린 미래는 공장장의 현재와 다름없을 거였다. 그것도 믿고 싶지는 않지만 아주 성공적일 경우에만. 공장장이 싫었지만 딱히 미워할 수 없는 게 그 때문이었다. 딱히 그럴 이유가 없는데 공장장이 싫은 것도 그 때문이었다.

밥을 다 먹은 후에는 복숭아와 감귤 통조림을 후식으로 먹었다. 말랑말랑한 복숭아 과육을 씹으며 누가 경찰에 전화를 할 것인지 논의했다. 그러면서 힐끔 박의 눈치를 살폈다. 아무래도 마지막으로 만난 사람이니까 혹시 공장장에게 모두가 짐작하고 있는 것처럼 나쁜 일이 생긴 거라면, 그때쯤에는 누구나 분명 무슨 일이 생긴 게 틀림없다고 생각하고 있었는데, 박이 곤란을 겪지 않을까 해서였다. 하지만 박에게는 알리바이가 있었다. 박은 야간 근무를 끝내고 저녁을 먹기 위해 단골 식당에 들렀다. 식당에는 같은 공장 동료가 저녁을 먹고 있었다. 박은 우연히 만난 동료와 합석했다. 마침 텔레비전에서는 근래 가장 시청률이 높은 드라마가 방영되고 있었다. 박은 여자 주인공이 왜 계속 목에 힘줄이 다 보이도록 악다구니를 쓰는지 음식을 내준 식당 주인에게 물었다. 식당 주인은 여자 주인공을 대신해 하소연하듯 사정을 늘어놓았다. 최후 행적의 목격자라고 해서 박이 의심을 받을 건 없었다. 술에 취해 돌아가다가 실족해 다리 아래로 굴러 운 나쁘게 강에 빠지거나 괴한에게 지갑을 뺏기고 죽을 지경이 되도록 폭행을 당하거나 뺑소니 차량에 치여 알 수 없는 곳에 버려지는 사고는 얼마든지 있었고 누구든지 당할 수 있었다.

누군가 마지막 남은 복숭아를 입에 넣으려고 할 때 총무과장이 휴게실로 달려왔다. 그는 숨을 고르고 나서 먼저 복숭아 통조림 당액을 들이켰다.

그렇게 마시다가 입술 베요.

깡통째 들고 마시는 총무과장에게 누군가 말했다.

내가 이걸 하루 이틀 먹냐? 어제도 먹고 그제도 먹고 12년 전에도 먹었는데.

총무과장이 깡통을 내려놓으며 말했다.

사장이 경찰에 실종 신고를 했어.

모두들 뚜껑을 잘못 딴 깡통에 입술이라도 벤 듯 짧게 탄식을 내뱉었다.

그랬더니 경찰이, 총무과장이 복숭아 통조림의 당액을 마저 들이마셨다. 누군가 그의 말을 기다리며 침을 꿀꺽 삼켰다. 단순 가출일지도 모르니 더 기다려보라고 했대.

그는 말이 끝나자 이번에는 감귤 통조림의 당액을 들이마셨다. 한데서 추위에 떨다 따뜻한 어묵 국물을 먹고 몸을 녹

이듯 직원들은 통에 든 당액을 조금씩 나눠 마셨다. 아무도 입술을 베지 않았다. 마지막 국물을 들이마신 이가 뚜껑을 벌린 빈 깡통을 모아 들었다. 깡통끼리 부딪치는 소리가 작게 들렸고 그게 신호인 듯 점심시간이 끝났음을 알리는 종이 울렸다.

*

박은 꽁치 통조림 밀봉 담당이었다. 실종된 공장장이 막 임명되었을 당시 잠시 고등어 통조림을 만들기도 했지만 그때를 제외하면 내내 꽁치 통조림만 만들었다. 담당은 마음껏 바꿀 수 있었다. 비릿하고 짠내에 속이 메슥거린다면 농산물 라인으로 옮겨 복숭아나 감귤 통조림을 만들 수 있었다. 계속되는 단내에 현기증이 날 정도라면 다시 수산물 라인으로 옮기면 되었다. 원칙은 그랬지만 누구도 담당을 바꾸지 않았다. 교체를 자유롭게 한 것은 공장장이었다. 그는 입사 후 12년간 줄곧 꽁치 통조림만 만들었다. 공장 설립 초기였다. 나중에는 길쭉하고 날렵한 것이라면 문방구의 자도 꽁치로 보일 지경이었다. 순전히 꽁치 때문에 일을 그만둘 생각으로 그는 사장을 찾아갔다.

꽁치라면 이제 질색이에요. 차라리 고등어라면 몰라요.

고등어를 떠올린 것은 즉흥적이었다. 고등어는 공장장이

좋아하는 생선이었다. 사장이 작업복에서 풍기는 비린내에 얼굴을 찡그리며 말했다.

정 그러면 고등어 통조림도 만들어. 다른 데도 그렇게 하잖아.

그는 공장에 남았고 10년간 고등어 통조림을 만들었다. 2대 사장은 초대 사장의 장례를 치르자마자 생산 라인을 더 늘렸다. 꽁치와 고등어 통조림을 만드느라 짠내와 비린내, 기름내가 가시질 않았던 공장에 복숭아와 감귤의 향내가 당액 냄새, 구연산 냄새에 섞여 퍼지기 시작했다. 야근이 많아졌고 직원이 늘었다. 공장장이 된 그는 취임사에서 직원들에게 무엇이든 취향에 맞는 것을 선택해서 작업하라고 했다. 취향이라니. 그러니까 음악을 고르거나 영화를 고르듯이 꽁치나 고등어를, 복숭아와 감귤을 고르라는 얘기였다. 박은 고등어를 골랐다. 취향과는 상관없었다. 꽁치라면 좀 질려 있었다. 박과 마찬가지로 대개의 사람들이 꽁치를 담당했다면 고등어를, 고등어를 담당했다면 꽁치를 골랐다. 오랫동안 꽁치를 만졌던 손의 감각으로 고등어는 통통해서 잘 잡히지 않았다. 고등어를 오래 만졌던 사람들은 얇고 가느다란 꽁치를 자주 놓쳤다. 얼마 지나지 않아 꽁치든 고등어든 똑같아졌다. 품목만 달라졌을 뿐 모든 과정이 동일했다. 토막 내고 내장을 다듬고 양념하여 조리하고 밀봉한 후 살균, 냉각 과정을 거쳐 포장했다. 다시 선택한다 해도 마찬가지일 거였다. 박은 다시 담당을 바꾸었다. 생각해보니 꽁치야말로 익숙한 것을 선호하는 자신의 취향에 딱 들어맞는 생선이었다.

공장장이 갑자기 사라진 이유에 대해 여러 가지 얘기가 떠돌았다. 그중 공장장이 한 여직원과의 내연 관계가 탄로날까 봐 사라졌다는 얘기가 있었다. 공장장은 술에 취하기만 하면, 그건 거의 매일이나 다름없었는데, 여직원의 집으로 찾아갔다고 했다. 여직원과 공장장이 휴일에 밖에서 만나는 걸 본 사람도 있었다. 정확한 것은 아니었다. 멀리서 본 탓이었다. 다른 여직원일 수도 있고 그저 닮은 사람일 수도 있었으며 우연히 마주친 친구의 아내일 수도 있었다. T국으로 떠나기 전이었으므로 공장장의 부인인지도 몰랐다. 소문은 삽시간에 퍼졌으나 수군거리기만 할 뿐 믿는 사람은 많지 않았다. 그는 얼굴이 검었으며 머리가 벗어지고 배가 나왔고 다리가 짧았다. 남색 작업복 양 어깨에는 비듬이 수북했고 기름 낀 머리가 목덜미 부분에서 새의 꽁지처럼 들떠 있었다. 입만 벌리면 생선 비린내나 어린아이 입냄새 같은 달큼한 냄새가 풍겼다. 한마디로 그는 연정을 품을 만한 상대가 아니었다. 소문 속 여직원은 말수가 적고 얼굴이 하얗고 좀 쌀쌀맞았다. 여직원들은 그녀가 자기들과 다르게 생겨서, 남자 직원들은 자기들을 무시하고 상대하지 않아서 불편하고 못마땅하게 생각하던 참이었다. 여직원과 공장장이 내연 관계라는 소문은 일부는 맞고 일부는 틀렸다. 집으로 찾아갔다는 소문은 맞았지만 매번 그런 것은 아니었다. 공장장의 부인이 T국으로 떠난 뒤 관계가 시작되었다는 소문도 틀린 것이었다. 여직원이 공장장을 만난 것은 그전부터였고 만나지 않게 된 것도 이미 오래전이었다. 소문 속 여직원은 공장장에 대해 한마디도 하지 않았다. 그녀가 뭔가 알고 있을 수도 있지만 그렇지 않을 수도 있었다. 여직원의 개인적인 문제였다. 이어 횡령설이 나돌았다. 아이를 T국으로 보낸 후 줄곧 재정적인 압박을 받아왔다고 했다. 사정을 아는 사람이라면 공장에 횡령할 만한 목돈이 있을 리 없다는 것을 알았으나 누구도 적극 해명하지 않았다.

내가 귀국한다고 갑자기 남편이 나타나는 것도 아니잖아요.

전화로 총무과장에게 남편의 실종 사실을 전해 들은 공장장의 부인이 대답했다. 어학연수를 끝낸 공장장의 아이는 T국에서 상급 외국인 학교에 진학했다. 입학한 지 얼마 되지 않아 학교를 빠질 수 없었다. 학교를 빠질 수 없는 아이를 돌봐야 했으므로 공장장의 부인은 귀국할 수 없었다.

이런 경우 대부분 단순 실종이 아니라, 총무과장이 겁을 주듯 말했다. 변사 사건이라고 하던데요?

공장장의 부인이 길게 한숨을 쉬었다.

죽었더라도 마찬가지죠. 내가 간다고 살아오는 것도 아니잖아요. 만약 시체가 발견된다면 그때 가겠어요.

전화를 끊고 총무과장은 요즘 들어 자꾸 딸아이를 어학연수 보내자고 조르는 아내를 떠올렸다. 아무래도 보내지 않는 편이 좋을 것 같았다.

신고 후 일주일이 지나서야 조사를 시작한 형사는 공장장
이 박과 사이가 좋지 않았음을 알아냈다. 실종 당일 박이 탈
의실에서 공장장에게 대드는 걸 본 누군가가 형사에게 그 사
실을 알렸다. 형사는 통조림 창고 안 쪽방으로 박을 불렀다.
형사가 박에게 탈의실에서 왜 공장장과 다투었는지, 공장장
이 개인적인 일로 야근을 시키는 경우가 많은지, 그날 통조림
을 제조하는 데 시간이 얼마나 걸렸는지, 어떤 종류의 통조림
을 만들었는지, 공장에서 나와서는 무엇을 했는지, 공장장에
게 여느 날과 다른 기색은 없었는지, 평소 공장장과 사이가
어땠는지를 물었고 박이 대답했다.

박의 대답이 끝나자 형사가 쪽방에서 나와 창고 쪽으로 걸
어갔다. 지시는 없었으나 박은 그를 따랐다.

그날 제조한 통조림은 어떻게 했죠?

다음 날 제가 T국으로 보냈습니다, 언제나 그랬던 것처럼.

그렇게 개인적으로 통조림을 밀봉하는 일이 흔한가요?

박이 천천히 고개를 저었다. 사실 직원들 누구나 몰래 통조
림에 무엇인가를 담아 밀봉해본 경험이 있었다. 공장의 누군
가는 꽁치 통조림 깡통에 반지를 넣어 여자친구에게 주었다.
여자친구가 통조림 뚜껑을 열었고 은색 바닥에서 덜렁거리는
반지를 빼들었고 손가락에 끼었고 웃었다고 했다. 누군가는
아이에게 줄 크리스마스 선물로 싸구려 장난감을 통조림 깡
통으로 포장했다. 원터치로 된 복숭아 통조림 뚜껑을 열면 수

가 적고 단순한 레고 블록이나 비행기로만 변신하는 로봇 같은 게 나왔다. 생애 처음 장만한 집 문서를 밀봉해 넣어두기도 하고 헤어진 연인에게 받은 편지를 넣어두기도 했다. 고양이를 밀봉한 직원도 있었다. 신경통으로 고생하는 부모님 때문이었다. 장터에서 고양이를 한 마리 사와서는, 그 얘기를 들은 직원들은 분명 길을 헤매는 고양이를 주워왔을 거라고 생각했지만, 오래 끓여 국물을 우려낸 다음 헤실헤실 풀어진 고양이 살점과 함께 깡통에 담아 밀봉했다. 나중에 발각되어 시말서를 쓰기는 했지만 그 때문에 공장 사람들은 깡통에 넣어 밀봉할 수 있는 것의 종류에는 한계가 없다는 걸 새삼 깨달았다. 사장이 금고 대신 통조림 속에 현금을 넣어 보관한다는 소리도 나돌았다. 전월 회계 정산이 끝나는 월초에 사장이 직접 깡통에 지폐뭉치를 넣고 압착기를 누르고 있는 걸 누군가 봤다고 했다. 그 소문을 들은 사장이 정색하며 화를 냈다고 한 것으로 봐서는 어쩌면 사실인지도 몰랐다.

언젠가 단 둘이 남아 T국으로 보낼 통조림 만드는 일을 돕고 있을 때 공장장이 박에게 물었다.

자네는 뭘 해봤나?

네?

통조림 말이야.

박은 한 번도 통조림에 다른 것을 넣어 밀봉해본 적이 없었다. 봉인해서 간직하고 싶은 게 있을 리 없었고 밀봉한 물건을 보내줄 사람도 없었다.

실은 자네한테만 하는 말인데.

공장장이 천천히 입을 열었다.

딸아이가 유학가기 전에, 키우던 개가 죽었거든. 아이가 계속 죽은 개를 안고 울었어. 여름이어서 곧 냄새를 풍길 기세인데도 묻지 못하게 하는 거야. 안고 자는 걸 몰래 빼와서 깡통에 담아 밀봉해뒀어. 한동안 아이 방에 뒀지. 처음에는 깡통을 만지면서 울던 아이가 다른 개가 생기니까 그 깡통을 거들떠보지 않게 되더라고. 그래서 나중에는 그냥 바다에 던져버렸어.

공장장이 검지를 입술에 가져다댔다.

비밀이야.

박이 고개를 끄덕였다. 공장장의 눈에 얼핏 말한 것을 후회하는 빛이 스쳤다. 박은 제법 입이 무겁다는 것을 증명하고 싶어 묵묵히 듣고만 있다가 침묵을 관심이 없다는 걸로 오해할까 봐 입을 열었다.

개가 깡통에 들어가던가요?

작은 개였어. 가장 용량이 큰 깡통을 쓰니 딱 맞았어. 자를 필요가 없었지. 잘라야 했을 수도 있었지만, 공장장이 그 장면을 상상하듯 눈살을 찌푸렸다. 개 때문에 내 손에 피를 묻힐 수는 없잖아.

공장장이 손에 피가 묻지 않은 것을 확인하듯 손바닥을 이리저리 돌려보며 말했다.

가끔 이런 생각이 들어. 내가 죽으면 곱게 화장을 한 다음에 그 가루를 통조림 깡통 속에 보관하면 어떨까 하고 말이야. 봉분 아래서 흙과 섞여 썩어가는 것도 싫고 납골당에서 대리석 유골함에 담겨 있는 것도 싫거든. 평생 통조림 공장에서 일했고 평생 깡통만 만졌어. 깡통 재질이 변하는 거나 뚜껑 여는 방식이 달라지는 걸 보면서 세상이 점점 살기 편해진다는 걸 느꼈지. 깡통 포장 디자인이 바뀌는 걸 보면서 사람들 취향이 변해가는 걸 알았어. 사람들 입맛이 달라지는 건 새로 통조림이 생기거나 양념 맛이 달라지는 걸로 실감했어. 말하자면 이 깡통으로 세상을 알아간 셈이야.

세상이 깡통처럼 텅 비어 있으면 큰일인데요.

박은 곧 경솔하게 입을 놀린 걸 후회하면서도 깡통에 담겨 납골당에 가면 되겠다고 덧붙였다. 공장장이 웃음기 없는 얼굴로 박을 물끄러미 보았다. 박은 그 얼굴을 마주 보면서 공장장과 자신은 서로 다른 계절에 이동하는 철새와 같아서 절대 통할 수 없을 거라고 생각했다. 그러면서도 갑작스럽게 공장장이 그런 말을 하는 게 이상하다는 생각이 들었다. 박이 만약 무슨 일이 있는 거냐고 물어봤더라면 공장장은 자기 이야기를 더 해주었을지도 몰랐다. 그렇지만 박은 한마디도 묻지 않았다. 박이 물어보고 공장장이 대답을 했더라면 어떻게 되었을까. 물론 가정일 뿐이었다.

이렇게 큰 통조림은, 형사가 10킬로그램짜리 통조림 깡통을 손가락으로 툭툭 치면서 물었다, 주로 어디에 팝니까?

　수출도 하고 업소로도 나갑니다.

　통조림, 좋아하시죠?

　그다지 좋아하지 않아요. 오히려 싫어하는 쪽입니다.

　의외라는 듯 형사가 박을 보았다.

　그런데 어떻게 매일 통조림을 먹고, 10년 가까이 통조림 공장에서 일을 합니까?

　저는 거의 통조림을 먹지 않아요. 맛이 없어요. 그렇다고 해서 통조림 공장에서 일하지 말란 법은 없죠. 자기가 쓰지 않는 생리대를 만드는 남자도 있는데요.

　형사가 고개를 끄덕였다.

　그러면 일이 재미있지는 않겠네요?

　형사님도 그러시겠지만 일이라는 게 어떤 부분은 재미있지만 어떤 부분은 재미가 없지 않습니까? 저도 그래요.

　그렇긴 하죠. 그런데 통조림을 만드는 건 뭐가 힘듭니까?

　가끔 깡통이나 뚜껑에 손을 벱니다. 그때 기분이 상해요.

　그것뿐이라면 일을 재밌어하는 쪽이군요.

　비린내와 소금기를 참기 힘들죠. 기름내도 심하고요. 지금이야 밀봉을 하고 있지만 잠깐 내장을 골라내는 일을 맡았는데, 그때는 물컹거리는 건 여자 살이라도 만지기 싫었어요. 그리고 무엇보다……

깡통에 적힌 성분 표시를 읽고 있던 형사가 박에게 눈을 돌렸다.

똑같은 일이 계속 반복되지요. 저는 하루 종일 밀봉만 합니다. 어떤 사람은 하루 종일 꽁치 대가리를 치고 어떤 사람은 내내 생선 뱃속에 손가락을 넣어 미끈거리는 내장을 빼내요. 하루 종일 생선에 소금을 쳐 간을 하고, 하루 종일 깡통을 박스에 포장하기도 해요.

특별한 건 없군요. 그러면 재미있는 건 뭡니까?

박은 오래전 학교를 졸업한 후 한 번도 본 적 없는 시험지를 마주한 기분이었다. 불쾌해졌지만 자신의 대답을 건성으로 듣는 듯한 형사의 태도에 기가 눌려 성실하게 대답했다.

똑같은 일이 계속 반복되는 거예요.

형사가 장난하느냐는 눈빛으로 박을 보았다.

여기 있으면 하루 종일 벨트 위로 속을 벌린 깡통이 돌아가는 걸 봐야 해요. 어지럽죠. 빙빙 돌아요. 귀에서는 날벌레가 윙윙거리며 날아요. 자꾸 귀를 후벼파게 되지요. 귀에 피딱지가 마를 날이 없어요. 어지럽고 윙윙거리고 귀가 간지러운데 매번 골똘히 궁리하는 일이라면 못 했을 거예요. 벨트 앞에 서서 그저 익숙한 각도대로 몸을 움직이기만 하면 돼요. 몸이 기계의 일부가 되어가는 거죠. 왠지 뿌듯해요. 자랑스럽지는 않지만.

형사가 건성으로 고개를 끄덕이더니 수첩을 딱 소리가 나

게 덮었다. 그러고는 박에게 공장장 사택으로 안내해달라고
했다. 그는 내내 수첩을 펴들고 있었지만 아무것도 적지 않았
다. 박은 여전히 형사의 기세에 눌려, 언젠가 벨트가 고장나
멈춘 줄도 모르고 이미 뚜껑을 밀봉한 깡통을 다시 뚜껑으로
밀봉한 적이 있다는 말을 삼킨 채 사택 쪽으로 걸어갔다.

독신자용 사택은 단출했다. 장기 입원 환자용으로 쓰면 딱
좋을 딱딱한 침대와 총무과에서 일괄 구입했을, 톱밥을 압축
해 만든 책장과 책상, 천 소파와 서랍장이 가구의 전부였다.
조리용기는 거의 없었다. 냉장고를 채운 것은 물과 쌀, 술과
먹다 남은 통조림을 덜어놓은 플라스틱 용기 몇 개뿐이었다.
문을 열 수 있는 수납장마다 꽁치와 고등어, 양념깻잎 통조림
과 복숭아, 감귤 통조림이 들어 있었다. 싱크대 위쪽 수납장
에도, 일렬로 세 개가 달린 싱크대 아래쪽 서랍에도 그랬다.
옷이 들어 있겠거니 생각하고 열어본 안방 서랍장에도 세 칸
모두 통조림뿐이었다.

이렇게 어디에나 쌓아놓고 드시는 걸 보니, 형사가 말했다.
먹을 만한가 봅니다.

박이 부엌 수납장에 있는 통조림을 종류별로 하나씩 꺼내
형사에게 건넸다.

직접 드셔보세요.

나중에 공장장님이 돌아오면 비밀로 해주셔야 합니다.

형사가 말했다.

비밀로 할 것도 없이 우리는 누구나 통조림을 먹어요. 공장에서도 먹고 집에서도 먹어요. 통조림이 월급의 일부니까요.

월급이요?

형사의 말에 박이 고개를 끄덕였다.

공장은 늘 어려우니까요. 불황은 갈수록 심각해지고요. 사장님 말로는 군소 통조림 공장이 버틸 만한 불황이 아니라고 하데요. 게다가 요새는 다들 통조림을 믿지 않아요. 유통기한이 그렇게 길다는 것 말입니다. 금방 상하지 않는 것을 불안해하죠. 산 것을 죽여서 가공한 후 죽지 않게 밀봉 처리하는 것, 그러니까 죽은 것을 상하지 않게 가공처리하여 동일한 상태를 유지하는 것. 이것이 밀봉 기술의 핵심이거든요. 모두들 그걸 수상하게 생각해요. 상하지 않으면서 동일한 상태가 지속된다는 거 말이에요. 팔리지 않으니 우리가 가져가는 겁니다. 월급의 일부로요.

통조림을 좋아하지 않는다면서 가져간 통조림은 어떻게 합니까?

저는 먹지 않지만 다른 도시에 사는 가족이나 친지들은 통조림을 먹어요. 그들에게 줍니다.

형사가 고개를 끄덕였다.

오늘 주신 통조림 말입니다, 유통기한이 얼마나 됩니까?

사택을 나와 공장 쪽으로 가려는 박에게 형사가 물었다.

제품마다 다르지만 대략 24개월에서 60개월 정도지요. 뚜껑에 인쇄되어 있어요.

길게는 5년이라…… 5년이나 상하지 않는 게 가능하다는 소리네요.

일종의 가정이지요. 유통기한 이내라면 동일한 상태가 완벽하게 유지된다고 보는 거예요. 유통기한이 지난다는 건 그런 상태가 한순간에 깨진다는 가정이고요. 그때가 되면 확인하지 않고 폐기하지요.

형사가 어깨를 으쓱해 보이고는 차에 올랐다. 그는 며칠 뒤 사장에게 전화를 걸어 공장장의 실종과 관련된 수사 상황을 알렸다. 실종에 관한 단서를 전혀 찾을 수 없기 때문에 더 이상 수사에 매진할 수 없다는 얘기였다.

*

공장장은 없었지만 대체로 모든 일이 순조로웠다. 통조림 공장에서 일어날 법한 일들 외에 다른 일은 일어나지 않았다. 기계는 돌아갔고 통조림은 만들어졌고 기한에 맞춰 납품되었고 선적되었다. 점심시간을 알리는 종이 울리면 모두 휴게실에 모이는 것도 같았다. 뚜껑을 딴 통조림을 기준점 삼아 둥글게 모여 앉았다. 통조림 뚜껑을 딸 때는 밥을 먹는 것인지 제조 후 검사를 하는 것인지 잠시 헷갈렸으나 막상 먹기 시작하면 생산 과정의 일부라는 듯 기계적으로 입을 놀렸다. 통조림을 유별나게 좋아하는 직원도 없었지만 내색하며 싫어하는 직원도 없어서 밥을 먹는 내내 모두 묵묵했다. 어느 날은 누군가 통조림에 질렸다며 탕비실에서 돼지고기를 넣은 김치찌개를 끓여왔다. 돼지고기 김치찌개라고 해서 맛이 색다르지도 뛰어나지도 않았다. 찌개를 끓이느라 허기진 시간이 길어지는 바람에 오히려 밥맛을 잃었다. 기계에서 풍기는 소음과 공장 안에 떠도는 냄새 때문에 미감을 잃어버린 게 틀림없다고 떠들어댔지만, 다음 날 시간에 쫓겨 그냥 뚜껑만 딴 통조림으로 밥을 먹었을 때는 다시 입맛이 돌았다. 모두 통조림의 비리고 짠 맛에 익숙해져 있었다. 무감하고 무던한 식성이 고마웠다. 먹어야 할 통조림은 얼마든지 있었다.

　밥을 먹은 후에는 복숭아와 감귤로 입가심을 했다. 이렇게 매일 통조림을 먹어도 될까? 누군가 물었고 점심뿐이니까 괜찮아, 하고 누군가 대답했다. 점심뿐이라면 괜찮을 테지만 그들 대부분이 점심에만 통조림을 먹는 건 아니었다. 퇴근해 집으로 돌아가서는 꽁치에 신 김치를 썰어 넣고 찌개를 끓이거나 찜을 했다. 꽁치를 다져 넣어 강된장을 만들어 고등어 통조림을 싸먹었다. 먹을거리를 사기 위해 퇴근 후 장을 보러 갔는데 자기도 모르게 공장에서 생산된 꽁치와 고등어 통조림을 장바구니에 담아버렸다고 한탄하는 직원도 있었다. 그러자 여기저기서 조용한 목소리로 자기 역시 그런 적이 있다고 고백했다. 남들은 뭐라고 해도 우리는 이걸 먹어야 하는 거 아닐까. 누군가 그렇게 말하기도 했다. 다른 회사 공장에서 만들어진 꽁치 통조림에서 구두충이 발견되었다는 뉴스가 대대적으로 보도된 날이었다. 그렇기는 하지만 순전히 의무감 때문이었다면 먹지 못했을 것이었다. 실종된 공장장의 말처럼 통조림을 먹는 것은 취향 탓이었다.

직원들이 통조림을 가운데 놓고 밥을 먹는 동안 박은 창고 안 쪽방에서 간단히 밥을 먹고 남는 시간에 잠을 잤다. 그 방에서는 온갖 냄새가 났다. 페놀과 아세트산 냄새, 모터에서 나는 기름 냄새, 기계에 엷게 바른 윤활유 냄새, 고무배관 냄새나 장화 냄새, 손질된 생선 내장 냄새, 벗겨진 과일 껍질 냄새가 뒤섞여 있었다. 그 냄새 탓인지 짧은 잠 속에서도 공장에서 일하는 꿈만 꿨다. 꿈속에서도 그는 벨트 앞에 서서 밀봉을 하고 있었다. 깡통에 자기 손을 넣어 밀봉했고, 빈 깡통 속에 빈 깡통 속에 빈 깡통을 넣고 밀봉하기도 했다. 어느 날의 꿈에서는 공장장이 나타나 그에게 밀봉할 것을 하나씩 건네주었다. 깡통에 넣을 수 있는 것도 넣었고 넣을 수 없는 것도 넣었다. 사장의 금고나 사장의 머리통 같은 것이었다. 공장장은 사지가 절단되어 죽어 있는 개를 주기도 했고 거대한 백골을 주기도 했다. 이걸 어떻게 넣느냐고 물으면 방앗간에서 곡식을 빻을 때 쓸 것 같은 분쇄기를 가리켰다. 박은 거침없이 분쇄기로 가서, 강도를 조절한 후 입구에 백골을 넣었다. 가루가 된 백골이 털털거리며 쏟아져 나왔다. 그 가루를 모아 깡통 속에 담았다. 백골 통조림은 외양이 같은 수천 개의 통조림에 뒤섞였다.

점심시간은 짧았다. 다시 종이 울리면 직원들은 각 구역의 휴게실에서 나와 다시 꽁치 라인 앞으로, 고등어 라인 앞으로, 깻잎 라인 앞으로, 복숭아 라인 앞으로, 감귤 라인 앞으로 걸어갔다. 쉬지 않고 흐르는 벨트 앞에서 그들은 꽁치나 고등어를 손질하고 식용 염산에 넣어 복숭아와 감귤 껍질을 벗기고, 아세트산을 넣어 가공하고, 통조림 깡통에 뚜껑이 내려와 박히는 걸 지켜보고, 임의로 통조림을 수거하여 내용물을 표본 조사했다.

작은 사고가 있기는 했다. 농산물 가공 라인에서 생긴 일이었다. 퇴근 무렵 한 여직원이 밀봉 과정에서 오른쪽 콘택트렌즈를 통조림 깡통 중 하나에 빠뜨린 게 틀림없다고 울먹였다.

어쩌다가 그랬어?

졸려서 눈을 비비다가 그런 것 같아요.

왜 이제야 알아차린 거야?

라인이 돌아가는 걸 보면 늘 어지러우니까요. 눈이 안 보이는 게 아니라 현기증이라고 생각했어요.

여직원은 일을 마치고 탈의실에서 옷을 갈아입을 때에야 눈에서 렌즈가 빠진 걸 알았다. 하루 종일 계속되던 현기증은 어지럼증이 아니라 양쪽 눈의 시력차 때문이었다. 렌즈가 붙어 있을 만한 곳을 샅샅이 뒤졌으나 찾지 못했다. 그날 하루 여직원이 담당하는 라인을 지나간 과육 통조림은 천 개가 넘었다. 갓 생산된 천 개의 통조림이 살균 과정을 마친 후 박스에 포장되기를 기다리며 줄지어 서 있었다. 벽면을 가득 채운천 개 중 하나에 여직원이 잃어버린 콘택트렌즈가 들어 있을 것이었다. 손톱만 한 콘택트렌즈를 찾으려면 천 개의 통조림을 뜯어야 했다. 뜯어서 다시 깡통에 넣으면 그만이지만 일이 그렇게 쉬울 리 없었다. 밀봉된 통조림은 뜯는 순간 세균이 번식하기 때문에 재포장이 원칙적으로 불가능했다.

박은 난감해하는 여직원에게 말했다.

내일 아침에 콘택트렌즈를 찾았다고 말해. 작업복에 붙어 있었다고 말이야.

그러다가 나중에 무슨 일이 생기면 어쩌죠?

여직원이 걱정스럽게 물었다.

렌즈는 통조림 속에서 한 달 후에 나올 수도 있고 5년 후에 나올 수도 있고 영영 나오지 않을 수도 있어. 술집으로 납품 되면 모르고 지나가겠지. 주방장은 자기가 먹을 게 아니니까 그냥 버릴 거고, 손님들도 취해서 그냥 넘어가거나 주방의 실수로 여길 거야. 혹시 병원 같은 데로 들어가도 용케 모르고 지나갈 수도 있어. 발각될지 안 될지 모를 일을 기다리는 동안 공장 상황은 바뀔 거고 우리 상황도 바뀔지 몰라. 그렇지 않겠어?

여직원은 일단 밀봉된 통조림은 다시는 열어볼 수 없는 세계라는 걸 처음으로 이해한 듯 느릿느릿 고개를 끄덕였다.

　공장장의 실종이 4개월로 접어들 무렵에 반품 사고도 있었다. 반품된 고등어 통조림은 공장장이 실종될 무렵 제조된 것이었다. 한 소비자가 슈퍼에서 구입한 고등어 통조림에서 덩어리져 뭉쳐 있는 붉은 것을 발견했다. 소비자는 고등어 피라고 생각했으나 가공 식품에 핏덩이가 있는 게 꺼림칙해 관련 기관에 신고했다. 성분 분석 결과 인혈로 밝혀져 파장이 일었다. 누군가 작업을 하다가 손을 다쳤고, 다친 손에서 흐른 피가 깡통에 새어든 것이라고 해명했다. 그 무렵 공장에서 다친 이는 아무도 없었다. 피를 흘릴 정도로 부상을 입을 만한 공정이랄 게 없었다. 설혹 손가락을 벤다고 해도 그 정도의 피를 흘렸다면 모를 리 없었다. 같은 날 제조된 통조림은 1,400개가 넘었다. 일부는 수거되었지만 대부분은 수거되지 않았다. 수거된 것 중 어떤 것에서는 인혈이 많이 발견되었고, 어떤 것에서는 거의, 어떤 것에서는 전혀 발견되지 않았다. 사장은 제조 중지 명령 기간을 단축시켜볼 요령으로 이리저리 줄을 대느라 바빴다. 누군가 인혈 얘기를 꺼낼라치면 인상부터 썼다. 과로한 사장의 눈이 인혈보다 더 붉어지고 사장의 화를 받아내느라 총무과장의 얼굴이 인혈처럼 달아올라 좀체 식지 않을 무렵, 제조 중지 명령 기간이 끝났다.

*

공장장의 짐은 많지 않았다. 작업복과 낡은 속옷, 몇 개의 외출복을 모두 버리고 나니 더 단출해졌다. 남은 짐은 트렁크 하나로 충분한 정도였다. 공장장의 부인은 부엌 수납장과 안방 서랍장에 있던 통조림을 모두 박에게 주었다. 기념품 삼아 몇 개 담아준 통조림도 정색하며 되돌려주었다.

어차피 아이와 나는 통조림을 먹지 않아요. 언젠가 꽁치 통조림인 줄 알고 뜯었는데……

공장장의 부인이 떠올리기 싫은 기억이라는 듯 몸서리를 쳤다.

거기서 죽은 개가 나왔어요. 그때부터 아이는 통조림이라면 질색이지요. 그러고 보니 남편이 실종되었다는 연락을 받은 며칠 후에 소포가 도착했는데 열어보니 꽁치랑 고등어 통조림이었어요. 겉은 그래도 당연히 김치나 깍두기, 그런 게 들어 있을 줄 알았는데 말이에요. 안 먹는 줄 뻔히 알면서 왜 그런 걸 보냈을까요?

공장장의 부인이 박을 바라보았다. 박은 묵묵히 부인을 마주 보았다.

언젠가 시체라도 발견되겠죠?

공장장의 부인이 침울한 목소리로 물었다.

왜 그렇게 생각하세요. 그냥 어딘가로 잠깐 떠나 있는 걸 수도 있고⋯⋯

어디로 떠날 수 있는 사람이 아닌 걸 잘 아시잖아요.

박은 대꾸할 말을 찾지 못해 입을 다물었다.

공장장의 부인이 다시 T국으로 떠난 후, 박은 공장장이 쓰던 사택으로 짐을 옮겼다. 짐이라고 해봐야 얼마 되지 않았다. 몇 장의 속옷과 가벼운 옷들이 전부여서 서랍장 두 칸이면 충분했다. 나머지 한 칸에는 가지고 있던 통조림을 넣었다. 통조림이 많지 않아 서랍장은 열고 닫을 때마다 덜렁거리는 소리를 냈다. 공장장이 남긴 통조림 중에는 유통기한이 넘은 것도 있고 임박한 것도 있고 아직 충분히 남은 것도 있었다. 시간을 들여 통조림을 종류별로 유통기한별로 깡통 크기별로 정리해서 넣어두었다.

사장은 공석이던 공장장 업무를 박에게 맡겼다. 공장장이 된 박은 직원 중 가장 먼저 출근했다. 아무도 없는 공장에서 정지한 기계의 전원을 켜는 일은 매번 낯선 개의 잠을 깨우는 것처럼 긴장되었다. 개가 짖듯 기계가 요란하게 웅 소리를 내기 시작하면 그제야 하루가 시작된다는 느낌이 들었다. 퇴근은 가장 늦게 했다. 전원을 끄고 정적 속에 남아 있으면 깡통 속에 잠긴 숨죽은 꽁치나 고등어가 된 기분이었다. 꽁치나 고등어가 된 기분으로 사택에 돌아가 몸을 절이듯 술을 마셨다. 잠을 푹 자기 위해서였다. 가장 먼저 출근하고 가장 늦게 퇴근하는 그를 직원들이 수위라고 놀리는 걸 알고 있었지만 모른 척했다. 일찍 출근하게 되면서 공복 시간이 길어지고 숙취로 속이 쓰리기도 해서 아침밥을 먹기로 했다. 망설이다가 서랍장에 넣어둔 통조림을 꺼내 뜯었다. 뼈와 살을 함께 얼마쯤 천천히 씹고 나자 꽁치에 스며 있던 양념이 입안에 퍼졌다. 짜고 비릿한 느낌이 차츰 사라졌다. 처음에는 생각보다 맛이 괜찮은 정도였다. 좀더 먹자 고소한 맛이 풍기는 것 같았다. 점심시간에는 직원들과 어울려 뚜껑을 딴 통조림으로 밥을 먹었다.

어? 공장장님 원래 통조림 안 드셨잖아요.

함께 점심을 먹기 시작하고 한참이 지난 후에 누군가 박이 꽁치 토막을 입에 떠넣는 걸 보고 물었다. 박은 꽁치 국물이 스민 흰 밥을 입에 넣으며 씩 웃었다. 밥을 먹은 후에는 직원들과 함께 복숭아와 감귤 통조림을 먹었다. 양치를 해도 입안에 달짝지근한 맛이 남았다. 하루 종일 사탕을 물고 있는 기분이었다. 나쁘지 않았다. 퇴근 후에는 사택에 돌아가 통조림 중 하나를 꺼내 김치를 넣고 요리를 하거나 다져서 양념장을 만든 후에 술안주로 먹었다.

서랍장에 넣어둔 것을 다 먹어, 처음으로 전(前) 공장장의 통조림을 땄을 때 박은 당황해서 깡통 포장과 내용물을 번갈아 보았다. 몇 개인가 통조림 뚜껑을 더 따보고 나서는 웃음을 터뜨렸다. 통조림은 한마디로 엉망진창이었다. 포장과 내용물이 뒤죽박죽이었다. 꽁치 통조림을 따면 꽁치가 나오기도 했지만 고등어나 양념깻잎이 나왔다. 고등어 통조림을 따면 고등어가 나올 때도 있었지만 깻잎이나 꽁치가 나왔다. 과일 통조림도 마찬가지였다. 어떤 통조림은 T국으로 보내려고 했던 것인 듯 콩장이나 멸치볶음 같은 게 나왔고 오래되어 곰팡이가 피고 쉰내를 풍기는 물컹해진 감자조림도 나왔다. 무엇이든 뚜껑을 열어보기 전까지는 내용물을 알 수 없었다. 박은 꽁치 통조림에 들어 있는 고등어를, 고등어 통조림에 든 콩장을, 깻잎 통조림에 든 깻잎을 먹으며 자신이 처음으로 공장장 때문에 웃었다는 생각을 했다.

통조림에서 먹을 것만 나오는 것은 아니었다. 빨지 않은 채로 밀봉되어 역한 냄새를 풍기는 양말과 속옷 뭉치가 나오기도 했다. T국으로 송금한 내역서가 여러 장 나왔고 T국의 딸아이에게서 받은 영어 편지가 서너 통 나왔다. 여러 달치 급여명세서와 연금을 받으려고 붓고 있던 적금 내역과 생명보험 약정서가 나왔다. 공장장의 이름이 이니셜로 새겨진 열쇠고리가 또 다른 이니셜이 새겨진 열쇠고리와 함께 나왔다. 신용카드 영수증이 나왔을 때는 꼼꼼히 내역을 살펴보았다. 오래전 누군가와 만나 밥을 먹고 차를 마시고 영화를 본 내역이 고스란히 남아 있었다. 뭔가 나올 때마다 유심히 보기는 했지만 마음이 편치 않았다. 뜻하지 않게 공장장의 삶에 끼어든 것 같아서였다.

통조림 뚜껑을 딸 때면 겁이 나기도 했다. 여전히 깡통 안에서는 뭐가 나올지 알 수 없었다. 어느 날인가 피냄새에 섞여 곯은 내를 풍기는 정체 모를 뼈와 살덩어리 같은 게 나온다면, 어쨌거나 공장장은 죽은 개를 밀봉한 적도 있는 사람이었으므로, 박은 고심하다가 그것을 들고 공장으로 가기로 했다. 용량이 큰 깡통을 가져다가 손에 피가 묻지 않게 조심하면서 내용물을 옮겨 담은 후에 압착기로 뚜껑을 내리누를 거였다. 피식 소리가 나면서 깡통 안에 고여 있던 공기가 빠져나가면 썩어 냄새를 풍기던 뼈와 살덩어리는 다시 얼마간 비밀을 품은 채 깡통 속에 고요히 밀봉될 거였다. 그것은 박이 꽁치나 고등어 이외의 것을 넣어 밀봉한 첫번째 통조림이 될 거였다. 박은 이제 막 천천히 칼날을 움직여 뚜껑을 딴 통조림의 내용물을 오랫동안 들여다보며 생각했다. 전 공장장도 아마 그렇게 했을 거라고.

동일성의 지옥에서

김형중

필사의 공사

살펴보자니, 편혜영의 두번째 소설집 『사육장 쪽으로』에는
야음을 틈타 매일 밤 필사적인 공사를 하는 사내 하나가 있었
다. 고작 담장 하나를 세우는 공사였지만, 유심히 지켜본 바
에 따르면 그의 공사는 절체절명의 공사였다. 그가 수행하는
공사의 성패가 인류 문명의 존속 여부를 결정할 것처럼 보였
기 때문이다. 그런데 그는 무슨 이유로 밤마다 저토록 열심히
공사 중이었던가? 우선은 잡초나 날벌레들, 들쥐들이 자신의
집을 넘보는 것을 막기 위해서였고, 습지와 자신의 집 사이에
경계를 단단하게 구획 짓고 싶어서였다.

그는 얼른 담장을 쌓아올리고 싶었다. 잡초나 날벌레들이, 들쥐들이 넘보지 못하는 단단한 집을 갖고 싶었다. 어디까지가 집이고, 어디까지가 습지인지 알 수 없게 만드는 잡초 군락을 모조리 불태워버리고 싶었다. 집 뒤의 고분을 파서 습지를 메워버리고 싶었다. 아예 집을 버리고 도망쳐갔으면 좋겠다는 생각도 들었다. (「밤의 공사」, 『사육장 쪽으로』, 문학동네, 2007, p. 111)

이 시기 편혜영 소설에 자주 등장하던 설치류들(레밍, 하수구 쥐, 들쥐 들은 말할 것도 없고, 개나 고양이나 새 들, 심지어는 인간마저도 편혜영 소설에서는 설치류처럼 그려진다)은 그렇다 치고, 습지가 어떤 모습이었던지는 한번쯤 더 유심히 살펴볼 필요가 있다. 초기 편혜영 소설에서는 쿨렁쿨렁(편혜영 소설에 가장 어울리던 의태어!) 무정형으로 썩어가는 저수지나, 검은 물이 흐르는 쓰레기 하치장, 눅눅한 습지, 헝겊에 묻은 채 버려진 월경혈, 유기된 시체에서 흘러나오는 시즙과 시취 등, (반)점액 상태의 물질들을 묘사하는 장면들이 항상 압권이었으니까…… 구역질이 날 만큼 그로테스크하고 역겨우면서도 또한 이상하게 매혹적이어서, 얼굴을 찡그리면서라도 끝내 그것들을 겪고 싶게 만들었던(마치 내 몸에서 나오는 배설물을 바라볼 때의 그 묘한 애착과 혐오의 이중 감정과도 유사한)

어휘와 문장 들이 바로 그 장면들을 그려내고 있었으니까……

순채나 검정말의 태반은 이미 까맣게 죽어 뿌리도 없이 부유하고 있었다. 바람이 불어도 표면이 일렁이지 않았다. 습지에 가득 찬 것은 점액질의 물컹거리는 덩어리였다. 누구도 다가서지 못하게 한다는 점에서 콘크리트처럼 단단한 것이었다. 가끔 표면이 일렁일 때도 있었다. 아내가 집 안에서 잡은 들쥐의 꼬리를 휘휘 감아 던질 때나 습지에 닿아 있는 마을 하수관으로 오폐수가 쏟아져나올 때였다. 습지는 그 모두를 잘 받아넣었다는 신호로 잠깐 쿨렁거렸다. 그러면 깊이를 알 수 없는 물웅덩이가 시커먼 속을 드러냈다. 습지가 벌린 물구멍은 아내의 거웃을 연상시켰다. 더럽고 시커먼 터럭들이 엉켜 있으며 깊이를 짐작할 수 없는데다가 냄새까지 풍기는 구멍. 그는 가급적 습지 근처로 가지 않았다. (「밤의 공사」, p. 96)

이제 그의 소설들 전체를 정독하고 다시 생각해보니 저 습지가 불러일으키던 불쾌함(「저수지」「맨홀」「문득」「시체들」『재와 빨강』)은 구획 지을 수 없는 점액질이 가져다주는 불쾌, 그것이었지 싶다. 『재와 빨강』 해설에서 차미령도 지적했듯이, 크리스테바가 '아브젝트abject'라고 부른 것의 혐오스러움, '대상object'이라고 하기엔 경계가 모호해 실체의 식별도 불가능하고, 게다가 직전까지 '주체subject'의 내부에 있었으나 배설되고 버려졌으므로 이제 주체의 일부라고도 할 수 없는 물질이 불러일으키는 불쾌한 매혹(더럽고 추하지만 내게서 나온 것이므로), 그것이 저 습지가 불러일으키는 감정의 정체다. 모든 근대인들이 다 그렇듯이, 사내는 바로 그 감정이 두려웠던 모양이다. 주객의 구분을 무화시키는 아브젝트들의 범람 앞에서 그것에 매혹당한 주체의 불안과 공포, 그러니 사내의 공사를 두고 고작 담장 하나 세우는 공사라고 폄하해서는 곤란하다. 그것은 문명이 탄생한 순간부터 인류가 자신이 세운 문명을 유지하기 위해 기울여온 거의 유일한 노고였으니까…… 한때 자신의 태반이기도 했던 무정형의 자연(소위 야만이라 부르곤 하는)에 구획과 질서를 부여하는 노동, 인간의 주거와 야만의 주거, 코스모스와 카오스를 기필코 구분해내려는 사내의 공사는 바로 그런 의미에서 인류의 생사가 달린 절체절명의 공사였던 것이다.

편혜영의 초기 소설들에서 동물원을 탈출한 늑대나 코끼리보다도 쥐와 잡초와 울창한 숲(「서쪽 숲」)이 더 무서운 존재로 그려졌던 이유도 여기에 있다. 맹수들과 코끼리들은 구획된 공간 속에서 인류와 '구별'되어 산다. 동물원은 그들이 공간적으로 잘 관리되고 구분되어 있음을 항시적으로 상기시켜줌으로써 야만에 대한 인류의 승리를 자랑스럽게 전시한다(「동물원의 탄생」「퍼레이드」). 동물원은 그러니까 결코 인간이 잃어버린 야성을 보존하고 되불러오는 장소가 아니다. 그

것은 항상 기만이었고, '변장한 유토피아'였다. 문명화된 자연은 더 이상 자연이 아니라 문명의 일부일 뿐이다. 그것들은 우리를 두렵게 하는 것이 아니라 우리의 향수를 자극하고 승리감을 고취한다.

그러나 잡초와 숲은 무섭다. 설치류(「맨홀」『재와 빨강』)는 더 무섭다. 이유는 그것들이 인류의 바람대로 구획된 공간만을 점유하면서 문명과 야만의 경계를 지켜주는 존재들이 아니기 때문이다. 그것들은 불쾌하게도, 아무 데나, 경계 없이, 구분도, 구획도, 질서도 없이 편재한다. 마치 인간이 아무리 자연을 정복하고 지배해도 억압된 것들은 반드시 회귀한다는 사실을 증명이라도 하려는 듯이…… 세상에서 가장 두려운 것, 그것은 시공의 구획을 벗어나 언제나, 그리고 아무 곳에서나 편재하는 존재들이다. 경계를 허무는 것들, 그것들이야말로 가장 무서운 것이고, 그런 의미에서라면 바로 잡초나 설치류나 다 아브젝트들이다.

자, 몇 년의 시간이 흘렀으니, 이번 소설집 『저녁의 구애』에서는 저 사내의 공사가 성공하기를 빌자. 집과 습지가, 쥐의 공간과 인간의 공간이 아무런 구별도 차이도 없게 되는 완전한 동일성(이것이야말로 최악의 혼돈일 터인데)이 세계를 지배하게 되지 않기를 바라자. 차이들의 체계가 무너지지 않기를, 주체와 대상의 경계를 모호하게 하는 그 이상하고 섬뜩하게 매혹적인 것들의 회귀를 막을 수 있기를 기대하자. 알다시

피 저 사내는 아내와 더불어 습지에 빠져 죽고, 공사는 오히려 담을 무너뜨려 집의 안팎을 무구분 상태로 만들어놓은 채 중단되고, 습지는 넘쳐 더 느리고 넓고 단단하게 쿨렁거리게 되었지만, 만약 그 공사가 또 한 번 실패로 끝나고 만다면, 인류는 다시 야만의 상태, 그 동일성의 지옥을 살아야 할 테니까 말이다.

전원이라니

살펴보자니, 그러나 새 소설집 『저녁의 구애』에는 아직도 야음을 틈타 가망도 없이 필사적인 산책을 하는 사내 하나가 있다. 그의 산책도 일종의 공사라면 공사인데, 그가 개와 멧돼지에 맞서 지키려는 것, 그것 역시 자신의 가족과 집(전원주택)이기 때문이다. 자연과 문명이 무차별화되는 동일성의 지옥을 피해 카오스와 코스모스를 재구획하려는 그의 노고는 자신의 입장에서는 장엄하고 정당한 것이겠으나, 그에게도 잘못은 있다. 그는 '전원'과 '실재로서의 자연'을 착각했던 적이 있다. 전원이란 억압된 자연의 다른 이름에 불과하다는 사실, 그것은 문명에 의해 관리되는 자연이라기보다는 문명에 맞서 언제든 복수를 감행할 준비가 되어 있는 야만이란 사실을 그는 묵과했다. 그러니까 이런 식으로 자연을 얕잡아봤다.

"잠깐이지만 사는 곳을 바꿔보는 것도 나쁘지 않을 것 같아요."

아내가 결혼 후 그들이 내내 살았던 집을 돌아보며 말했다.
조금 뜨끔했다. 그는 직장 생활이나 아내와의 관계가 사용 설
명서처럼 균일하게 돌아간다는 느낌을 받고 있었다. 익숙하고
편했지만 무신경해도 티 나지 않을 만큼 재미없고 지루했다.
무심하게 집을 돌아보는 아내의 표정에서도 그와 비슷한 생각
이 읽혔다. 그들은 거주지를 바꿔보자는 데에 쉽게 합의했다.
(「산책」, p. 126)

카프카 이후, 현대 사회가 완전히 균질화되어버린 '동일성
의 지옥'이란 사실에 대해 소설가들은 이미 합의한 바 있다.
바로 그 "사용설명서처럼 균일"한 동일성의 반복을 피해 거주
지를 전원으로 바꿔보자고 "쉽게 합의"한 것이 그와 그의 아
내다. 그처럼 자연과 문명의 경계를 쉽사리 넘어서려 했으니
사내는 이제 그 벌을 받아야 한다. 이번에는 설치류가 아니라
하루살이들이다. 흔히 도대체가 귀찮기만 할 뿐 아무런 위협
도 되지 않는 것들의 비유로 즐겨 사용되는(가령 '하루살이 같
은 삶') 하루살이가 무섭지 않다고 말해서는 곤란하다. 하루
살이는 편혜영 소설에서 설치류와 등가의 공포를 불러온다.
편혜영 소설에서는 다른 많은 동물들이 그렇듯이 하루살이도
설치류다.

숨이 찰 때까지 달린 후에야 그는 아무리 달려도 하루살이 떼로부터 벗어날 수 없다는 걸 깨달았다. 하루살이들은 그를 따라 달리는 게 아니었다. 그들은 어디에나 자리를 틀고 있다가 무리지어 그에게 달라붙었다. 그들의 견고한 집단성과 집요한 추적을 당해낼 도리가 없었다. (「산책」, p. 145)

아무도 없는 숲 속, 어두워지기 시작하는 산길에서 완전히 하루살이에게 포위당한 저 사내에게, '하루살이 목숨'이란 말은 하루살이에게보다 더 잘 어울려 보인다. 한국소설사상 가장 두려운 하루살이들이다. 그러나 그것들이 두려운 것은 고작 피부를 가렵게 해서가 아니다. 물론 그것들의 공격이 치명적이어서도 아니다. 그것들이 두려운 것은 내 고유의 영역, 나를 이루고 있는 경계의 내부, 그러니까 눈과 코와 귓구멍 같은 데를 가리지 않고 드나들려고 하기 때문이다. 경계를 무화하면서 서로 점유할 공간에 대한 문명과 자연 간의 계약(일방적이고 불평등한 계약이긴 하지만)을 파기하고 도처에 편재하기 때문이다. 인류가 기획해온 수만 년의 구획 짓기를 무시하기 때문이다. 게다가 먹구름과 관목가지들과 이름도 모를 식물들과 멧돼지 울음과 죽은 개의 시신이 그들을 돕는다. 익숙했던 질서가 완전히 무너지자 어마어마한 공포가 사내를 엄습한다. 차이가 존재하지 않는 세계는 인간에게 지옥이다.

그래서 그가 마지막으로 그리워하는 것은 잘 구획되고 정리된 인공 자연, 곧 도시 문명의 소음들이다. 그리고 그가 마지막으로 인정하는 것은 "자신이 완전히 낯선 세계를 헤매고 있다는"(「산책」, p. 143) 사실이다. 그냥 낯선 세계가 아니다. "완전히 낯선" 세계다. 그가 기대했던 전원은 흔히 근대인들이 기대하는 휴식과 맑은 하늘과 청정한 바람의 자연이었다. 그러나 자연은 여전히, 수만 년의 필사적인 공사에도 불구하고 인류에 대해 완전한 타자tout autre이다. 그는 결국 숲에서 미궁을 만난다. 어디로도 갈 수 없는 미로에서의 방황 상태가 그에게 주어지는 것은 당연해 보이는데, 도시는 이미 동일성의 지옥이고, 전원 또한 모든 차이를 무화시키면서 편재하는 하루살이와 잡초와 관목 들의 세계, 즉 역시 동일성의 지옥이기 때문이다. 이번 소설집으로 미루어 보건대, 전 인류의 기대와는 달리, 독한 작가 편혜영에게 인류의 구별 짓기 공사란 가망 없는 공사다. 억압된 것들은 반드시 모든 질서와 차이를 무화하는 방식으로 귀환한다. 하루살이와 설치류는 여전히 도처에 편재한다. 공사는 계속되지만 항상 쓸모없다.

그러나 「산책」의 사내가 맞은 숲에서의 최후(정황상 그는 자연이 가져다 준 혼돈 속에서 죽는 것으로 보인다)가 아주 가치 없는 것은 아니었던 듯싶다. 숲 속 미로에서의 그의 최후는 이번 소설집 『저녁의 구애』에서 전면화되는 편혜영 소설의 방향 전환을 이해하는 데 중요한 실마리를 남긴다. 그는 죽기

전 (이전 소설집 『사육장 쪽으로』에 실렸던 「소풍」과 「서쪽숲」에
서 잠시 등장했던) '미궁'의 모티프를 명료화해놓는다.

갈수록 숲이 깊어졌다. 한동안 조밀한 소나무 숲을 따라 밑
으로 내려갔는데, 어느 지점에 이르자 숲의 모양이 바뀌어 있
었다. 나뭇가지들이 팔과 눈을 할퀼 듯 덤벼들었고 키 작은 나
무들과 밀집한 관목이 한데 엉킨 수풀이 나타났다. 어쩐지 같
은 자리를 맴돌고 있는 느낌이었다. 기시감인지도 몰랐다. 숲이
깊어질수록 길은 모두 비슷해 보였다. 어디에나 잎이 하늘을 가
린 키 큰 나무가 있었고 빼곡한 잡목 덤불이 있었다. 불길한 소
리로 새가 울었고 바지를 입었는데도 무릎이 쓸릴 정도로 풀은
거칠고 길었다. 길은 희미하게 연결되다가 문득 끊어졌으며 없
다가도 풀이 눌린 자리로 길이 나 있었다. (「산책」, p. 143)

저 문장들을 유념해 읽을 때, 편혜영에게 미로의 정의란
'낯선 길'이 아니라 '아주 낯익은 길'이다. "같은 자리를 맴돌
고 있는 느낌" "기시감" "어디에나 잎이 하늘을 가린 키 큰
나무가 있었"다는 말들은 사내가 길을 잃은 것이 그 길들 모
두가 너무 익숙해서 구별하기 힘들었기 때문이란 말에 다름
아니다. 사실 인간은(동물도 마찬가지겠지만) '차이 나는' 길
에서는 쉽사리 길을 잃지 않는다. 도로 표지판은 이 길과 저
길이 다름을 지시하고, 표지석이나 랜드마크는 여기가 아무

데나와는 다른 곳임을 지시한다. 길만은 아닐 텐데, 구조주의자들의 '태초에 구조가 있었다'란 말은 태초에 '차이'가 있어서 세계가 분별 가능한 대상이 되었다는 말일 것이다. 그러므로 미로란 상식과 달리, 차이가 없는 무구분 상태, 낯선 것들이 아니라 너무 낯익은 것들, 차이 나는 것들이 아니라 동일한 것들의 반복 때문에 만들어지는 지리 감각의 손상에 해당한다. 그렇다면 「산책」의 사내는 다시 한 번, 습지와 저수지의 공격을 받은 것이라고 해도 무방하겠다. 모든 구별을 무화하는 혼돈 그 자체인 자연의 위력이 그에게 최후를 선물했다. 그가 최후를 맞기 전 마지막으로 그리워했던 것이 "매연이 섞인 공기, 일정한 간격으로 심어진 수종이 같은 가로수, 빌딩 숲 사이로 올려다보는 하늘 따위"(「산책」, p. 146)였다는 사실은 그가 완전한 동일성의 공포에 맞서 차이와 질서를 얼마나 원했던가를 역설한다. 그는 섣부르게 전원을 욕망할 것이 아니라 질서정연한 차이가 지배하는 도시에서 그냥 살았어야 했다.

아나나 다를까, 작품집 『저녁의 구애』에 실린 단편들은 「산책」을 제외하고는 거의가 그렇게 도시에 눌러 살기로 한 사람들의 이야기다. 자연은 후경화되거나 마치 그런 것들은 애초에 없었다는 듯이 삭제된다. 산책도 전원도 소풍도 동물원도 없다. 문제는 그럼에도 불구하고 미로의 모티프가 거의 매 작품에서 등장한다는 점이다. 그렇다면 이제 미로는 더 이상 자연이 문명에 가하는 복수나 억압된 것의 회귀가 아니다. 문명 자체가 미로를 만든다. 문명 전체가 미로 같은 동일성의 지옥이 된다.

그러자 초기 편혜영 소설들에서 자주 등장하던 그로테스크한 소재들, 가령 시체나, 쓰레기, 악취 같은 것들은 사라진다. 마치 습지가 사막처럼 건조한 미궁이 된 형국이다. 그런데도 여전히 편혜영의 소설들은 아주 불쾌하고 섬뜩한데, 『사육장 쪽으로』의 해설에서 신형철이 편혜영 소설의 변화 방향을 '그로테스크에서 섬뜩함uncanniness으로'라고 요약한 것은 합당해 보인다. 이제 그로테스크한 자연의 회귀가 공포의 대상인 것이 아니라, 아주 낯익은 도시 문명에서의 나날의 삶 모두가 일순 낯설어지면서 섬뜩한 미궁이 된다.

『저녁의 구애』에서 우리가 확인하는 것은, 자연의 혼돈에 맞서 문명이 이룩한 질서와 체계가 실은 그토록 인간이 두려워하던 '동일성의 지옥'이라는 사실에 대한 경고다. 야만에 맞서 건설한 문명의 끝이 야만이다. 자연에 대한 계몽 이성의 지배가 최종적으로는 야만 상태로의 회귀로 귀결된다는 아도르노의 예언이 이번 편혜영 소설에서 확증된다.

복사실에서

　살펴보자니, 『저녁의 구애』를 통틀어 가장 불쌍한 사내는 매일매일 동일한 시간 동일한 장소에서 동일한 점심을 먹는 「동일한 점심」의 주인공이다. 그의 삶은 나머지 단편들 속 주인공들의 삶(그리고 사실에 있어서는 이 글을 읽고 있을 독자들 대부분의 삶)을 압축하므로 특별히 길게 요약해볼 만하다(지면만 허락한다면 가급적 길게, 지루할 정도로 세밀하게, 반복해서, 작가가 바랐던 그대로, 아무런 희망이나 기대도 없이, 끝날 것 같지 않은 미로를 걷는 인생들이 자신의 미래에 대해 어떠한 고려도 하지 않고, 그저 하루하루 미세한 차이도 나지 않는, 동일하고 동일하고 또 동일한 길을 걸으며, 나는 이 미로에서 나가려고 노력하고는 있다고 자기 위안은 삼되, 정작 나갈 의지는 없듯이, 가급적 지루할 정도로, 길게, 반복해서, 작가가 바랐던 그대로, 지면이 허락한다면, 좀비의 걸음처럼 무기력하고 느리게, 질척거리는 문장으로, 우리의 삶이 얼마나 차이란 전혀 없는 동일성의 반복 속에서 살아가는지를, 가급적 지루할 정도로, 길고, 세밀하게 나열하고 싶지만, 그것은 소설의 몫일 것이다).

　그렇게 늘 똑같은 한 끼 밥을 규칙적으로 먹는 것으로 그는 어제의 낮과 오늘의 낮이 같음을 실감하고 오늘 밤과 내일 밤이 다르지 않을 것을 확신했다. 그런 실감과 확신을 통해 자신이 지하 복사실에 있는 동안 매일 낮과 매일 밤이 각각 다르게 흘러간다는 사실을 잊었다. 말하자면 조금씩 반찬이 달라질 뿐 본질적으로 같은 식단이라고 할 수 있는 정식 A세트는 그의 일상과 꼭 닮은 식사였다. 규칙적인 기상 시간, 남색과 검은색으로 이루어진 비슷한 차림의 복장, 같은 시각에 출발하는 출근 열차, 언제나 일정한 복사실의 영업 시간이 그의 생활과 꼭 닮은 것처럼. (「동일한 점심」, pp. 66~67)

물론 비유나 수사를 허락하지 않는 편혜영의 하드보일드한 문장들이 이 사내가 살아가는 일상의 지루한 동일성을 얼마만큼 세밀하고 건조하게 나열하고 있는지를 저 요약만으로 온전히 전달할 수는 없다. 다만 몇 마디만 더 보태자면, 저 사내는 책도 동일하게 제본된 책들(내용과 상관없이)만 읽는다. 그리고 그가 하루 종일 하는 일이란 고작 "손님이 내미는 자료를 받아 숫자 버튼을 눌러 매수를 지정하고 초록 버튼을 눌러 복사를 시작"하고, "복사광이 번지면 사람이 없는 벽이나 책장이나 복도 쪽으로 시선을 돌"리고 있는 것이 전부다. 복사가 끝나면 "복사된 자료를 건넨다, 대개는 지폐를 받고 통을 뒤져 잔돈을 내준다, 다시 의자에 앉는다. 그게 다다. 그런 일들이 하루에 수십 번 복사된다"(「동일한 점심」, p. 72). 심지어 지하철에서 자살을 목격하고도 그런 무의미한 반복을 관성적으로 되풀이하기 위해, 그리고 오로지 출근 시간을 지키기 위한 목적으로, 경찰의 목격담 진술 요구를 거절하고 복사실로 향한다. 타인의 죽음보다 소중한 일상의 동일성이 그를 완전히 사로잡고 있다. 오로지 동일한 점심을 먹기 위해, 시장기가 없어도 점심시간이 되면 반드시 예의 그 구내식당으로 향하고, 동일한 점심 A세트를 먹는다. 편혜영은 사내의 그런 일상을 이렇게 비유하기도 한다.

구내식당의 정식 A세트를 기준으로 그의 하루는 데칼코마니처럼 오전과 오후가 동일하게 반복되었다. 오전과 오후뿐만이 아니었다. 자정을 기준으로 하면 어제와 오늘이, 주말을 기준으로 하면 지난주와 이번 주가, 연말을 기준으로 하면 작년과 올해가 같았다. 그러므로 모든 미래는 과거와 동일한 시간일 것이다. 현재가 과거와 같듯이 미래는 현재와 같을 것이다. 언제나 같다는 것. 그 때문에 그는 낮게 한숨을 내쉬었으나 이내 언제나 같아서 다행이라 생각하면 한숨을 거둬들였다. (「동일한 점심」, p. 83)

그리고 마치 동일한 점심을 기준으로 데칼코마니처럼 오전과 오후가 겹치는 그의 일상처럼, 소설은 점심을 먹던 그의 모습으로 시작해서 다시 점심을 먹는 그의 모습으로 끝난다(「토끼의 묘」「통조림 공장」「관광버스를 타실래요?」 역시 이러

한 수미쌍관의 형식을 취한다. 동일한 것의 반복이란 주제에 합당한 형식이다). 물론 소설이 끝나기 전, 그의 미래에 대한 아주 정확한 예견도 빠뜨리지 않는다. 그 예견이란 이렇다.

그는 앞으로도 오랫동안 복사실에서 지내야 할 것이다. 종이에 살갗을 베는 일이 유일하게 상처가 되는 곳에서 복사광의 온기에 위로받으면서, 10원 단위의 거스름돈을 꼬박꼬박 내어주면서.(「동일한 점심」, p. 78)

그런데 저것은 예견인가, 저주인가. 동일한 공간에서, 동일하게 분절된 시간표를 지키며, 동일한 식사를 하고, 동일한 의복을 입고, 동일한 독서를 하고, 동일한 교통수단으로 출퇴근하는 삶, 그래서 어떤 차이도 없고, 차이가 없으니 상처도 없고, 그래서 어떤 굴곡도 없이 과거와 현재와 미래가 완전히 동일해지는 나날의 연속, 그것은 '삶의 복사'다. 그리고 저수지와 습지와 들쥐와 시체 들과 쓰레기와 악취와 하루살이가 주던 공포보다 더한 공포, 그보다 더한 '동일성의 지옥'이다.
그런데 더 살펴보자니, 「통조림 공장」의 사장과 공장장과 박과 다른 직원들이 사는 방식이 이와 다르지 않다. 하루 세 끼를 통조림으로 해결하고, 술안주도 통조림으로 해결하고, 동일한 시간에 기계를 켜고, 동일한 것들을 통조림에 담고, 동일한 고민과 동일한 생활고로 고통받는다. 그중 누군가 죽

거나 시스템에서 빠져나가거나 크거나 사소한 실수를 한다
해도 동일한 나날은 계속된다. 공장장이 사라지면 박이 공장
장이 되고, 박이 사라지면, 다른 누군가가(똑같은 통조림을
먹고 만들던 사람이) 공장장이 된다. 그러면 그는 또 같은 통
조림을 먹고 같은 시간에 기계를 켜고 같은 통조림을 만든다.
공간도 시간도 동일성의 지배에서 벗어나지 못한다.

　또 살펴보자니, 「토끼의 묘」와 「정글짐」의 주인공들도 파견
근무자들이 근무 기간 동안에만 기르다 버리는 토끼의 삶과
그다지 다르지 않은 삶을 산다. 게다가 자신과 마찬가지로 모
두 파견 근무자들이고, 자신이 무슨 일을 하는지 잘 모르고,
자신이 없어도 회사는 잘 굴러가고, 자신 또한 누군가처럼 사
라져도 흔적조차 남지 않으며, 설사 그 동일한 지옥을 피해
도피하더라도 갈 데라곤 집밖에 없으며, 우연히 떠난 여행은
동일한 골목과 동일한 건물로 이루어진 미로를 무의미하게
헤매는 일 외에 아무것도 아니며, 설사 집에 머물러도 할 것
이라고는 지금껏 해온 동일한, 바로 그 일밖에 없다는 사실을
다들 동일하게 확인한다.

　역시 살펴보자니, 사랑도 현재와 동일할 것이 뻔한 미래를
바꿔놓진 못할 것이고(「저녁의 구애」), 현재나 미래나 죽음이
나 삶이나 다 균질적인 것이어서, 이대로 살다 이대로 사라질
것이다. 자칫 그 동일한 나날의 삶에서 이탈이라도 했다가는
「크림색 소파의 방」의 주인공 '진'처럼 영영 국도의 웅덩이에

빠져 돌아오지 못하게 될 테니, 동일한 지옥의 삶은 차라리
편안함이다.

요컨대, 동일하고 동일하고 다시 동일한 공간과 시간 속의
저 군상들, 그들이 사는 곳은 바로 그 이유로 미로이고 저수
지이다. 미로와 저수지는 그것이 설사 문명과 자연이라는 익
숙한 근친적 대립으로 나뉘어 있(는 것처럼 보인)다 하더라도,
동일한 것들의 지옥이라는 점에서는 동일하다. 야만이 문명
이고 문명이 야만이다. 편혜영의 세번째 소설집 『저녁의 구
애』가 우리에게 보내는 경고가 이것이다.

웰컴 투 하드보일드 헬!

다시, 서두의 「밤의 공사」 이야기로 돌아와서, 그의 공사는
『저녁의 구애』에 이르러 완전히 실패했음이 드러난다. 아니
실패했을 뿐만 아니라, 그가 그토록 두려워했고 필사적으로
막아보려다 죽어갔던 동일성의 지옥은 이제 저수지가 표상하
던 억압된 자연의 영역만 아니라, 질서와 차이가 존재한다고
믿었던 도시 문명에까지 그 영역을 확대했다. 자연도, 문명도,
전원도, 도시도 모두 지옥이다. 탈출의 방법은 없다. 왜냐하면
편혜영의 세계에서 미래 또한 현재와 동일할 것이므로……

그런 이유로, 누구라도 『저녁의 구애』 이후 편혜영의 세계

가 어떻게 변할지 짐작하기는 쉽지 않아 보인다. 기세로 보아, 편혜영이 이 지옥에서 탈출하는 방법을 우리에게 일러줄 것 같지는 않기 때문이다. 아마 더한 지옥을 보여주는 것이 그에게 어울리는 일이고, 한국문학의 지나친 전망주의에도 도움이 되는 일일 테지만(그리고 전염병이 만연하고, 온갖 재앙이 속출하는 작금의 현실에도 부합하는 일일 테지만), 그러나 그가 그려보이게 될 이보다 더한 지옥을 상상하기가 쉽거나 유쾌할 것 같지는 않기 때문이다.

『아오이가든』(2005)이 세상에 처음 나왔을 때, 평론가 이광호는 '웰컴 투 하드고어 원더랜드!'라는 환영사로 그 악몽 같은 작품들의 탄생을 반겨주었다. 이제 편혜영의 소설은 더 이상 하드고어적 상상력에 기대고 있지는 않은 듯하다. 그런데 나는 『저녁의 구애』의 편혜영이 더 섬뜩하고 무섭다. 억압된 야만의 귀환이나, 자연의 복수보다 더 공포스러운 것은, 우리가 안온하다고, 편안하다고 느끼는 이 문명 자체가 이미 어떠한 차이도 용인되지 않는 야만적인 자연이자 동일성의 지옥이라는 그 사실이다. 환영의 말을 바꿀 때다. 다들 달갑지는 않겠지만, 편혜영의 세번째 소설집을 읽는 우리 모두에게,

"웰컴 투 하드보일드 헬!"

작가의 말

시작은 이런 식이다. 시간에 쫓겨 택시를 탄 S가, 기사가
채널을 돌리다가 맞춘 라디오 프로그램에 소개되는 청취자의
사연을 듣는다. 나는 그 무렵 시간을 보내던 도서관에서 되는
대로 집어든 화집 속의 그림을 한 점 본다. 늘 어디론가 여행
갈 작당을 하는 우리들이 벼르다가 통영에 가고, 헤매다가 접
어든 길에서 낡은 공장을 보고 Y가 이야기를 시작한다. 시나
가와의 멘션에서 험상궂게 생긴 이웃과 엘리베이터를 함께
타고, 6층으로 올라가는 내내 마음 졸인다. 여행지의 한 거리
를 무작정 걷다가 여러 번 같은 길을 지나가고, 그럴 때마다
거리 한복판에 뜬금없이 놓인 정글짐을 본다. 한 선배가 주소
만으로 낯선 곳의 숙소를 한참 헤맨 끝에 찾고, 거기서 커다

란 개를 만난다. S의 후배는 책을 한 권 사고, 거기에 나온 영화를 한 편씩 봐나가고 있다. 오래전에 죽은 가수에 대한 기사를 잡지에서 보고 노래를 찾아 듣다가 유일하게 한 구절을 알아듣는다.

나는 여전히 이런 우연한 시작이 점점 몸을 부풀리는 걸 지켜보는 게 즐겁다. 이 책에는 필연도 진실도 아니거나 필연이거나 진실인 우연이 고스란히 담겼다.

소설을 쓰는 일이 매번 같은 강도의 노동을 반복하는 것임을 알게 되고, 나는 좀 달라졌다. 자괴하고 한탄하는 일이 줄었다. 소설 쓰는 일의 묵묵한 숙련 방식을 조금씩 깨우치고 있다.

물건을 보면서 노동의 경로를 생각하는 버릇은 오래되었다. 이 책을 볼 때마다 문학과지성사 분들이 들인 품이 생각날 것 같다. 고맙다. 어딘가 낯선 곳으로 파견되었으나 언제고 떠나온 곳으로 돌아갈, 익명의 여러분에게도 고마움을 전한다.

2011년 3월
편혜영

수록 작품 발표 지면

토끼의 묘 『현대문학』 2009년 3월호

저녁의 구애 『작가세계』 2009년 겨울호

동일한 점심 『한국문학』 2008년 겨울호

관광버스를 타실래요? 『세계의 문학』 2008년 가을호

산책 『문학과사회』 2008년 봄호

정글짐 『문학수첩』 2009년 봄호

크림색 소파의 방 〔테마 소설집〕『서울 어느 날 소설이 되다』 (강, 2009)

통조림 공장 『문학동네』 2009년 여름호